ЗА СЦЕНАРИЙ К ФИЛЬМУ
«ВСЕГДА ГОВОРИ «ВСЕГДА»
ТАТЬЯНА УСТИНОВА БЫЛА
УДОСТОЕНА ПРЕМИИ ТЭФИ

*История,
покорившая
миллионы сердец,
теперь в кинообложке!*

первая среди лучших

Татьяна
Устинова

ЧИТАЙТЕ ДЕТЕКТИВНЫЕ РОМАНЫ:

Мой личный враг
Большое зло и мелкие пакости
Хроника гнусных времен
Одна тень на двоих
Подруга особого назначения
Развод и девичья фамилия
Персональный ангел
Пороки и их поклонники
Миф об идеальном мужчине
Мой генерал
Первое правило королевы
Седьмое небо
Запасной инстинкт
Богиня прайм-тайма
Олигарх с Большой Медведицы
Близкие люди
Закон обратного волшебства
Дом-фантом в приданое
Саквояж со светлым будущим
Пять шагов по облакам
Гений пустого места
Отель последней надежды
Колодец забытых желаний
От первого до последнего слова
Жизнь, по слухам, одна!
Там, где нас нет
Третий четверг ноября
Тверская, 8
На одном дыхании!
Всегда говори «всегда»
С небес на землю
Неразрезанные страницы
Один день, одна ночь

Татьяна Устинова

Один день, одна ночь

эксмо

Москва

2012

УДК 82-3
ББК 84(2Рос-Рус)6-4
У 80

Дизайн серии *Ф. Барбышева*

Устинова Т. В.
У 80   Один день, одна ночь : роман / Татьяна Устинова. — М. : Эксмо, 2012. — 352 с. — (Первая среди лучших).

ISBN 978-5-699-56870-3

Один день и одна ночь — это много или мало? Что можно разрушить, а что создать?..

В подъезде дома, где живет автор детективных романов Маня Поливанова, убит ее старый друг, накануне заходивший на «рюмку чаю» и разговоры о вечном. Деньги и ценности остались при нем, а он сам не был ни криминальным авторитетом, ни большим политиком, ни богачом! Так за что его убили?

Алекс Шан-Гирей, возлюбленный Поливановой и по совместительству гений мировой литературы, может быть и не похож на «настоящего героя». Он рассеян и очень любит копаться в себе. Тем не менее он точно знает: разбираться в очередном происшествии, в которое угодила его подруга, предстоит именно ему.

Один день и одна ночь — это очень много! Они изменят всю дальнейшую жизнь героев, и у них есть только один шанс сохранить самих себя и свой мир — установить истину...

УДК 82-3
ББК 84(2Рос-Рус)6-4

ISBN 978-5-699-56870-3

© Устинова Т. В., 2012
© Оформление. ООО «Издательство «Эксмо», 2012

> «Ты злой? — тихонько спросил Муми-тролль. — Ты ужасно плохой, страшный, кровожадный, беспощадный, да? О, ты славный, дорогой, маленький мой, мой, мой!»
>
> *Туве Янсон.*
> *«Повесть о последнем в мире драконе»*

СЕГОДНЯ

...Приехал наряд, и скучные люди в скучных серых одеждах со скучными дерматиновыми папками под мышками стали осматривать тело. Они присаживались, обходили его кругом, то и дело задевали откинутую очень белую и неживую руку. Рука при этом шевелилась.

— Соседи обнаружили?.. — спросил кто-то из них скучным голосом, похожим на серый дерматин, и второй кивнул на высокую девицу, которая сидела на площадке между первым и вторым этажом, щурилась, курила и стряхивала пепел в громадную чистую хрустальную пепельницу. Пепельница стояла рядом на ступеньке. Обе, и девица и пепельница, были странные и здесь неуместные. — Все остальные жильцы жмутся к стенам, шепчутся, а эта посиживает себе! Покуривает. Ишь ты!..

— Только ты... поаккуратней с ней, — закрываясь от девицы папкой, пробормотал второй.

— А чего? В истерике?

— Да не в истерике она. Она... в телевизоре.

— Чего?!

— Да она какая-то, блин, писательница из этих... модных. Лелька моя от нее прям визжит!.. Только вчера по телику показывали, она там всех жизни учила...

— Вот, е-мое...

— То-то и оно...

Первый вздохнул и стал подниматься. Девица смотрела на него внимательно, курила.

— Здрасти, — сказал он, не дойдя, и поправил под мышкой свою папку. — Капитан Мишаков. Ваш труп?

И побагровел от такой своей оплошности.

— Не совсем, — не моргнув глазом, отозвалась девица и затушила сигарету. — Но я знаю чей. То есть я его знала, пока он еще не пришел в состояние трупа.

Капитан Мишаков, выправляя оплошность, заговорил нарочито громко и четко, и опять вышла глупость:

— Я имею в виду, это вы его обнаружили в состоянии трупа?

— Господи, помоги, — отчетливым театральным шепотом произнесла величественная бабка в атласном расписном халате, — до чего дошло!.. Так я и знала!

Капитан Мишаков посмотрел — соседи толпились, вытягивали шеи. Нужно всех разогнать по квартирам, послать лейтенанта опросить, а начать с бабки.

— Это Толя Кулагин, — продолжала девица, не обращая внимания на зрителей, и кивнула в сторону трупа. — Он вчера у меня гостевал. Старый друг.

Капитан Мишаков пожал плечами, сбежал на несколько ступенек, призвал Павлушу-лейтенанта, вполголоса отдал указания, вернулся на площадку и пригласил девицу «пройти».

— Куда? — не поняла та, но послушно поднялась, сразу став на голову выше капитана.

Высокие женщины ему не нравились.

— Пройдемте в квартиру! Которая ваша?

В квартире — о-го-го, такие все больше в кино показывают! — было сумрачно, очень тихо и хорошо пахло.

— Хотите? — спросила переставшая ему нравиться девица. — Кофе сварить?

— Простите, как имя-отчество ваше?

— Поливанова Мария Алексеевна.

— Мне бы документик.

— Вы проходите, — и Мария Алексеевна сделала приглашающий жест, — сейчас все будет: и кофе, и документики...

Из-под старинной разлапистой бронзово-ветвистой вешалки она вытащила портфель, довольно потрепанный, и пошла по коридору. Капитан двинул было за ней, но остановился и присвистнул, ничего не мог с собой поделать.

Все стены широченного, как трамвайное депо, коридора занимали книги. Их было столько, что за ними не разглядеть полок, и казалось, книги просто растут из стен, начинаются на полу и заканчиваются где-то в невообразимой высоте, под матовыми лампами на длинных цепях.

Книги были навалены, наставлены, засунуты друг на друга, прислонены, подперты, втиснуты, они жили какой-то собственной, неизвестной капитану Мишакову жизнью. В первый раз он видел живые книги.

— Я вам потом еще в кабинете покажу, — запросто, как другу, сказала девица и распахнула дверь на кухню. — Там еще больше! Считается, что прадед начал их собирать, но сдается мне, что у него уже была библиотека, когда...

— Здравствуйте.

В солнечном, ярком до слез после книжной темноты коридора оконном проеме маячил силуэт. Человек сидел на каменном подоконнике, босой, в джинсах и мятой футболке. На джинсах дырки. На голове кудри и локоны. В руке кружка.

У-у-у, подумал капитан Мишаков. Дело плохо.

— Вот мой документик. — И в руку ему ткнулся паспорт в затасканной обложке. — Вам с молоком и с сахаром?.. — спросила хозяйка.

— Вы тоже паспорт покажите, — буркнул капитан в сторону сидящего на подоконнике и наскоро пролистал страницы, которые сообщали, что Мария Алексеевна Поливанова родилась тогда-то, проживает согласно прописке здесь же, бездетна и в браке не состоит.

— Тогда уж и вы покажите! — произнес длинноволосый.

Капитан перестал листать.

— Что показать?

— Паспорт.

— Зачем?

— А мой вам зачем?

Мишаков рассердился.

Вот чего он терпеть не мог, так вот эдаких фанаберий!.. Сейчас еще про адвоката речь заведет! Насмотрелись сериалов, буржуи проклятые, им бы только кофеек попивать да на подоконниках в рваных джинсах посиживать, а у него, у Мишакова, на руках, между прочим, труп! И вышеозначенный труп, между прочим, по собственному признанию хозяйки, вчера находился именно в этой квартире!..

— Па-а-апрашу паспорт! — неприятным голосом протянул Мишаков. — А удостоверение... вот оно. Пожалуйста.

— Маня, дай ему мой паспорт, — распорядился субъект на подоконнике, мазнув взглядом по удостоверению.

— А где он?.. — спросила Маня.

Кудрявый пожал плечами:

— Понятия не имею.

— Вам с сахаром и молоком, товарищ капитан?

— Кулагин Анатолий Петрович кем вам приходится?

Кудрявый опять пожал плечами и отхлебнул из кружки. А на костяшках-то ссадины, отметил капитан, ничего себе!.. И свежие совсем! Видать, кому-то не далее как вчера в зубы дал, а на вид хлюпик хлюпиком!..

— Кулагин Анатолий Петрович мой старинный знакомый! — закричала откуда-то издалека девица. — Мы вчера с ним подрались!

Мишаков, не ожидавший такого скорого признания, опешил.

— Как... подрались?

— Маня преувеличивает, — произнес сидящий неприязненно. — Она всегда все преувеличивает. В силу профессии.

— Вот, пожалуйста, — сказала девица так близко, что капитан даже вздрогнул и оглянулся.

Чего это она то и дело появляется и исчезает?! Ей бы над старым другом безутешные слезы проливать, а она порхает, хоть и похожа... на лошадь, а лошади порхать не положено!

— Вот паспорт, а это ваш кофе. Я сахару побольше положила.

Капитан почему-то покорно взял и чашку, и паспорт.

Шан-Гирей Александр Павлович. Что за фамилия, чучмек, должно быть, какой-то!.. Родился, женился, развелся. Прописан у черта на рогах, военнообязанный, детей нету.

На фотографии кудрявый и дырявый выглядел самым обыкновенным, ничем не примечательным человеком, и капитан вздохнул и поставил кофе на стол.

...Документики-то мы пока приберем, пожалуй. Для острастки. Известно, когда должностное лицо забирает паспорт и возвращать его как будто и не собирается, это всегда производит... соответствующее впечатление. Оказывает, так сказать, психологическое давление. А капитану Мишакову в данный момент очень важно на странную парочку психологически надавить!..

И он аккуратно и неспешно поместил паспорта в дерматиновую папку и даже «молнию» застегнул, вжикнул специально погромче.

Ни Мария Алексеевна, ни Александр Павлович на такое его «вжиканье» никакого внимания не обратили. Психологическое давление оказать не удалось.

Да ну их совсем!..

— Итак, Кулагин Анатолий Петрович вчера вечером находился здесь в гостях, я правильно понял?..

— Абсолютно, — отозвалась девица. — Два раза.

— Что значит... два раза?

— В первый раз Алекс его выставил, так он вернулся! Пришлось еще раз выставлять. Повторно.

— Алекс кто такой?

— Это я, — все с тем же неприязненным равнодушием представился чучмек в локонах, по паспорту Александр Павлович.

— Вы бы кофе попили, — посоветовала девица. — Остынет.

Мишков покосился на крохотную чашечку со странно закрученной ручкой и непонятной картинкой.

Все в это доме непонятно и странно закручено.

— Вы, Александр Павлович, вчера тоже в гости приходили?

— Я здесь живу.

Что чучмек не гость, а хозяин, видно невооруженным глазом, это капитан уж просто так спросил!..

— Вы сказали, что вчера вечером с Кулагиным подрались. Из-за чего?..

— Во-первых, это не я сказал. Во-вторых, мы не дрались.

— Вы бы уж договорились между собой, — начал капитан Мишаков, стараясь, чтоб прозвучало добродушно, и отхлебнул кофе. Горячо! Вкусно! Надо бы Павлуше, лейтенанту, сказать, чтоб глянул наскоро на предмет синяков и ссадин на трупе, а там дальше эксперты как следует посмотрят. — Вы бы договорились, чего врать станете! А то куда это годится! То дрались, то не дрались. Но на всякий случай хочу предупредить, что за дачу ложных показаний ответственность предусмотрена.

— Пока никто из нас никаких показаний не дает. — Чучмек оперся ладонями о каменный подоконник, свесил патлатую голову и теперь рассматривал собственные босые ноги. — Или тогда ведите протокол.

Вот терпеть Мишаков не мог всяких таких фанаберий!.. Тут уж и до адвоката недалеко! Сейчас начнет права качать и грозить международным трибуналом в Гааге! Слыхали мы эти песни. Эх, если б не девица из телевизора — капитан покосился на нее раздраженно, — отволок бы сейчас этого в отделение, съездил пару раз по зубам, засадил в «обезьянник», живо бы тон сменил!..

— Выходит, вы не дрались?..

— Ничего не выходит, капитан. — Шан-Гирей перестал изучать свои ноги, поднял голову и уставился ему в глаза так, что Мишаков даже дрогнул немного, стул под ним громыхнул. — Этот ваш Кулагин вчера приходил к нам и очень плохо себя вел. Первый раз я его просто вывел на площадку. Но он через некоторое время вернулся, стал буянить и...

— Алекс дал ему по физиономии, — влезла девица, — и мы его больше не видели.

Глаза за стеклами круглых очков сияли.

Вот хоть ты тресни, подумал капитан Мишаков, а каждая женщина на свете приходит в восторг, если мужчина в ее присутствии совершает «героический поступок»! Неважно какой. Матерщинника там приструнит, колесо поменяет, бабусе нищей двадцатку сунет. Женщине все равно. Главное, что — герой!

И этой, из телевизора, важно, что ее чучмек кому-то по морде съездил! Первобытно-общинный строй, что ни говори, а все туда же, эмансипированные они, свободные!..

Как бы не так — свободные!..

— Если вы отказываетесь сотрудничать, я вас сейчас заберу в отделение, и там мы во всем разберемся. Под протокол! — Капитан повысил голос, потому что чучмек явно собрался что-то возразить. — Итак, я спрашиваю: что произошло вчера вечером в вашей квартире? И еще, — Мишаков одним глотком допил кофе из диковинной чашки. — Кто из вас убил Кулагина Анатолия Петровича?

— Матерь божья, — пробормотал Шан-Гирей, отвернулся и стал смотреть в окно.

— Никто не убивал, — удивилась девица. — Что мы, с ума сошли, что ли?.. Очень нам нужно его убивать!..

— Он не стоит таких усилий, капитан, — глядя в окно, добавил Шан-Гирей.

Да ну их совсем!.. Психологический прием опять не сработал, а ведь хороший прием-то! Когда-то в Школе милиции следователь Петрушин, еще той, старой закалки следователь, учил их, желторотых юнцов: иногда и очень даже часто, особенно если убийство совершается на бытовой почве, преступник на прямой вопрос дает прямой ответ.

От растерянности дает. От неуверенности. От раскаяния, что сделал глупость — убил, а уже ничего не исправить!

Но эти двое не были растерянными и уж точно ни в чем не раскаивались!..

— Вы... не спешите? — с сочувствием спросила девица. — Как ваше имя-отчество?

— Сергей Петрович!

— Я вам сейчас все расскажу, Сергей Петрович, — пообещала девица. — Только это будет... долго. Ничего?..

ВЧЕРА

Писательница Марина Покровская — в миру Маня Поливанова — поняла, что больше ни секунды не сможет провести за компьютером, ну просто ни одной секунды! Отрываться было жалко — там, у нее в романе, дело шло к развязке, и герой уже почти догадался, кто убийца, и героиня уже почти догадалась, кого она любит, и убийца почти догадался, что должен спешно уносить ноги, а тут, как назло, у автора силы кончились!..

— Охо-хонюшки-хо-хо, — под нос себе пробормотала писательница Поливанова и потерла глаза под очками.

Очки немедленно свалились с носа, пластмассово клацнули по клавиатуре. Маня испуганно посмотрела, не разбились ли.

Ничего, целы.

Очень хотелось есть, пить, спать и как-то подвигаться — все одновременно.

Маня тяжело выбралась из-за стола и проделала некое антраша, очень неловко. В глазах потемнело, в голове загудело, и пришлось схватиться за край массивного письменного стола, чтобы не упасть.

— Уработалась что-то, — громко сказала Маня, хотя точно знала, что ее никто не услышит. — Так нельзя, матушка. Скоро к стулу прирастете, отдирать придется.

...Алекс уехал на какое-то интервью, давно, еще в обед. Давать интервью он терпеть не мог, долго ломался, скулил, ныл, говорил, что не поедет, и не уговаривайте, хотя сразу было понятно — поедет, никуда не денется. Об этом хлопотала сама Анна Иосифовна, очень мило:

— Алекс, душа моя, сделайте одолжение! Я так редко о чем-то вас прошу, ведь правда? Много времени это не займет!

«Душа» Алекс согласился, конечно, но зато душу из Мани вынимал... долго и основательно.

Так полагалось по правилам игры.

Правила были чрезвычайно просты. Все, что делает Александр Шан-Гирей — писатель Алекс Лорер, — чрезвычайно важно, талантливо, первостепенно и грандиозно. В масштабах человечества, разумеется.

Все, что делает Мария Поливанова — писательница Марина Покровская, — не имеет никакого значения, узко, мелко и годится лишь для кратковременного развлечения. Человечество ни при чем.

«Талантливый и грандиозный» Алекс Лорер создавал самые настоящие шедевры, романы, признанные во всем мире.

«Узкая и мелкая» Покровская — на самом деле рослая и довольно крупная — строчила детективы, которые, как известно, презирают все: и критики, и журналисты, и сами писатели. Кроме, собственно говоря, читателей, среди которых есть и критики, и журналисты, и сами писатели. Для них-то, для читателей, Маня и старалась.

Сегодня особенно — вон чуть в обморок не повалилась прямо у письменного стола!..

Повздыхав, Маня с сожалением закрыла крышку ноутбука с нарисованным молочно-белым яблочком, очень соблазнительным, и подумала, что неплохо было бы на самом деле яблоко съесть, но где ж его взять?.. Ехать на рынок нет сил, да и поздно уже, восьмой час, послать «человека» тоже нет никакой возможности. «Человек» уехал давать интервью, и когда явится к очагу — неизвестно.

Вот если бы у меня была дача в Малаховке, мечтала Маня по дороге на кухню, я бы вкопала в саду круглый стол, а на него бы поставила корзину, и в ней всегда были бы яблоки — красота!.. Еще у меня была бы беседка, классическая, дачная, как во внутреннем дворе «Алфавита», увитая диким виноградом, с широкими лавками и дощатым полом, на резные перила брошен клетчатый плед.

Отчасти Маня Поливанова в данный момент напоминала самой себе помещика Манилова из Гоголя, который желал, чтоб непременно был пруд, а через пруд чтоб мост, а на мосту чтоб купцы и лавки!..

И в холодильнике не нашлось ничего утешительного!.. Два куска сыру, но разве ж это утешение!.. Алекс любил сыр, а Маня не очень, хотя знала, что сыр и красное тосканское вино — это правильно, это положено любить.

Чего бы поесть?.. Маня задумчиво почесала ногу через дырку в джинсах и захлопнула холодильник.

— Чижа захлопнула злодейка-западня! — провозгласила она.

Может, красного тосканского вина тяпнуть? И заесть его сыром, как положено?..

Грустно, когда дома нет никого и некому сказать, что устала, когда в холодильнике шаром покати, а в спине кости цепляются друг за друга, ноют, мешают жить, и в голове какая-то ерунда про Манилова и чижа!

Грустно, когда успехи и победы или усталость и неразбериху мыслей не с кем разделить и никому дела нет...

— Никому — это кому? — сама себя спросила Маня Поливанова, наугад вытащила с полки вино и подслеповато уставилась, пытаясь разобрать, тосканское оно или нет. — Никому — это значит Алексу, правда же, голубушка? Только он вас интересует!

Не разобрав, что написано, Маня водрузила бутылку на стол.

— Он занимал все ее мысли, — торжественно произнесла она и приналегла на штопор, который что-то плохо вкручивался. — Душа ее ни об чем так не убивалась, как об нем!..

Маня вытащила длинную влажную пробку и понюхала — по правилам обязательно нужно понюхать. Пахло хорошо, как будто листьями, травой и черной смородиной.

Вот если, к примеру, позвонить Викусе или Катьке Митрофановой, они непременно приедут и ее спасут! Пожалеют бедную усталую Маню, дадут поесть, расскажут, как там, на воле, где постепенно разгорается лето!..

Викуся еще, должно быть, скажет, что дождик сейчас был бы очень кстати, а то у нее на даче огурцы горят, или, может, петрушка, или баклажаны, Маня в огородничестве ничего не смыслила... Тетя очень любила дачную жизнь и всячески пыталась приобщить к ней племянницу, но что это за дача — шесть соток с грядками, ступить некуда, садовый домик в полторы неуютные комнатки, где в одном углу ютились плитка с газовым баллоном и стол, крытый жесткой изрезанной клеенкой со скрученными от старости краями, а в другом лопаты, грабли и ведра — все это внутри, чтоб не сперли!..

Впрочем, в прошлом году Викуся «окончательно решила», что так больше продолжаться не может и племянница должна переехать за город и ни минуты не задыхаться больше в «душной Москве, ни одной минуты!». Был прикуплен участок где положено, на северо-западе, правда, в чистом поле, ни деревца, ни кустика, только развороченная бульдозерами земля до самого горизонта. Ни Маня, ни Викуся толком не знали, как именно следует строить загородные дома, и дело продвигалось медленно и совсем не так, как представлялось в начале дачной эскапады. Круглый, утирающий красное лицо и подпрыгивающий на месте, как пыльный детский мячик, дядькапрораб во всем с Викусей соглашался, называл ее «хозяюшка», но поделать ничего не мог — строили кое-как, и выходило очень дорого. Викусе постепенно все надоело, хотя она и делала вид, что не сдается, и в последнее время они даже стали ссориться с Маней. Тетушке казалось, что Маня все «свалила на ее плечи, а сама ничем не интересуется».

В общем, так оно и было, но интересоваться у Мани решительно не было возможности и сил — она зарабатывала деньги на «большое строительство».

Тут писательница Поливанова вздохнула, сознавая собственное несовершенство.

...Вот если бы у меня была дача в Малаховке, с соснами и зарослями бузины и жасмина, в которых всегда таинственно и прохладно, с самоваром, растопленным на шишках, с дивным кустом пионов под окном спальни — окно распахнуто, ветер вздувает кружевную штору, — тогда бы я непременно...

В дверь позвонили.

Обрадованная Маня кинулась открывать — вернулся, ура, ура, сейчас вместе будем пить вино и заедать его сыром, это ведь так вкусно, — и только у самого порога сообразила, что Алекс не стал бы звонить. У него ключи есть.

Маня Поливанова нажала кнопку на домофоне и сначала удивилась, потом огорчилась, а потом решила притаиться.

Никого нет дома!..

— Поливанова, открывай! — во весь голос закричал человек на площадке, и она подалась назад от неожиданности. — Давай, давай, шевелись! Где ты там пропала?..

Маня с другой стороны двери несколько раз стукнула лбом в стену, помедлила и отперла. Деваться теперь некуда.

— Ты спишь, что ли, кулема?! — Незваный гость, который, как известно, хуже татарина, отдуваясь, протиснулся мимо нее. — А лифт чего, не работает?

— Про лифт не знаю, а я работаю, — холодно сообщила Маня Поливанова. — Привет, Анатоль. Проходи. Ты бы хоть позвонил сначала, что ли!..

— А я телефон вчера про... подевал куда-то! А про работу свою ты мне-то не заливай! — Один об другой он стянул с ног ботинки и приложился к Маниной щеке мокрым поцелуем. От него пахло дорогим одеколоном и чуть-чуть спиртным. — Журналистам будешь заливать! Можно подумать, я ничего не знаю про твою работу!

Маня немедленно поклялась себе, что заводиться ни за что не станет. Она будет мила, гостеприимна, любезна, как и полагается со старым другом.

— Ну чего? — Он оглядел ее с головы до ног. Маня машинально пригладила очень короткие растрепанные волосы. — Все толстеешь?..

Он пошел по коридору совершенно по-хозяйски и велел издалека:

— Займись физкультурой, Машка! Похудеть не похудеешь, но хоть расти как на дрожжах перестанешь!..

...А что поделаешь?.. Старый друг. Лучше новых двух. Где бы взять двух новых и обменять их на этого старого?..

— Или не жри после шести! Вот я перестал и — видишь?..

В глубине коридора он стал к ней боком и втянул живот изо всех сил. Маня сказала, что видит.

— Я после шести только из-за компьютера вылезаю, — словно оправдываясь, добавила она. — Или после восьми. А бывает, и ночью, смотря как пойдет!

— Поливанова, ну чего ты?.. Как будто я твоих книженций не видал! Это ж все задней левой ногой делано, их можно дюжину в неделю писать!.. И людей можно нанять, они все за тебя напишут, какая, на хрен, разница!.. Это же вообще не работа.

Маня Поливанова никогда не могла понять — старый друг оскорбляет ее намеренно или у него просто такие... своеобразные представления о ней и ее жизни?..

— А где твой гений? Бросил тебя уже или еще нет?

— Еще нет, — бодро откликнулась Маня. — Хочешь вина?

— Смотри ты! — удивился Анатоль. — Сколько он уже продержался? Год? Или даже больше?.. Вина я не пью, ты же знаешь, я лучше коньячку достану!..

И полез в пузатый прадедушкин буфет.

Маня постояла в дверях гостиной и ушла на кухню. Внутри головы у нее образовался крохотный, как будто свинцовый, шарик, очень тяжелый и холодный. Маня знала, что дальше он начнет неудержимо расти, и часа через два вместо головы у нее будет огромный, холодный металлический шар.

Маня плеснула себе вина, залпом выпила и достала из холодильника сыр.

— Есть нечего, конечно? — осведомился Анатоль, появляясь на пороге. В руках он держал увесистую круглую бутылку и два коньячных бокала. — Ну до чего вы, бабы, дуры, а?.. У тебя же вроде мужик в доме, а на стол подать нечего!

Маня, которая считала себя образцовой хозяйкой, возразила, что к приему гостей сегодня не готовилась и закупками провианта не занималась.

— И потом, ты же после шести не ешь, — напомнила она с некоторым злорадством. — Соблюдаешь красоту.

Он махнул на нее рукой.

— Один раз можно. На меня бабы знаешь как бросаются?..

— Как? — тут же спросила Маня, и Анатоль глянул на нее с подозрением.

Фамилия его была Кулагин, Анатолем он стал непосредственно по прочтении бессмертного романа графа Толстого «Война и мир». Анатоль Куракин — вот кто перепахал его неокрепшее юношеское воображение! Маня смутно помнила разговоры в семье о том, что дедушка и бабушка нынешнего Анатоля, тогда еще просто Толика, были всерьез обеспокоены и делились переживаниями с Маниными родственниками. Со всей силой изобразительного таланта граф, как известно, живописал Анатоля первостатейным подлецом, и что именно привлекало в нем Толика, для бабушки и дедушки оставалось загадкой. Маня помнила какие-то тревожные разговоры про «молодое поколение», «крушение идеалов», «слишком легкую жизнь».

Тревожные разговоры велись в этой самой квартире, за чайным столом, под молочной люстрой на бронзовых цепях, заливавшей уютным светом белую скатерть. Под этим светом особенно желтыми, яркими казались мармеладки «Балтика», облепленные бриллиантовыми крупинками сахара и вкусно уложенные в хрустальную вазочку.

После «Войны и мира» начались проблемы посерьезнее — «дурная компания», «чуждые ценности», «антисоветские элементы». Помнится, даже случилось совсем ужасное — прослушивание «Голоса Америки»! В той самой дурной компании, разумеется.

Мальчик, разумеется, умный и тонкий, не умел сопротивляться тлетворному влиянию, и решено было забрать его из МГИМО и отдать в ПТУ, кажется, по специальности стропальщика, а может, оператора станков с числовым программным управлением. И вроде даже отдали!.. Впоследствии Анатоль своим пролетарским андеграундным прошлым очень гордился — еще бы, сходил в народ и выжил!..

Впрочем, пребывание «в народе» ничего не изменило, он «стремительно катился под горку», набирая обороты. Бабушку и дедушку признали не справившимися с воспитанием, и тогда решено было из ПТУ отправить мальчика в Париж, где жили родители. Папа Анатоля состоял на очень большой и совершенно безопасной должности — то ли представителем ЮНЕСКО где-то, то ли советником по культуре при ком-то.

Жизнь, и до этого прекрасная, тут уж стала просто фантастической!.. Родители, милые и культурные люди, обременять себя не любили. Они потрепали шалунишку по длинным патлам в битловском стиле, рассеянно посоветовали «не дурить» и определили в знаменитый буржуазный университет. Папа ловко все устроил — простой советский паренек Анатолий Кулагин приехал «по обмену» из ПТУ непосредственно в Сорбонну!.. Здесь он моментально выучился блестяще говорить по-французски, курить травку и писать стихи.

Университетские подружки считали, что он не лишен поэтического дара, в котором есть что-то от Бодлера.

Лет двадцати Анатоль женился первый раз, кажется, на бразильянке, а может, на мексиканке. Родилась дочка Роксолана, Рокси, чернокудрая и черноглазая красавица, чудесное скрещение рас и смешение кровей. Вскоре ее мать окончила курс и отбыла к себе в Рио, а может, в Мехико, и все устроилось наилучшим образом, абсолютно для Анатоля необременительно.

Постепенно все умерли — дедушка с бабушкой, кажется, от огорчения из-за внука, так и не ставшего «порядочным человеком», и из-за коммунизма, так и не ставшего светлым будущим всего человечества. И во внука, и в коммунизм они верили свято и умерли, когда верить стало не во что и не в кого.

Потом родители. Отца разбил инсульт, когда новая власть бесцеремонно выпроводила его на пенсию, заставив сдать дела какому-то проходимцу, носившему пиджак из блестящей негнущейся ткани и беспрестанно жевавшему жвачку. Возможность купить жвачку за двадцать сантимов на любом парижском углу ввергала проходимца в экстаз. Мать какое-то время судорожно пыталась спастись от жизни, внезапно рухнувшей на нее, приставала к сыну, плакала, смотрела замученными глазами и все рассказывала, как он, маленький, ждал с работы отца. Дело происходило на даче, куда всех без исключения привозили черные «Волги», а он, совсем малыш, как-то научился различать именно отцовскую и ковылял с крыльца навстречу, и няня все боялась, что ребенок упадет, а он не упал ни разу!..

Анатолю было не до матери и ее глупых воспоминаний, и она тоже вскоре умерла.

На трагедии, сотрясавшие его семью и страну, он особенного внимания не обращал. Ему жилось прекрасно.

Во Франции остались связи, да еще какие! Одно время он бойко переводил для журналов, а потом французская жена ввела его в богемные круги, и он приналег на пьесы новых российских драматургов для экспериментальных парижских театров. Пьесы были ужасны, разумеется, про извращенцев, действительность вывернута наизнанку до такой степени натуралистично, что зрителей тошнило в проходах, — настоящий, большой успех!.. Анатоль и сам написал одну, где мать и сын сожительствуют друг с другом, и втроем сожительствуют с каким-то клошаром, а потом кто-то из них перерезает кому-то вены чайной ложкой, которую несколько минут точит на авансцене, и с первого раза перерезать не получается, а потом все удается, и тогда этой же ложкой герой пилит себе горло, и кровь вырывается фонтаном, и в финале безумная мать качает на коленях своего умирающего в страшных мучениях любовника-сына с перерезанным черным горлом и поет ему смешную детскую песенку.

Об этой его пьесе даже написали в левацкой газете.

Потом ему все надоело, и француженка надоела, они все с годами становятся скучными, как длинный и узкий шкаф с давно прочитанными книгами!.. Несколько раз она принималась всерьез толковать ему о ребенке, о загородном доме, о том, что в душном и пыльном Париже невозможно растить детей, о совместном счете на будущий университет для будущего отпрыска, о кредитах, о своем папочке из Нормандии, готовом выделить для зятя часть бизнеса, — ужасно.

Анатоль развелся и уехал в Москву, где было гораздо веселее!..

Власть переменилась, социализм обратился в капитализм, и не просто какой-нибудь завалящий, а «со звериным оскалом», но у руля, вот ведь странность, остались те же отцовские приятели, торжественно сжигавшие свои партбилеты прямо перед телекамерами, или их подросшие сыновья, все хорошие и милые люди. Но если в махровые совковые времена путать «свою шерсть с государственной» все же считалось преступлением, за которым могло воспоследовать наказание, то нынче все стало гораздо проще. Выражение «все вокруг колхозное, все вокруг мое» приобрело совершенно прямой, ясный и понятный смысл. Друзья и знакомые стремительно и неудержимо богатели, гребли под себя, обзаводились охранниками и бронированными автомобилями — все же конкуренция высока, а оскал «звериный»! Анатоль к богатству был равнодушен, именно потому, что в нем вырос, и честно не понимал, для чего нужно день и ночь ковать деньги, если они и так есть всегда!

Он опять переводил, только теперь наоборот, с французского на русский, кутил по ресторанам, поигрывал в рулетку, но никогда не увлекался, ибо был довольно скуп. Потом лихие разбойничьи времена миновали, постепенно сползли в скуку, обложенную для тех, кому повезло, со всех сторон мешками с миллионами, как горячечный больной обложен пакетами со льдом. Им стало ясно, что нужно как-то развлекать себя, а кабаки, бордели, иностранные тачки и браслеты «Картье» уже не вызывали аппетита. Захотелось чего-то эдакого, европейского, как его там... джентльменского чего-то захотелось!

И Анатоль вновь пригодился.

Его одноклассник прикупил радиостанцию и позвал Кулагина работать в эфир, а еще один знакомец учредил журнал, и Анатоль стал пописывать и называться модным словом «колумнист».

Наш колумнист Анатоль Кулагин!..

Дедушкина и отцовская квартиры, одна окнами на реку и Кремль на той стороне, а другая на Третьяковскую галерею, сдавались за какие-то несусветные деньги, сам колумнист и радиоведущий жил на даче, приятель — владелец автосалона — пригнал ему из Германии почти новую машину, еще не виданную в России, и продал за треть цены, по-дружески, по-свойски.

В Москве Анатоль моментально заделался членом высшего общества и аристократом в третьем поколении. Из низов туда тоже пробилось немало! И все эти пробившиеся, плохо образованные, жадные, не умеющие по первости как следует управляться с ножом и вилкой, сующие заскорузлые кулачищи в карманы итальянских брюк ручной работы, чтоб от нечего делать погреметь там ключами или мелочишкой, ковыряющие в ушах во время многомиллионных переговоров, заедающие столетний виски салатом «Оливье», вот они-то считали Анатоля с его парижским и кунцевским дачным прошлым образцом стиля, хорошего воспитания и аристократизма! Ему даже подражать пытались, но так носить пиджаки и клетчатые шарфы, курить сигары и выбирать устриц не умел никто!

Он женился еще раза три, все так же необременительно, а лет в сорок «полюбил по-настоящему».

Возлюбленной в то время едва стукнуло семнадцать, и она покоряла Москву на свой лад в каком-то модном клубе, где ее и подцепил Анатоль. Маня Поливанова, с которой он снисходительно дружил в память о прошлом и еще потому, что дружить с ней было не стыдно, какая-никакая, а знаменитость, даже уговаривала его «не делать глупостей и оставить девчонку в покое».

На проститутку новая возлюбленная была не похожа, напротив, все мерзкое, столичное, разложившееся ненавидела. Она носила джинсы в обтяжечку, а сверху цветастую цыганскую юбку, на голову повязывала бандану туго-туго, сверху пристраивала темные сиротские очочки в духе Джона Леннона, катала в зубах толстую папиросу — совершенно по-одесски — и всерьез рассуждала о Гессе. А когда Анатоль приводил ее на Покровку, учила Маню жизни.

Маня слушала, вздыхала, курила, взглядывала поверх очков и старалась помалкивать.

Девчонка презрительно фыркала на Манины паркеты, просторы, полосатые оттоманки, латунные ручки и льняные занавески. Она то и дело выскакивала на балкон — в прадедушкиных хоромах «ей было нечем дышать и воздуха не хватало». На балконе она перевешивалась через перила, как будто ее тошнит. Маня поначалу пугалась.

Своего прадедушку, знаменитого авиаконструктора Поливанова, строившего во время войны легкомоторные бомбардировщики, получавшего Сталинские премии, ордена и звания, Маня очень любила и гордилась им. В энциклопедии конструктору Поливанову была посвящена целая страница! Девчонка же именовала его «приспешником тирана» и утверждала, что всех таких непременно нужно судить посмертно показательным судом за то, что они «работали на режим и укрепляли власть сатрапа, вместо того чтобы честно бороться!».

Маня ничего этого слушать не могла и особенным терпением никогда не отличалась, так что все гостевания сей странной пары на Покровке, как правило, заканчивались скандалами.

Анатоль скандалы любил, а Маня ненавидела.

И с девчонкиным именем вышла путаница!..

Поначалу она была вроде Настя Обдуленко, но Анатоль решил, что такое имя прелестнице не слишком подходит, загадочности мало, да и вообще за версту разит Одессой и Привозом, и переименовал ее в Асю Ленко, решив, что без «обду» фамилия выйдет гораздо благозвучнее.

Некоторое время приятели, и Маня тоже, разучивали новое имя и уже почти разучили, когда Анатоль опять ее переименовал!.. Теперь девчонку следовало называть Таис Ланко. Таис худо-бедно при некоторой фантазии и перестановке букв могло сойти за сокращение от Анастасии, а Ланко звучало на редкость по-французски, а все французское Анатоль любил.

Кроме того, от Таис Ланко до Манон Леско совсем уж рукой подать!

— Ты играешь в аббата Прево? — спросила Маня, первый раз услышав новое имя возлюбленной Анатоля, а девчонка — знаток Гессе и литературы вообще — наивно спросила, при чем тут аббат.

В общем, и смех и...

— Грех, — под нос себе пробормотала Маня и глотнула еще вина, шут его знает, может, и тосканского, — и грех, и смех...

— Что ты там бормочешь? — Анатоль залпом хлопнул коньяку, довольно прилично, покопался в тарелке с сыром, ничего не выбрал и шумно выдохнул. — Развожусь я, Машка. Все. Больше не могу.

— Как?! — воскликнула Поливанова без особого энтузиазма. — Опять?!

— Вот что такое, а? — Анатоль вдруг покраснел и быстрым движением плеснул еще коньяку. — Вот чего ты мне сейчас морали будешь читать? Не учи взрослого дяденьку жизни, Машенька! Я гораздо больше тебя понимаю! И я говорю — не-мо-гу! Все!

Маня вздохнула.

Хоть бы Алекс быстрее вернулся со своего интервью! Яблок и колбасы не привезет, конечно, но

Анатоля... разгонит. Непонятно, почему так получилось, но Анатоль Кулагин Александра Шан-Гирея не то чтобы недолюбливал, а... как будто побаивался, что ли!..

Алекс никогда не вступал ни в какие дискуссии, в присутствии Таис Ланко вообще молчал. Поначалу Таис воинственно наскакивала на него с обвинениями, что, мол, Алекс пишет мелкобуржуазную прозу для старичков и импотентов, а писать нужно о том, что сатана грядет, и сгнивший мир смердит, как разложившийся труп, и черное солнце вот-вот встанет на Западе и возвестит, что настал последний передел.

Алекс какое-то время слушал, а потом неизменно спрашивал, очень вежливо:

— Хотите кофе? Или бутербродов? И хлеб, и колбаса у нас обыкновенные, от Елисеева.

Таис не понимала, почему Маня в этот момент всегда улыбалась, а Анатоль, наоборот, раздражался и говорил любимой, что она «чудовищно необразованна».

С самим Анатолем Алекс разговаривал вполне дружелюбно, но как-то слишком отстраненно, словно британский принц с королем Свазиленда Мсвати Третьим, явившимся на прием в Букингемский дворец в плетеной соломенной шляпе. Вроде и придраться не к чему, и протокол соблюдается, но тесного общения на равных никак не выходит.

В кулуарах Анатоль называл Алекса «хрен с горы» и еще — «наша гребаная знаменитость».

Алекс, в свою очередь, под разными предлогами уклонялся от участия в передаче, которую вел на радио Анатоль, и предложение написать колонку в тот же журнал отверг решительно.

В общем, дружбы двух талантливых и сильных мужчин не получилось.

— И слава богу, — вслух подумала Маня.

— Чего там слава богу?! — взвился Анатоль. — У нее ребенок, она меня разденет, как липку!

— Кто? — не поняла Маня, думавшая о своем.

— Таис, кто еще! — Он придвинулся и заговорил со страстным придыханием: — Машка, найди хорошего адвоката, а?! Ты же вроде с Глебовым дружишь! Пусть он ее голой оставит! Как подобрал нищенку подзаборную, так под забор и выброшу! А дочка чтоб со мной!.. А то ведь увезет в Одессу мою девочку, к биндюжникам своим, сука недотраханная!..

— Стоп, — приказала Маня. — У тебя, Толечка, своих адвокатов небось пруд пруди. Никого я тебе искать не буду. И что такое ты в голову взял?! Зачем тебе ребенок? Ей шесть лет всего! А тебя дома никогда не бывает, ты путешествовать любишь, эссе пишешь, ресторации уважаешь. Кто с ней будет заниматься?

— Дура! — Анатоль топнул ногой так, что перепуганно зазвенели высокие рюмки в прадедушкином буфете. — Нет, ну дура же, а?!. Все вы, бабы, одним местом думаете! Я что, должен Нийку отдать ее любовникам?! Чтоб она от них там набралась...

— Нет, конечно, ее лучше отдать твоим любовницам, — перебила его Маня. — Они все, как одна, готовы заступить на вахту, да?.. И от них она как раз наберется только хорошего, доброго!

Девочку звали Нийя — очень красиво и очень непонятно, — и бесконечные родительские скандалы к шести годам превратили ее в совершенную неврастеничку. Ее то осыпали поцелуями и подарками, то отсылали к бабушке в Одессу, то вдруг забирали обратно в Москву, то устраивали в подготовительный класс для детей элиты, то неожиданно начинали воспитывать в суровых православных традициях — в зависимости от настроения и от того, кто из родителей в очередной раз выиграл мелкую или крупную баталию.

Маня девочку Нийю не любила, стыдилась этого и старалась делать вид, что любит. Нийя, совершенно запуганная и задерганная родителями, знай только закатывала истерики по любому поводу.

— Нийка — моя дочь, она должна жить в Москве, учиться в Париже, ездить на море, а эта дрянь безмозглая ничего подобного ей дать не сможет и пусть катится на все четыре!.. Ты это хоть понимаешь?! Да где тебе! У тебя детей не было никогда!

Маня промолчала.

...Хоть бы Алекс скорее приехал!

— Безмозглая дрянь жила с тобой... сколько? Семь лет-то точно! И это она родила твою дочь, которая должна жить в Москве и учиться в Париже.

— Да от меня любая бы родила, и счастлива была б, что я ее обрюхатил!.. В ногах бы у меня...

— И выхода у тебя теперь никакого нет, Толя. Что бы ты сейчас ни орал, твоя жена в любом случае останется матерью твоего ребенка. Навсегда. До самой смерти. И ты должен будешь с ней договариваться.

— Я не стану с ней договариваться! Договариваются с теми, у кого в голове есть разум, а у вас, у баб...

— Ты зачем ко мне пришел, Толя?

Он удивился совершенно искренне:

— Как зачем? Поговорить! Ты мой самый старый друг, Машка, хоть и баба! Дай совет, а?.. Вот что мне теперь делать? Я же ее любил, так люби-ил!.. А она за все добро, что я для нее сделал, в душу плюет! Любовника завела и собирается Нийку увезти и спрятать.

— Про любовников слушать не желаю, — сказала Маня. — Ты первый начал. Ты же ни одной юбки не пропускаешь!.. И даже не скрываешь ничего.

— Я мужчина, и у меня потребности.

— Ты бы свои потребности или придержал малость, или удовлетворял где-нибудь в сторонке, где никто не видит. А ты с каждой пассией для желтых журналов фотографируешься! И что твоя жена должна делать? Любоваться, что ли, на эти потребности твои?

— Помалкивать она должна! Я ее содержу, кормлю, пою, одеваю!.. Я ее в прошлом году во Францию на две недели возил, туфли купил за четыреста...

— Заткнись.

Он осекся.

— Что?

— Ты скотина.

Неизвестно, что было бы дальше, потому что Анатоль тяжело задышал и сощурил бешеные желтые глаза, а Маня поднялась, сразу став на голову выше его, и потными от гнева пальцами крепко взялась за ножку бокала, из которого пила, и даже с наслаждением представила себе, как выплескивает содержимое ему в лицо и красное вино заливает его неопрятную, мятую на животе рубаху, но тут где-то очень далеко произошло какое-то движение, негромко хлопнуло, и Алекс позвал:

— Маня?

Она моргнула, посмотрела на свои стиснутые пальцы и осторожно их разжала.

...Матерь божья! Кажется, пронесло.

Маня выскочила в коридор, очень длинный и темный, как во всех старых домах, и потрусила к двери.

— Господи, какое счастье, что ты приехал!..

На полдороге она остановилась и прищурилась за очками.

Он приехал, но не один.

Это было вполне в его духе — привести в дом людей, даже не предупредив.

— Добрый вечер, — злобно поздоровалась писательница Поливанова, и Алекс быстро на нее посмотрел. В руках у него была какая-то коробка, и он сунул ее на прадедушкину полку для шляп, довольно высоко.

Люди, пришедшие с ним, вразнобой поздоровались.

Алекс подошел и взял ее за руку, горячую и потную.

— Нам нужно закончить интервью, — сказал он, рассматривая Манину физиономию. — Почему-то именно на моем рабочем месте.

— А вопрос «где вы берете сюжеты» уже задавали?

— Маня, познакомься, это Ольга Красильченко, журналистка, а это...

— Вы та самая знаменитая тетя, да? — воодушевилась Маня и высвободила руку. — Дэн нам все уши про вас прожужжал!

Знаменитая тетя как будто споткнулась, клюнула носом и уставилась на Маню. Болтнулись взад-вперед очки на цепочке, а пухлые щеки покраснели, как у маленькой девочки.

— Дениска всегда рассказывает... невесть что, — выговорила журналистка.

Дэн Столетов, Ольгин племянник, здоровенный, лохматый, громогласный, работал в журнале «День сегодняшний» и дружил с Володей Береговым из издательства «Алфавит», а с некоторых пор еще и с Маней и Алексом. Когда несколько месяцев назад Берегового чуть было не засадили в каталажку, Дэн поднял на ноги всех — даже Екатерину Митрофанову, начальницу Берегового, которая его недолюбливала, и эту свою тетю Олю, на самом деле первоклассную и очень опытную журналистку, — и как-то само собой получилось, что теперь они «близкие люди», почти родственники. Говорят, так всегда бывает после испытаний, которые люди проходят вместе.

Шут его знает, может, и вправду бывает. По крайней мере, Мане Поливановой казалось, что она знает Дэна много лет и в детстве они ковырялись в одной песочнице. Хотя этого никогда и не было!

— Так это вы делаете интервью, Ольга? Алекс, нам повезло! Значит, вопроса «где вы берете сюжеты» не будет.

Тетя Дэна смутилась еще пуще, а Алекс слегка дотронулся до Маниного плеча — предостерегающе. Насилу понял, что она во взрывоопасном состоянии!..

— Ольга, это Марина Покровская. Автор детективных романов.

Про Маню Алекс почему-то никогда не говорил, что она — писатель.

— Проходите! — И автор Покровская сделала хлебосольно-приглашающий жест рукой. — У нас сегодня полно гостей.

Она не сказала, что ее можно называть «просто Маней», и не обратила никакого внимания на другую вошедшую, которая сосредоточенно сопела у самой двери, и Алекс понял, что дело серьезнее, чем кажется на первый взгляд.

Что-то ее расстроило, и сильно. Или работа сегодня пошла не так?.. Или она зла на него, что не позвонил?.. Впрочем, он никогда не звонил и считал, будто давно приучил к этому Маню.

Цыган, говаривала Поливанова, тоже приучал свою лошадь не есть. И она уж почти привыкла, да только с голоду сдохла.

— ...вы извините нас, пожалуйста, — приглушенно бубнила на заднем плане Ольга Красильченко, — нам нужны фотографии с рабочего места Алекса, и я бы задала ему еще буквально пару вопросов!.. Их задавать имеет смысл только там, где человек живет, в общественном месте не годится...

— Пожалуйста, пожалуйста, сколько угодно! — фальшиво восклицала Маня. — Да вы проходите, не стесняйтесь! Мне, правда, угощать вас нечем, Алекс не предупредил, что будут гости.

— Ничего, ничего не надо, что вы! И мы не гости, мы всего на пять минут, только закончим работу и не станем вам надоедать...

— Ты чего такая злая? — в ухо Мане спросил Алекс.

— Ничего.

— Что-то случилось?

— Ничего.

— Мань, у меня кроссовки не снимаются, я в них пройду?

Она судорожно поправила на носу очки и уставилась в угол, где возилась безмолвная до этой минуты вторая гостья.

Девица Таис Ланко выбралась на свет, небрежно, снизу вверх, кивнула Мане и спросила равнодушно:

— Ты чего уставилась? Я фотографирую! Я же фотограф!

О фотографических упражнениях супруги Анатоля Маня знала не понаслышке. Когда девчонка только явилась в Москву и Анатоль обрел ее в качестве «единственной любви», выяснилось, что никакой профессии у нее нет и приставить ее к делу будет довольно затруднительно, потому как ярко выраженных пристрастий, а также образования нет тоже, а ему очень хотелось, чтобы она чем-то... «занималась». Все же он был много старше, опытней и умнее и понимал, что приспособить строптивую семнадцатилетнюю красотулю сразу и навсегда к домашнему хозяйству вряд ли удастся.

«Занятия» придумывали довольно долго и всем миром. Сначала собирались пристроить ее на радио, но она говорила нараспев и еще так: «Сама я с Одессы», а это для радио ну никак не годилось. Потом вроде определили в журнал бумажки перебирать, но она там фрондерствовала, бумажки путала, на звонки отвечать не умела и то и дело сбегала в курилку, где было гораздо интереснее. Тогда решили, что она станет фотографом! Было куплено оборудование, — камера, объективы, штативы и лампы — пройдены ускоренные курсы, и несколько главных редакторов, старинных знакомцев Анатоля, скрепя сердце стали поручать ей несложные съемки.

Так продолжалось какое-то время, потом родилось дитя, Анатоль пустился во все тяжкие, начались скандалы, девчонка время от времени безутешно рыдала в жилетки тех же главных редакторов, взрослых, умудренных, тертых мужиков. Они ее утешали и, несмотря на то что, просматривая результаты «фотосессий», все, как один, тяжко вздыхали, но заказы все же давали — жалели дурочку. Работа тоже в основном была «по знакомым». К чужому человеку девчонку не отправишь, она того гляди завернет там что-нибудь про искусство для импотентов или снимок забацает, где у «звезды» один глаз закрыт, второго будто и вовсе нет, а изо рта слюна брызжет, выложит в Интернет и станет там рассуждать, что «в неприкрытой правде и есть суть фотографии»! Один сердобольный из редакторов так и попал, судился потом со «звездой», которая про «неприкрытую правду» слушать не желала, а напирала на «ущемление чести и достоинства» и процесс выиграла!..

Между тем Таис Ланко вооружилась фотокамерой, прицелилась и зачем-то запечатлела задницу

Алекса, который как раз нагнулся, чтобы убрать с дороги ботинки.

— Ну, все в сборе, — бодро объявила Маня, которая решительно не знала, что теперь делать, и опасалась скандала в присутствии журналистки Ольги Красильченко. — Может, чайку?.. Таис, у меня как раз гостит твой муж.

Алекс хотел что-то сказать, даже рот открыл, но передумал. Журналистка маялась, чувствуя в атмосфере потрескивание электрических разрядов, а Таис Ланко фыркнула и повела плечиком под сиротской тужурочкой из негнущегося, скрипящего, как неисправные тормоза, кожзаменителя — давно миновали времена, когда Анатоль раскошеливался на наряды для супруги!..

— Мы сейчас очень быстро все закончим, — вновь горячо пообещала журналистка, подняв голову, посмотрела на высоченную Маню и улыбнулась ей, как старшие улыбаются малышам. — Вы не волнуйтесь, Марина.

— Да я не волнуюсь. Алекс, я так понимаю, что твое рабочее место — это мое рабочее место? В кабинет проводить?

Знаменитый писатель Лорер в кабинете отродясь не работал. Он вообще никогда не писал в каком-то... специально отведенном месте! Таскался со своим ноутбуком из кухни в прадедушкину библиотеку, а оттуда в спальню, непременно устраивал вокруг себя «гнездо», как это именовала Маня, из книг, старых журналов, музыкальных дисков, обрывков каких-то записей и разномастных листочков с нарисованными рожицами и выписанными цитатами.

Когда он был «в тексте», ничего вокруг не видел и не слышал и однажды таким макаром улетел вместо Парижа в Амстердам — в зале ожидания во Франкфурте, где была пересадка, строчил роман и, дописывая на ходу, ушел в другой коридор, и очнулся, только когда его хватились и французский издатель, обеспокоенный отсутствием знаменитого писателя, стал названивать по всем телефонам.

Подруга Митрофанова несколько раз всерьез толковала Мане, что он полоумный и его нужно лечить у специального врача.

Поливанова проводила всех в кабинет, с тоской думая о том, во что они сейчас превратят ее рабочее место, — девчонка щелкала затвором, все снимала, хотелось бы знать, что именно! — и вернулась на кухню.

Анатоль с воинственным видом болтал в пузатом бокале коньяк. Маня хмуро принялась составлять на поднос чашки.

— А я знал, что она приедет! — мстительно сообщил старый друг — лучше новых двух — и, перегнувшись, выглянул в коридор, где никого не было. — Еще вчера объявила, что ей заказали твоего хрена с горы!.. Тоже мне, нашли фотографа!

— Это ты всем объявил, что она фотограф. Она не сама придумала.

— Вот чего он всем дался, а?.. Нет, ты мне скажи! Ну что, он в самом деле хороший писатель, что ли?! Чего такого он написал, почему все кипятком писают?! Нет, по европейским меркам оно, конечно, может, и написал, но там никакой литературы давным-давно нету, и культурный процесс скатился ниже...

— Да.

— Чего — да?

— Он хороший писатель.

— Ой, ну брось, а?.. А то я не понимаю в писателях! Ты так говоришь, потому что он тебя трахает и до сих пор не бросил! А вам, бабам, только и надо, чтобы трахали как следует, тогда в каждом мужике вы видите... царя! Вы ведь лишь прикидываетесь порядочными, а на самом деле вы самки, все до одной! Вы все хотите нравиться и трахаться, и если вас не иметь, вы же не простите! Для вас только тот мужик, который...

— Вас вывести или уйдете сами?

Маня чуть не уронила прабабушкину чашку, которую уже минуту без толку терла полотенцем.

Вид у хорошего писателя, стоявшего в дверях, был абсолютно безмятежный. Кажется, даже веселый.

Маня улыбнулась ему грозной улыбкой. Щеки у нее горели тяжелым румянцем. Ах, как Алекс знал и эту улыбку, и румянец!..

— Свари мне кофе. Я что-то сплю целый день.

— А потому что не надо до четырех утра в книжках рыться!

— Мне больше некогда рыться. Ну так что, Анатолий? Уйдете сами или устроим сцену с выволакиванием?

Анатоль медленно и очень выразительно встал, не менее выразительно выплеснул в себя коньяк, сглотнул и с показательным грохотом поставил стакан на стол.

— Значит, так, — начал он, и Алекс подумал с некоторой насмешкой: видимо, все проделанное означает, что придется выволакивать, — я пришел не к тебе, и дом этот не твой! И указывать мне на дверь ты не смеешь!..

Алекс вздохнул.

— У нас полно посторонних, — скороговоркой напомнила ему Маня. — Будь осторожен.

— Никто ничего не заметит, Маня.

— Кто ты такой?! Ты вообще никто, пшик! Книжный червь! Бледная поганка! — И Анатоль зачем-то плюнул на пол. — Я тут всю жизнь провел, а ты!.. Какое право ты имеешь мне указывать! Я всегда правду говорю, вон Машка знает и меня за это уважает! И если я говорю, что она б...дь, значит, это правда!..

Алекс Лорер — хороший писатель, книжный червь и бледная поганка — одним движением крепко взял Анатоля за руку и за плечо.

Анатоль словно по команде выпучил глаза, коротко прохрипел невнятное, дернулся и нагнулся вперед, будто собираясь искать что-то на полу.

Маня отвернулась. Она знала, что Алекс умеет проделывать всякие такие штуки и время от времени даже проделывает, но смотреть на это не желала.

Ведя Анатоля впереди себя, как непослушную собачку на коротком поводке, Алекс вышел в коридор и пропал. Появился через некоторое время без всякого Анатоля и вежливо напомнил ей про кофе.

Маня достала турку, водрузила на плиту и покосилась на него. Щеки у нее по-прежнему горели, хотя в кухне стало как будто значительно просторнее и легче дышать, и окно она распахнула настежь.

— Что это ты так разошелся?

Он пожал плечами.

— Ты чего разошелся, а?!

Он вдруг улыбнулся очень весело:

— Должен ли я сказать, что не позволю никому оскорблять тебя? Или можно не говорить?

— Можно не говорить, — буркнула Маня. — Кофе в кабинет подам.

— Спасибо.

Она нагнала его в длинном темном коридоре, повернула к себе, обняла и припала.

— Как я устала, ужас. И Анатоль приперся!.. Я думала, ты один приехал, а оказалось... У тебя надолго еще этот конфитюр, в смысле интервью?..

Алекс потерся щетиной о ее горячую щеку.

— Знаешь, я думаю, надолго. Она очень... въедливая журналистка, эта Ольга.

Маня вздохнула.

— Я так с голоду помру. Совсем. Окончательно. Ты бы хоть привез чего-нибудь!

— Откуда? С интервью? А теперь извините, мне нужно в бакалею?..

Маня фыркнула ему в волосы, в тысячу первый раз мельком подумав, что это несправедливо: такие ресницы и кудри должны были барышне достаться, а достались...

Кабинетная дверь распахнулась, прямоугольный кусок теплого вечернего солнца упал на них, прижавшихся друг к другу. Алекс зажмурился.

Журналистка Ольга Красильченко ойкнула, засуетилась, заоборачивалась и юркнула обратно в кабинет.

Из кухни громко зашипело, и, кажется, что-то там полилось.

— Кофе сбежал, — сообщила Маня. — Иди, я сейчас новый сварю.

Настроение у нее стремительно улучшалось, и, собирая с плиты коричневый засохший порошок, она даже напевала себе под нос.

Может, в магазин пока сгонять, раз уж въедливая журналистка Ольга так просто не отстанет?.. А что? Вполне! До гастронома на бульваре довольно далеко, зато через три дома есть крошечная дорогущая лавочка, гордо именовавшаяся «продовольственный бутик». В «бутике» были представлены французские паштеты и багеты, русские осетры, водки и «кавьяры», шотландские виски и испанские хамоны, в лучших традициях подвешенные к потолку на длинных веревках. Народ в «бутик» заходил больше на экскурсию, чем за продуктами, и Маня не слишком любила покупать там еду — дорого и бестолково.

Но ради такого случая — приступа любви к Алексу, изгнавшему из ее дома «старого друга», — вполне можно!..

Очень осторожно она внесла в кабинет поднос с начищенными до блеска кофейником и чайником, пристроила его на прадедушкин стол зеленого сукна и сообщила, что «отойдет на минутку».

Алексу сообщение не понравилось — Маня определила это по его носу. Вслух он ничего не сказал, говорить «о личном» мешали разложенные вокруг диктофоны общим числом три штуки. Должно быть, Ольга Красильченко и впрямь очень ответственный журналист, вон как подготовилась!.. Таис Ланко на

Маню вообще не обратила никакого внимания. Она скучала на прадедушкином кожаном диване, держа на худосочном животе фотоаппарат. Специальные лампы на длинных ногах, расставленные тут и там, не горели, очевидно, «фотосессия» еще впереди.

Потом нужно будет обязательно, обязательно посмотреть, что там Таис наснимает, а то мало ли что...

На улице было тепло и по-летнему пустынно. Маня очень любила Москву именно летом, когда она немного освобождалась от машин и людей, становилась просторной, начинала легче дышать. На бульваре вдалеке местные мамаши катили коляски и ковыляли карапузы, уже выросшие из колясок. Следом ковыляла бабушка или няня — и бабушка, и карапуз в панамках, чтоб «не напекло», бабушек почему-то всегда беспокоит, что внучку «напечет головку», хотя вечернее московское солнце решительно никому и ничего напечь не может! Машин мало, и все чистые, веселые. Чахлые липы в скверике стояли, не шелохнувшись, отдыхали. И пахло летом, волей.

...Во дворе издательства «Алфавит», обустройством и красотой которого занималась сама генеральная директриса, вскоре распустятся пионы. Маня Поливанова очень любила пионы, и Анна Иосифовна всегда преподносила ей букет самых первых, самых свежих!..

А вот Александр Шан-Гирей никаких букетов не преподносил, хотя она несколько раз с дальним прицелом толковала ему про пионы!.. Как правило, он вспоминал о них глубокой осенью, некоторое время бестолково искал, благополучно не находил и успокоенно забывал.

В «бутике» Маня купила так много — все вкусное! — что пакеты тащила с трудом, и пришлось даже по пути сделать привал. Она пристроила грузы на лавочку, поправила на вспотевшем носу очки и оглянулась по сторонам.

Коляски катились, карапузы топали, бабушки поспешали. Как, однако, хороша жизнь!..

Из ее подъезда, до которого было уже, в сущности, рукой подать, выскочила Таис Ланко и дунула в противоположную от Мани сторону, к Садовому кольцу.

...Должно быть, Алекс и ее выставил, решила Маня. Стала бузить, вот он и выставил. А что? С него станется!.. Впрочем, нам от этого только лучше, свободнее. Хотя дело-то останется несделанным, фотографии к интервью нужны, как ни крути. Пришлют другого фотографа, на него придется потратить еще полдня!..

Маня Поливанова загрузилась в лифт, кое-как прикрыла двустворчатые тугие дверцы и локтем — руки-то заняты! — нажала выпуклую черную кнопку. Лифт в старинном доме на Покровке тоже был старинный, и кнопки правильные, упитанные, нажимавшиеся со смачным щелчком. На втором этаже лифт, медленный, как черепаха на прогулке, остановился, и вошла соседка Софья Захаровна со своей левреткой по имени Гарольд. Ей нужно было вниз, выгуливать Гарольда, но она сказала Мане, что с ней «прокатится».

— Вот времена, — уронила Софья Захаровна, сторонясь Маниных пакетов. — Женщина вынуждена сама — сама! — таскать сумки! Да еще такие тяжеленные!

Маня покивала, соглашаясь. Очки съехали на кончик носа.

Софья Захаровна не одобряла Маню, а заодно и ее не слишком приличную связь с Алексом. Во-первых, в законном браке никто не состоит. Во-вторых, в чинный подъезд с фикусами, где нет никаких чужаков, а ордера в свое время подписывал сам товарищ Калинин, с появлением Маниного кавалера повалили какие-то странные личности, утверждавшие, что они — журналисты. К чему приличным людям журналисты?! В-третьих, профессии у обоих какие-то подозрительные. Ну, что это, скажите на милость, за профессия — писатель?.. Хорошо хоть артиста не привела! Впрочем, что с нее взять, одна, без старших, присмотреть некому.

Мимо клетки, которая плыла вверх с черепашьей скоростью, кто-то громко протопал и кубарем покатился по лестнице вниз.

— Уж не ваш ли... приятель ринулся? — осведомилась Софья Захаровна.

— Думаю, что нет, — бодро заявила Маня и кое-как открыла двери причалившего лифта. Соседка никак ей не помогла. — До свидания!

В ее квартире работа шла полным ходом, и все оказались на месте, включая Таис Ланко, про которую Маня думала, что Алекс ее выгнал. Лампы на длинных ногах запалены, свету столько, что кажется, будто сейчас вытекут глаза, и жара, невыносимая, одуряющая.

...Странно. Кого же я тогда видела у подъезда?.. Или у меня галлюцинации начались в прямом, так сказать, смысле слова?..

СЕГОДНЯ

Все некоторое время молчали, а Маня полезла в холодильник и налила себе нарзану — говорила долго, устала, во рту пересохло.

— Хотите? — предложила она Мишакову, и тот задумчиво кивнул.

Вода оказалась вкусной, пузырчатой, ледяной.

...Значит, надо соседку расспросить первым делом, остальных можно потом.

Журналистку Красильченко тоже следует найти немедленно и поговорить по горячим следам, и эту, супругу-то, со странными именами!..

— Как, вы сказали, ее настоящее имя?

— Таис? Я точно не помню, но вроде сначала она была Настя Обдуленко.

— Настя — это Анастасия, что ли?

Маня пожала плечами.

— А вот вы когда возле подъезда на лавочке отдыхали, точно видели, что это она выходила?

— Мне показалось, что она. — У Поливановой сделался виноватый вид, как будто она стеснялась, что не может быть окончательно и бесповоротно полезной. Алекс ненавидел этот ее виноватый вид! — Но у меня зрение плохое, да еще астигматизм, так что...

— Не могла же она у вас перед носом проскочить, а потом оказаться в квартире! — грубо сказал Мишаков, который не знал, что такое астигматизм. — Выходит, это была не она.

— Выходит, — согласилась Маня быстро.

— А могла она по лестнице подняться, когда вы в лифте с соседкой ехали? Вы вроде сказали, по лестнице кто-то топал!

— Мне показалось, что человек спускался, а не поднимался, очень быстро бежал, понимаете?.. Хотя... я вижу плохо и все время на пакеты смотрела, боялась, что порвутся. Они тяжелые такие были, я их еле волокла! Может, имеет смысл у Софьи Захаровны спросить?

— Мы спросим, — пообещал Мишаков и с сожалением посмотрел на пустую бутылку из-под нарзана, ему хотелось еще.

Писательница Поливанова капитанское сожаление заметила, моментально достала из холодильника следующую и налила почти целый стакан, сразу подернувшийся туманной прохладной пленкой.

...Она наблюдательная, подумал Мишаков, с удовольствием глотая воду, все замечает. Нужно будет посмотреть в Интернете, что такое этот самый «астигматизм».

— Ну а вы? — И он повернулся к патлатому, оказавшемуся знаменитым писателем. Вода булькнула в горле, и капитан стыдливо прикрыл рот рукой.

— Что... я?

— Пока ваша сожительница в магазин бегала, сумки тащила, вы все время вот тут, в кабинете, отдыхали и давали интервью. Так?

Слово «сожительница» он употребил намеренно, чтоб уязвить писателя. Капитану было известно, что тонкие натуры никаких таких слов не любят и при произнесении их всегда становятся на дыбы, а капитану было очень важно писателя... раскачать. Поставить на дыбы. Пока он вел себя так, как будто происходящее его не касается — вон даже на площадку не вышел, когда труп обнаружили.

...Нет, когда его обнаружили, может, писатель и выходил, а когда опера приехали, сидел в собственной кухне на подоконнике, ногой качал!..

...Посмотрим, как ты крыльями замашешь, когда я тебе пару хороших вопросов впаяю! Да еще объявлю, что ты, как ни крути, и есть главный подозреваемый!.. Сожительницу твою убиенный оскорблял? Оскорблял! Ты ему в рожу давал? Давал!.. С лестницы спускал?.. Спускал!

Впрочем, если все, что рассказала писательница, правда, капитан бы этого Кулагина и сам, пожалуй, того, с лестницы спустил!

Не любил, ох, не любил капитан этаких фанаберий, когда негодный вроде мужичонка бабу унижает, и чем гаже мужичонка, тем больше унижает — только от гадости своей и слабости во всех вопросах!

Писатель на специальное слово «сожительница» никакого внимания не обратил и ироничному капитанскому тону значения тоже не придал. Только кивнул, и все, — да, мол, был всё время здесь.

— А скажите, вот интервью, к примеру, это долгое дело, да?.. Вроде вы с утра уехали, а приехали только под вечер, а интервью все ни с места?

— Мы заканчивали уже, — вяло сказал писатель. — Маня, принеси мне мобильный. Нужно Анне Иосифовне сообщить, что в издательство я сегодня не приеду. — Он перевел на капитана странно светлые, как у полярного волка, глаза. Они, удивился Мишаков, у него были как будто желтые, и впрямь волчьи. — А интервью разные бывают, капитан. Ольга Красильченко — журналист опытный и с репутацией. Стандартных вопросов не задает, и стандартных ответов ей не нужно. С ней трудно разговаривать. Я от нее очень устал, но обещание есть обещание!

— Алекс обещал нашему издателю, что даст это интервью, — встряла Поливанова. — Вы знаете, мы все любим Анну Иосифовну, и когда ей что-то нужно, стараемся...

— Это к делу не относится! — перебил Мишаков. — Когда Марина Алексеевна в магазин ушла, они обе, и журналистка, и фотограф, у вас на глазах были? Все время?

И подумал злобно, что, если писатель опять пожмет плечами, он его точно в «обезьянник» отволочет!.. Вот прям так, за буйные кудри, в машину и — добро пожаловать в отделение!..

Писатель пожал плечами.

Капитан перевел дух.

— Это что значит?

— Ольга все время задавала мне вопросы. Мы сидели в кабинете. Кажется, я только один раз вышел, чтоб подогреть кофе. Маня сварила, когда уходила, и мы его пили.

— Алекс, подогретый кофе — не кофе, — опять встряла Поливанова, — нужно было свежий сварить, что ты, ей-богу!

— Это к делу не относится! — провыл капитан. — Говорите по существу! Где была вторая?! Одна с вами лясы точила, а жена его где была?

— Где-то в квартире.

— Это что значит?!

— Это значит, что я за ней не следил. Она входила, выходила, кажется, кому-то звонила. Я не прислушивался.

— А могла она из квартиры выйти?

Алек подумал немного.

— Могла, наверное. У нас тяжелая дверь, сильно гремит, когда закрывается, но я... не обратил внимания.

Капитан что-то пробурчал себе под нос, явно нелестное и для чужих ушей не предназначенное.

— Слушай! — вдруг воскликнула Маня, и они оба оглянулись. Глаза у нее блестели, и нос смешно двигался, как у любопытной мыши. Она его почесала. — Это она, должно быть, Артему звонила! Потом же еще Артем приходил! У нас вчера, товарищ капитан, был день визитов. Все приходили и уходили. И Дэн приехал.

— Какой еще Дэн?!

— Дэн Столетов, племянник тети Оли. Он наш друг, тоже журналист. Я сейчас расскажу. Хотите еще воды? Или кофе подать?..

ВЧЕРА

Маня заглянула в кабинет.

Алекс сидел за ее письменным столом, из-за которого она с таким трудом вытащила себя совсем недавно, и никакого участия в происходящем, казалось, не принимал. Таис с сосредоточенным видом волокла по прадедушкиному ковру осветительный прибор, Ольга Красильченко толковала ей, что снимок за столом делать как раз не нужно, потому что «только ленивый не снимал писателя за рабочим столом»!

— Хорошо, что ты вернулась, — пробормотал Алекс.

Ольга оглянулась на Маню и виновато сообщила, что работы осталось совсем чуть-чуть, а Таис — мстительно — ее поправила, мол, работы еще вагон.

— Может, чаю?.. — предложила Маня.

И в этот момент в дверь позвонили.

Алекс и Маня посмотрели друг на друга.

...Ну что? Вернулся оскорбленный старый друг, как следует приложившийся к коньячишке в соседнем баре и жаждущий продолжить общение?..

— Я открою, Маня, — Алекс стал выбираться из-за стола.

— Подожди, — глупо пробормотала она, — я спрошу, кто там.

Он усмехнулся, прошагал по коридору и распахнул дверь. В «глазок» не стал смотреть и спрашивать в домофон, кто пришел, не стал тоже — чертов гордец и упрямец!..

Маня настороженно маячила у него за плечом, на всякий случай.

— Здорово, ребята! — с порога загрохотал Дэн Столетов. — Есть хочу, помираю! Алекс, куда ты дел мою козочку? Мой волшебный цветок? Мою кысочку? — Он смачно приложился к Маниной щеке и пояснил совершенно другим тоном, как артист, который обращается то к галерке, то к партеру: — Тетя пропала.

— Дэн, как я рада тебя видеть! — Маня стремительно приблизилась, взяла его за уши и потрясла лохматой Дэновой головой в разные стороны. — Вот ты молодец, что приехал!

— Еда есть?

— Есть, есть еда! Проходи скорей!

— А тетю куда девали?

— И тетя есть! У нас, как в Греции, все есть!

— Не, но она еще утром на интервью к великому писателю укатила и за весь день ни разу не позвонила племяннику, — тут Дэн опять пояснил невидимым зрителям: — То есть мне. И я весь на нервах, как институтка!

— Ясный хобот, не позвонила! Мне тоже никто весь день не звонил, а я за работой всю задницу себе отсидела! — Маня говорила громко, освобожденно, хотя весь вечер цедила сквозь зубы. — Они еще даже не закончили.

— Ну, ты же знаешь мою тетю! Мой нежный цветок! Она уж если в кого вцепится, то как бульдог, не оторвать ее! На то она и великий журналист и материалы такие делает, что даже крокодилы, когда читают, плачут. И гонорары ей платят такие, что во сне не снились даже самому...

— Дениска, — пролепетала тетя Дэна Столетова из глубин коридора. — Господи, как ты сюда попал?!

И они на нее оглянулись — молодые, здоровенные, хохочущие, белозубые, очень похожие друг на друга, хотя, в чем эта похожесть, журналистка Ольга Красильченко так сразу не смогла бы определить.

— Тетя! — вскричал Дэн и простер к ней руки. — Ангельчик! Эти гадкие люди тебя мучают?..

Тетя покачнулась, но удержалась на ногах. В два шага племянник оказался рядом, сгреб ее в охапку, прижал к себе, оторвал от пола, нежно поцеловал в макушку и аккуратно поставил. Она взялась рукой за книжную полку, чтобы на самом деле не упасть.

Ольга знала совершенно точно, что мальчик, которого назвали так, потому что им с сестрой очень нравились «Денискины рассказы», ее мальчик, который таскал домой всех бездомных кошек, плакал, когда в кино тонула лошадь, заступался за очкастых девчонок и дружил с «ботаником» Володей Береговым, не может быть своим в... этом доме.

Здесь жили настоящие знаменитости, Покровская и Алекс Лорер, — страшно сказать!.. Не скороспелые поющие «звезды» на один сезон, не ведущие астрологической программы, не юмористические унылые шутники! Лорер со своими немногочисленными романами то и дело возглавлял список бестселлеров «Нью-Йорк таймс» и шорт-лист Букера, не какого-то там доморощенного, а самого настоящего, большого!.. Когда-то он начинал печататься на французском языке, и никто не верил, что он русский, этот странный длинноволосый выскочка, а нынче поговаривали, что французское правительство собирается наградить его орденом Почетного легиона, редчайшая штука для русского писателя! Он жил очень закрыто, как будто сторонился людей, прятался и тем не менее был узнаваем, как в далеком советском прошлом были узнаваемы генеральные секретари ЦК КПСС, то есть всеми и всегда.

Покровская писала детективы, о шорт-листах, Букере и Почетном легионе речь не шла, конечно, но пассажиры в метро и маршрутках, пациенты в очереди к терапевту, бабуси в скверах и продавщицы в палатках сидели, уткнувшись в ее книжки. Их возили с собой в отпуск, забывали в метро, покупали в киосках «Союзпечать», и казалось, что они повсюду, как будто возникают из воздуха. Ольга Красильченко когда-то даже подумывала провести исследование и написать большую статью о феномене русского детектива «с женским лицом», а потом решила, что это будет очень скучно, и писать не стала. Все равно вразумительных ответов, почему так популярен сей жанр, почему пишут в основном женщины и почему все повально читают, невозможно дать, а повторять в сотый раз одно и то же ей не хотелось.

Они были очень странной парой, Покровская и Лорер, более не подходящих друг другу людей трудно сыскать, и, может, поэтому, а может, потому что оба талантливые, непонятные и знаменитые каждый на свой лад, их хотелось рассматривать, фотографировать, изучать как явление.

И племянник Дениска тут совсем ни при чем! Он же просто... мальчишка. Умненький, славный — ей ли, тете Оле, этого не знать! — но самый обыкновенный, а эти люди ее пугали. Всерьез. Следовало как-то защитить от них Дениску, объяснить ему, неразумному, что с ними нужно быть осторожным.

— Денис, — сказала Ольга и резко выпрямилась. Ей казалось, что так она выглядит внушительней. — Я сейчас занята. Уезжай. Я позвоню тебе, как только...

— И поесть нельзя?! — жалостливо воскликнул племянник.

— Не кривляйся. Я прошу тебя, уезжай.

— Нет, а что такое-то? — сунулась знаменитая детективщица Покровская. — Мы вам мешать не станем. Мы на кухне засядем, заодно приготовим чего-нибудь!..

— Денис, не стоит обременять людей. Они и без нас с тобой...

Тут только Дэн понял, что тетка рассердилась всерьез, но не понял, на что. Ну, приехал, ну, нашумел — он всегда шумит, — ну, еды попросил и что?..

— Матерь божья, — Поливанова взяла растерявшегося Дэна под руку, — да никого он собой не обременяет, что вы!.. Вы продолжайте, у вас там фотограф на диване лежит, скучает, а мы сами по себе.

И увлекла Дэна за собой по коридору.

Алекс сбоку посмотрел на Ольгу Красильченко.

— Мы ничего ему не сделаем, Ольга, — сказал он тихо и сморщил губы — улыбнулся. — Не нужно его защищать. По крайней мере, от нас.

Журналистка вспыхнула, дернула шеей, как будто проглотила что-то неудобное, и пробормотала:

— Все-то вы видите.

Он пожал плечами, и тут одновременно позвонили в дверь, и Таис Ланко закричала из кабинета, что ждать вечно она не намерена, у нее дома ребенок, и давайте, мол, работать!..

Из кухни выглянула взъерошенная Маня с полотенцем в руках, а следом за ней показался Дэн, который что-то хрустко жевал.

Алекс вздохнул и открыл.

На пороге стоял парень, совершенно незнакомый.

— Вы к кому?..

— Мне Настю! — выпалил парень. — Срочно.

— Кого?.. — спросил Алекс.

— Я знаю, она здесь! — неожиданно громко заголосил парень, как будто Алекс намеревался не допустить его к неизвестной Насте. — Настя! Настя!!..

— Что вы вопите?!

— Пусти меня, слышь, ты!..

— Святые угодники!

— Настя!!!

— Алекс, выстави его! — крикнул Дэн.

— Дениска, не лезь!..

— Оль, ты-то чего?!

Произошло стремительное движение, что-то мелькнуло, и Таис Ланко кинулась пришедшему на грудь и вцепилась в него обеими руками — как в кино.

— Артем! Откуда... что случилось... ты как?..

— Пошли, быстро! — Парень мотнул головой и поволок Таис Ланко вон из квартиры. — Ты дура безмозглая!.. Я тебя три часа жду, а ты!..

— Темочка, я не могу, я, типа, на работе...

— На какой еще работе?!.

— Я сейчас, — пробормотала Таис и мазнула по всем присутствующим стеклянным невидящим взглядом. — Я быстро... я вернусь...

— Здравствуй, Артем, — очень громким басом сказала Маня Поливанова, и все на нее оглянулись, даже Таис Ланко.

59

— Здрас-сте, — поздоровался парень и обвел взглядом компанию. Взгляд постепенно прояснялся, из дикого становился осмысленным. — Марин, это ты?!

— Это не я.

Тут парень вдруг сказал очень наивно:

— Нет, ну, правда!..

— Артем Гудков, — представила Маня. — Познакомьтесь все. Он... журналист.

Последнее она выговорила не слишком уверенно, словно в эту секунду усомнилась, что парень именно журналист, а не, скажем, футболист.

— Вы премию получили, «Репортер года»! — Ольга Красильченко торжествующе нацепила очки и тут же смахнула их с носа. — Ну, конечно, я точно помню! Артем Гудков, лучший материал о деревенских школах. Это было...

— Давно, — перебил парень, вновь помрачнев. — Это было давно и неправда. Насть, мне с тобой нужно срочно...

— Да вы проходите!

— Нет уж, я так... Насть, выйди, я тебя прошу!

Маня пожала плечами. Дэн наблюдал с интересом, Ольга все порывалась надеть очки и разглядеть гостя хорошенько, у Алекса был недовольный вид.

Таис Ланко опять вцепилась парню в рубаху, и он почти выволок ее на лестницу.

Отдаваясь от стен и дореволюционных потолков, загудели их встревоженные голоса. Говорили непонятное. Алекс прикрыл дверь.

— Ну, я так понимаю, никакой работы сегодня уже не будет, так что давайте ужинать, что ли!..

— Марина, огромное вам спасибо, но все же, если наш фотограф сейчас вернется, мне бы хотелось закончить именно сегодня.

— Дэн! Уйми свою тетушку, а?! — И Маня быстро ушла в кухню.

Там она поставила на поднос тарелки и чашки и стала выбирать из ящика серебряные приборы. При этом она шевелила губами — считала.

— Кто этот человек?..

— Алекс! — Приборы с грохотом обрушились обратно в ящик. — Что ты подкрадываешься!

— Я не подкрадываюсь.

Маня опять принялась считать. Все никак у нее не сходилось количество гостей и количество вилок.

— Маня?..

— А! Да я ж говорю — журналист.

— Ты говоришь это как-то очень неуверенно.

— Ну, он бывший журналист, — призналась Маня неохотно. — Он и правда когда-то какое-то звание получил, и премию даже, и везде печатался, и всякое такое. Пять или шесть? Ну, что ты меня сбиваешь!

— Я не сбиваю.

— А потом у него неприятности начались, отовсюду его выгнали и печатать перестали. Я с ним познакомилась, как раз когда уже были неприятности. Его в издательство взяли пресс-релизы писать и всякую текучку, но очень быстро уволили. То есть не уволили, а после испытательного срока договор не стали заключать. Налей воды в чайник, а?..

Алекс налил воды.

— Он приятель этой... дурочки?

Маня грустно посмотрела в окно.

— Шут его знает. Наверное.

Алекс ждал. Он знал, что будет продолжение.

— Надо же, — она пожала плечами. — Сто лет его не видала.

...Должно быть, у них был роман, неизвестно почему подумал Алекс.

— Нет, он хороший журналист, — как будто оправдываясь, заговорила Маня, — у него имя как-то сразу появилось, известность! Вон у нашего Дэна так и нет до сих пор никакой известности, а у этого была. Была, да сплыла.

— Почему сплыла?

Маня махнула рукой.

— Пьет? Колется?..

— Он правдоискатель, — выпалила Маня, повернулась к Алексу и сунула нос ему в плечо. — Он везде ищет народную правду и поднимает массы на революционную борьбу против тирании. Массы, как правило, не поднимаются, а его увольняют, как скандалиста. По крайней мере, так говорили в издательстве. А как там на самом деле, я не знаю...

— Почему ты огорчаешься?

— Потому что терпеть не могу, когда что-то пропадает даром! Он и правда хороший журналист! Ну, был хорошим!.. А ужиться ни с кем не мог. И все профукал.

— Не все люди умеют пребывать в благости и прекраснодушии.

— Просветил, — сказала Поливанова и отодвинулась. — Спасибо тебе. И Таис смылась!.. Теперь вся эта бодяга затянется еще на три часа.

— Нет уж, — решительно заявил Алекс. — С меня на сегодня хватит.

— Так что? Фотосессии не будет? Завтра все сначала начнем? Еще один день псу под хвост?!

В дверь позвонили.

— Явилась. Объяснение состоялось! Иди впускай. — Маня подтолкнула великого писателя. — И я тебя умоляю, доснимись уже, я так от всех устала, сил моих нет.

Прикидывая, был или не был у Мани роман с революционным журналистом Гудковым, Алекс распахнул дверь — в который раз за этот вечер? — отлетел к стене, ударился головой о бронзовую прадедушкину вешалку, осел на пол, на него свалились какие-то вещи.

— Где она?! — загрохотало где-то вверху. От неожиданности и боли Алекс ориентировался плохо. — Говори, ну?! Где эта б...дь неумытая?! Я все равно ее найду! А тебе сейчас покажу, сучонок, твое место! Выискался! Падаль европейская!..

— Алекс!!

Манин голос моментально привел его в себя. Из глаз пропала чернота, а из горла ком, похожий на кровавый сгусток. Он шумно выдохнул, прицелился и с силой дернул орущего за ногу. Нога поехала, потеряла опору, вторая описала дугу — Алекс увернулся от нее, — и «колумнист и радиоведущий» Анатоль Кулагин, замахав руками, повалился навзничь.

В коридоре толпились и, кажется, кричали, но Алексу некогда было разбираться. Он выдернул из угла этажерку — с нее с глухим стуком посыпались какие-то книги — и поставил сверху на распластанного Анатоля, так чтоб тот уж решительно не мог пошевелиться.

— Матерь божья! — простонала Маня.

— Кто это?! Что случилось?! На нас напали?! — верещала Ольга Красильченко.

— Оль, прекрати! Не голоси! — велел Дэн.

— Пусти, ну!.. — прохрипел с пола Анатоль и сделал попытку подняться. — Слышь, ты, урод!..

— Остынь, — сказал Алекс негромко, — полежи пока.

— Кто это?! — не унималась Ольга.

— Алекс, он тебя ударил?!

— Я его ударил.

Маня подошла и наклонилась над Анатолем, как над неодушевленным предметом.

— А с ним ничего не случилось? — И она взглянула с опаской. — В смысле тяжких телесных повреждений?..

— Ребят, у вас же приличный дом! — весело произнес Дэн Столетов. — А какие-то придурки весь вечер лезут!

— Пусти, кому сказал!..

Этажерка зашаталась, на самом верху закачалась толстая книга, неторопливо наклонилась, стала падать — все присутствующие проводили ее глазами — и попала на редкость неудачно!.. Лежащий завыл:

— А-а-а!.. — и стал подтягивать ноги к животу.

Морщась, Алекс снял с него и отставил этажерку. Анатоль корчился на полу.

— Пошел вон, — вежливо и негромко попросил Алекс.

Анатоль встал на четвереньки и свесил голову.

— Где... моя... жена?.. — проикал он.

Шан-Гирей помог ему подняться.

— Я не знаю, — ответил он. — Здесь ее нет. И не приходи больше сюда!..

— Где... она?..

— У меня журналисты. — Алекс показал на Дэна с тетей Олей. Дэн моментально к нему придвинулся, как бы смыкая ряды. — Если не хочешь попасть в скандальную хронику, ты сейчас отсюда уйдешь и больше не вернешься.

Анатоль скосил налитые кровью и ненавистью глаза.

— Все предусмотрел, да?! Журналюг, сволочей, позвал, сам бы не справился!.. Я... слышишь ты... я тебя убью!.. Убью, сволочь!

— Не сегодня, — отрезал Алекс. — Сегодня пойди и проспись.

Он вывел Анатоля на площадку — второй раз за этот вечер! — оглянулся на Маню и сказал задумчиво:

— Я его... провожу.

— Зачем?! С ума сошел?!

— Не, не, — встрял Дэн и стал торопливо совать ноги в кроссовки, — это обязательно! Подожди, Алекс, я с тобой! Да вы не волнуйтесь, девочки, мы его в такси посадим и вернемся. А то будет в подъезде завывать, кому охота слушать!..

Дверь захлопнулась.

Тетя с Маней посмотрели друг на друга. В глазах у Ольги плескалось любопытство, переливалось через край.

— Пойдемте на кухню, — буркнула Маня. — Надо же что-то делать!..

— Марина, мне очень неудобно, может, лучше уйти, потому что с работой у нас не заладилось...

Не слушая, Поливанова вернулась на кухню и — в который раз? — включила чайник, и он сразу бодро зашумел.

— Она была в полном расстройстве чувств! — провозгласила Маня. — Ольга, вы тоже в полном расстройстве чувств?..

СЕГОДНЯ

— Таис прибыла, наверное, минут через пятнадцать. Ну, может, через двадцать. Как раз в расстройстве чувств! — продолжала Маня. — И сразу стала налегать на коньяк. То есть было ясно, что работы никакой не будет! Ольга засобиралась домой, но Дэн с Алексом все не возвращались, а она очень хотела увести племянника. Она... трепетная слишком, понимаете? С мамой живет!

— Нет, — буркнул капитан Мишаков, — не понимаю.

— А потом наши приперлись. Где-то через полчаса. Сказали, что впихнули Анатоля в такси, дали водителю денег и адрес.

— Адресочек, значит, по которому покойный проживал, вам известен?

— Записывайте, — предложил Алекс негромко. — Малаховка, улица Коммунистического Интернационала, дом пятнадцать. Он несколько раз приглашал нас в гости, и мы вынуждены были... принимать приглашение, поэтому улица Коммунистического Интернационала нам известна хорошо.

— Почему вынуждены? — не понял Мишаков. — Принимать-то?

— Старый друг, — объяснил Алекс, морщась, — отказать нельзя. Маня маленькой там вообще часто бывала! — Он помолчал и добавил, обращаясь к писательнице и разом сменив тон: — Набери мне Анну, я не могу найти ее номер!

— Ты никогда ничего не можешь найти. — Поливанова забрала у него телефон и стала тыкать в какие-то кнопки.

Мишаков поглядывал на них оценивающе.

Да уж. Парочка, прямо скажем, с фанаберия-ми!.. Этот — кстати, нужно еще проверить, правда ли он такая уж знаменитость или просто тунеядец, устроился у бабы на шее, свесил ножки и едет себе! — ферт длинноволосый ничего не помнит, в телефонах путается, того гляди ложку мимо рта пронесет. Однако покойного с лестницы спустил, да еще дважды, если не врет. Не сходится тут чего-то, ох, не сходится!.. А еще в бытность капитана Мишакова слушателем Школы милиции следователь Петрушин ясно объяснял — если картина преступления не складывается, значит, неправильно она нарисована, картина-то! Начинай сначала рисовать.

Да еще журналисты тут вчера весь вечер толклись! Вот кого капитан особенно и отдельно терпеть не мог, так это журналистов. Все ведь брешут, собаки, ну, хоть бы одно слово правды кто для приличия написал! Так и одного слова не добьешься!..

— Анна Иосифовна, — сказал Алекс и улыбнулся телефону летящей, славной улыбкой, преобразившей все лицо. Капитан смотрел во все глаза. —

Добрый день. Я прошу меня извинить, но обстоятельства складываются таким образом, что я сегодня решительно не смогу приехать к вам...

Он слез с подоконника и пошел в глубину коридора. Солнце, светившее ему в спину, золотило кудри и локоны, делало его похожим на пророка, уходящего в пустыню, из кино про Христа. Капитан однажды такое видел, и ему не понравилось — скучно больно.

— Так что ж мы делать-то будем? — спросил капитан, когда голос писателя затих где-то далеко-далеко.

— А что нам нужно делать? — не поняла Поливанова.

— Убийцу искать, — Мишаков вздохнул. — Адресочки тети и племянника имеются? А также супруги покойного?.. И этого Гудкова?

— Телефоны могу дать, — отозвалась писательница. — Только номера Артема у меня нет, конечно.

Странная штука. Она на самом деле старалась помочь, и это тоже не укладывалось в картину. Ей бы ломаться на манер этого Шан-Гирея, глаза заводить да ногой качать, а она — ничего подобного! Про него-то нам пока известно мало, а ее-то на самом деле с утра до ночи по телевизору показывают! То она готовит, то про женское равноправие рассуждает, то бюрократов клеймит, то на машине по полигону гоняет.

И простая такая! За простоту и за кофе — так бы и пил до вечера, до того хорош! — капитан Мишаков простил ей даже гренадерский рост.

Высоких женщин он не любил. Женщина должна быть маленькая, изящная, вся точеная, как песочные часы, голосок нежный, глазки голубые, губки бантиком, и чтоб непременно блондиночка!..

Чтоб отвязаться от ненужных мыслей о блондинках, капитан, сильно налегая на ручку, записал телефоны, а потом заявил Мане, что главным подозреваемым все равно остается Александр Павлович Шан-Гирей, потому как именно он вчера затеял с покойным ссору!

Просто так заявил, чтоб посмотреть, какая будет реакция.

Фу-ты ну-ты!.. Никакой реакции.

Мария Поливанова быстро разлила по крохотным чашкам еще одну порцию огненного кофе, достала из холодильника воду, села напротив капитана и подперла щеку рукой.

— Алекс никого не убивал, это ежу ясно, — сказала она живо. — Они с Дэном вернулись, накатили как следует и разошлись. То есть Дэна Ольга увела, ну, журналистка, его тетка, а я Алекса спать уложила. Таис вообще на ногах не стояла, и я ей в гостевой спальне постелила, сидела с ней долго, а потом еще няньке звонила!

— Какой няньке? — не понял капитан. — Вы няньку к ней приставили?!

— У них с Анатолем девочка шести лет. Я звонила няне, чтоб та осталась с ней ночевать. На Анатоля никакой надежды нет. Он... плохой отец.

— Ну, плохой или хороший, а вчера он по-любому с девочкой сидеть не мог! Его вчера убили, — напомнил капитан.

Ему казалось подозрительным, что никто в этом доме не переживает. Не переживает, не печалится, горьких слез не льет. А положено — хотя бы даже для порядка!.. И хозяйка сама рассказывала, что знает убитого, считай, с пеленок! Какой-никакой, а человек все же. И помер он не от старости и не в своей постели, убили его, да еще прямо тут, под носом, в двух шагах от них! Хотя бы элементарное человеческое сочувствие положено иметь? Положено!.. И ведь нету никакого сочувствия! Цинизм и любопытство, а у чучмека длинноволосого еще и раздражение — некстати ему убийство пришлось, возись теперь с капитаном, выслушивай его, на вопросы отвечай, а неохота! Охота кофеек попивать, по телефону любезничать, за толстыми глухими стенами прохлаждаться, чего лучше!..

— Тут ведь, понимаете, в чем сложность... — подумав, начала Поливанова, — наши, то есть Алекс с Дэном, в машину Анатоля затолкали и велели водителю прямо в Малаховку рулить и нигде не останавливаться, чего бы там клиент ни требовал! Но ведь он как-то вернулся! Убили-то его в нашем подъезде!

— Это точно.

— А он мало того, что был сильно пьян, так еще...

— Кровил маленько? — подсказал капитан со всем возможным ехидством, когда она запнулась.

— Точно, — согласилась писательница совершенно хладнокровно. — Он, когда падал, об угол этажерки стукнулся, бровь рассек. Я потом паркет еле оттерла. Кто бы его в таком виде из загорода в Москву повез?! Да еще ночью?!

— Ну, кто его вез, мы выясним, — пообещал капитан. — А вас на всякий случай хочу предупредить, чтоб из города не уезжали.

— И подъезд у нас запирается, — продолжала Маня как ни в чем не бывало, словно капитан и не предупреждал ее ни о чем «на всякий случай». — На ключ запирается! У нас у всех ключи. Не какая-то там магнитная фигня!

— Да ну? — удивился капитан.

— Так и есть. Как он в подъезд попал? Кто его впустил?

— Вот именно! — Он посоображал немного. — А днем как попал?

— А днем у нас дверь нараспашку всегда. — Маня улыбнулась. — Уборщица приходит, слесарь, бывает, «Скорая» приезжает. Софья Захаровна, она у нас старшая по подъезду, в одиннадцать часов подъезд запирает. У нас все строго, как в студенческом общежитии!.. Если б Анатоль в одиннадцать уже там лежал, комендантша такой шум подняла бы! И Ольга с Дэном уходили уже после двенадцати, и никого в подъезде не было...

Сравнение с общежитием капитану понравилось. Она, эта писательница, вообще нравилась ему все больше и больше.

...Значит, начать надо с соседки. Потом журналисты, пропади они совсем, потом супруга покойного с набором странных имен — совсем уж чокнулись, живых людей переименовывают на манер собачек! — и этот неизвестный Гудков. А еще таксист, который будто бы вез покойного в Малаховку на улицу Коммунистического Интернационала. А может, и не возил, вывалил в соседнем сквере на лавочку, а сам — тю-тю!..

Проверить, кто чего наследует, это самое главное!.. Когда-то следователь Петрушин в Школе милиции объяснял, что мотив зачастую бывает самый что ни на есть распростой! Убили жену, хватай мужа, и наоборот, в девяти случаях из десяти не ошибёшься!..

— А выходит так, что супруга покойника от вас только утром уехала? — отвечая мыслям про жену, которую следует хватать, спросил капитан.

— Выходит так.

— Это каким же образом она уехала, если в подъезде лежал труп её мужа? Перешагнула, что ли, и по своим делам направилась?

— Да ну вас, — сказала писательница Поливанова и по-кроличьи дёрнула носом. — Ничего она не перешагивала! Но когда соседи шум подняли и стали... вас вызывать, я её выпроводила. Ну, что вы на меня так смотрите? Ну да, я знаю, так нельзя, у меня друг — полковник, всю жизнь в органах прослужил! Ну да, ну, нельзя! Но я как представила, что все сейчас на неё накинутся с разными вопросами, а она и так не в себе, да еще не просто с бодуна, а с очень конкретного бодунища!..

Капитан хотел сказать что-то очень возмущённое, но Маня сердито сунулась к нему, и он закрыл рот.

— Я ей сообщила, что Анатоль лежит у нас в подъезде и сейчас здесь начнётся свалка. Она, по-моему, толком ничего не поняла. И я её проводила.

— Мимо трупа супруга?

Маня Поливанова пожала плечами:

— Нет. Не мимо трупа.

— А как же?! Или она из окна вылетела?

— За лифтом есть черный ход, — сообщила писательница, как нечто само собой разумеющееся. А что, мол, такого?! Подумаешь, черный ход! — Он, конечно, давно и безнадежно заперт, но у нас есть ключ. Еще от прадедушки остался. Вон, в комоде в верхнем ящике лежит, можете посмотреть. Я иногда им пользовалась, когда мне требовалось смыться от кавалера. Ну, это еще когда я маленькая была. Мы спустились на лифте, я открыла дверь и выпустила ее. Трупа она не видела. Мы из лифта повернули в другую сторону, сразу к черному ходу.

— А кто еще через этот ход?..

Маня перебила:

— Да никто! И я-то им десять лет не пользовалась! Или даже больше! А тут вдруг пригодился.

— Н-да, — сказал капитан неприязненно. — Пригодился.

Нужно осмотреть этот самый ход и замок! Может, убийца как раз таким образом и вошел. А если так, выходит, знал, что дверь, мало того, что существует, но еще и отпирается!

Мишаков посидел немного. Уходить ему не хотелось, хотя давно пора бы за работу браться.

— Значит, я вас вызову или, может, сам заеду, — зачем-то пообещал он, и скулы у него покраснели.

...Я как будто напрашиваюсь! А я не напрашиваюсь! У меня служба, мне прохлаждаться некогда.

— Вы хотели книги посмотреть, — напомнила Маня. — Хотя там, в кабинете, должно быть, Алекс, а он не любит, когда ему мешают...

...Хорош гусь! Бросил бабу разбираться, а сам смылся в кабинетик по-тихому!

Маня поднялась, сразу сделавшись очень высокой, почти с капитана ростом, он покосился — ну, не нравятся ему высокие женщины, что поделаешь! — и зашагал следом за ней по широченному коридору, в котором жили книги, великое множество книг. Она на цыпочках подкралась к высокой двустворчатой двери, приоткрыла, заглянула и махнула рукой — можно!..

...Видать, ферт еще где-то затаился.

Капитан вошел и замялся на пороге, не смея ступить в уличных ботинках на ковер.

Ковер, громадный, отливавший белесым шелковым блеском, закрывал только середину начищенного паркета. По паркету скакало солнце. Летний ветер отдувал белую занавеску, и Москва шумела за толстыми стенами старого дома негромко, приятно.

— Проходите! — позвала Поливанова. — Что вы там мнетесь!.. С правой стороны научная литература, у меня и прадед, и дед, и отец были авиационными инженерами. А слева все подряд. Там энциклопедии, Британская, Брокгауз и Эфрон, потом всякая классика, повыше просветители и поэты, их никто никогда не читает, а пониже Гончаров, Толстой и все остальные. Достоевского я в угол засунула, не люблю! Я как возьмусь его читать, мне сразу повеситься хочется! А здесь детективы — Дик Фрэнсис, Рекс Стаут, ну, Агата, разумеется! И наши, конечно. А с той стороны иностранцы. Хотите посмотреть?..

Капитан Мишаков и так смотрел во все глаза.

Книги были старые, заслуженные, много раз читанные. Должно быть, их брали с собой в постель, проливали на них кофе, читали на полотняном диване в мягком вагоне, который, покачиваясь, вез дедушку-инженера с супругой-инженершей на курорт в Цхалтубо!.. Книги носили в портфелях и под мышкой, читали за завтраком, скосив глаза и тыкая вилкой мимо яичницы, прятали от завуча под черный форменный школьный фартук или синий пиджачок с нашивкой на рукаве, одалживали друзьям, а потом требовали, чтоб вернули, и возвращали не все — вон у Островского четырнадцатого тома не хватает!..

Новые, современные, в залихватских глянцевых обложках, соседствовали со старыми вполне мирно. Их сияющие самодовольные переплеты расцвечивали благородные седины старых книг, как пластмассовые заколки с нелепыми ромашками и розами, налепленные на строгие прически, но вовсе не казались неуместными!..

— Хотите что-нибудь взять почитать?

Капитан Мишаков повел плечом, сфокусировал зрение, увидел в потоке золотого тягучего света Маню, притулившуюся задницей к краю письменного стола, с трудом соотнес ее с книжным царством и обозлился.

Подумаешь, хозяйка Медной горы!.. Писательница!.. Да если б он, капитан Мишаков, перечитал такую уймищу книг, может, тоже стал бы писателем!.. Получше этого самого Достоевского!.. Понесло его книги смотреть, как будто он на самом деле друг семьи и... ровня этим гордецам и интеллектуалам, провалиться бы им!..

— Телефончик не выключайте, — сказал он неприятным голосом и шагнул в коридор. — И Александру Павловичу передайте, чтоб не выключал!

Маня пошла за ним, рассматривая крепкий затылок, заросший короткими — по уставу! — волосами.

...Интересно, чем она так его задела? Прадедушкиными книгами, что ли? Или он кофе перепил?..

В подъезде оживленно разговаривали, голоса отдавались от стен, лифт медленно и величаво проплыл наверх.

— Да, кстати, — В дверях Мишаков обернулся, и теперь перед Маниным носом оказалась физиономия, тоже вполне соответствовавшая уставу. — Вы сказали, что Кулагин прибыл к вам уже навеселе. Он не упоминал, где именно проводил время?

— Нет, — Маня поправила на носу очки, — вроде не упоминал.

— Разберемся, — пробормотал капитан и побежал вниз.

...Не забыть бы посмотреть, что такое астигматизм.

ВЧЕРА

Анатоль захлопнул дверь машины и некоторое время любовался своим отражением. Выпуклое стекло вытягивало его, делало стройнее, а он в последнее время всерьез переживал из-за веса.

Бабы любят молодых и стройных — ну, при этом еще успешных и богатых, но с этим как раз все в порядке. Успеха у него — хоть жопой жуй. Анатоль любил «народные выражения», ему казалось, что они приближают его образ к тому, кем он был на самом деле, — русским писателем-классиком.

Ну, если всерьез-то!..

Конечно, никакой он не радиоведущий и уж тем более не «колумнист»!

Он писатель.

Сборник его рассказов не остался незамеченным, а старинный приятель Юра из «Литературной газеты» даже дал большую, по-настоящему серьезную рецензию, вполне положительную. Хотя что он понимает, Юра!..

И колонки в журналах — никакие не колонки, а срезы сколы современной русской жизни с ее разухабистым пьянством, безалаберностью, неряшливостью, умением страдать ни о чем и радоваться без причины, былинной силушкой, уже почти пропитой и прогулянной, раболепием перед иностранцами, чувством вины, любовью к дармовым деньгам и зрелищам, которые чопорные европейцы с их давно обессилевшей импотентной культурой никогда не смогли бы ни понять, ни принять. Его колонки — про всех и каждого, и писаны они понятным, ярким, живым русским языком, с матерком, с ухмылочкой, а где нужно, и со слезой. Его фантазии окажутся пророческими — вот увидите, увидите! — ибо цивилизации, той, которую все знают, приходит конец, наступает последний предел.

Нет и не может быть другого писателя, который бы так чувствовал жизнь, так умело ее описывал, так отдавал на растерзание собственную душу. Срезы и сколы ранили ее, она истекала кровью, и живой этой кровью были писаны тексты, которые по дурости и необразованности читатели называли «колонками»!

Приняться бы за большой роман, развернуть полотно современной жизни со всеми ее гадостями, мерзостями, подлостью и канализационной вонью, но... лень.

Как всякий настоящий писатель, Анатоль Кулагин был ленив, и лень свою любил, и прощал себе, хотя и сокрушался — время уходит, вскоре уйдет совсем, а роман так и не начат.

И еще бабы!..

Бабы отнимали чертову прорву сил и драгоценного уходящего времени.

Если бы с каждой не приходилось валандаться, как с королевой английской, еще куда ни шло, но ведь приходится!.. Даже самая простецкая и неказистая сперва корчит из себя неприступную, как будто сразу не ясно, чем все дело кончится!..

Им же ничего не нужно, бабам-то!.. Лишь бы мужик покрепче да повыносливей, чтоб три раза подряд мог. Ну, и чтоб бумажник солидный. А хоть бы и без бумажника!.. Баба — существо крайне низко организованное. Она и так даст, особенно если ей историю какую-нибудь рассказать пожалостливее. А можно и не рассказывать, пару лишних стаканов налить — и она твоя!..

И те, которые чистенькие, только прикидываются такими, только голову дурят, жрут мужиков изнутри, мучают, морочат. А на самом деле нисколько они не лучше проституток с Казанского, разве что в санитарно-гигиеническом смысле!..

Анатоля, как на грех, привлекали именно неприступные царевны! Все ему хотелось им объяснить, как легко с ними управляться, зная их примитивную природу, а уж природу-то Анатоль знал, как никто!.. Они высасывали из него деньги, силы — а сил не прибывало, как-никак пятый десяток! — и, главное, время! Он бы уж давно роман написал, если б не бабы.

Добыв очередную царевну, Анатоль вез ее на дачу, благо его дура Настька жила с ребенком в городе. На даче все шло по заранее отработанному сценарию — или жалостливая история, или головокружительные разговоры, в конце концов, он был разносторонне образован, или пара лишних стаканов, а утром опухшая, неумытая, в разводах потекшей туши и с перегарным выхлопом из потерявшего форму рта царевна выслушивала короткую лекцию о том, что она сука и природа ее сучья, и нечего было вчера прикидываться недотрогой, и после Анатоль снова выходил на охоту.

Нынче он «выпасал» одну необыкновенную — таких у него в коллекции еще не было. Все же некоторые ограничения существовали, и Анатолю приходилось с этим считаться.

Женщины «высшей пробы», категории «люкс», класса «экстра», вот кого ему давно хотелось попробовать, да все никак не получалось. Сталкиваясь с ними, он оживлялся, распушал хвост, приосанивался, но толку от этого было мало. Они — это ужасно, ужасно — смотрели на него, как будто в перевернутый бинокль, и видели муравьишку, букашку, а не того, кем он был на самом деле, — талантливого, сильного, интересного, богатого мужчину в красивом возрасте!..

Впрочем, богатство тут ни при чем, конечно.

То, что в представлении его дурехи-жены было целым состоянием — неизменная тысяча евро в кошельке, без которой Анатоль из дома не выходил, — у таких женщин и за деньги-то не считалось!.. Стыдно сказать. В лучшем случае на скромный ужин в приличном месте.

Да и положение по отношению к этим женщинам он занимал... своеобразное.

Анатоль любил путешествовать и был при этом демократ, как и положено всякому настоящему русскому писателю. Недорогие отели, ресторанчики с домашней кухней, а лучше всего козий сыр и красное вино, купленные в деревенской лавке. И так вкусно заедать это самое вино сыром и хлебом на холме под оливами, а потом там же оседлать бывшую недотрогу и покувыркаться с ней хорошенько в пыльной и колкой траве, лишь бы радикулит не прихватил не вовремя! Он любил картинные галереи и всегда старался купить билеты со скидкой и сердился и негодовал, если не удавалось.

Друзья иногда «прихватывали» его с собой — он помнил множество исторических анекдотов, смешно шутил, не засыпал после первой рюмки и знал, что именно нужно смотреть в Сан-Джиминьяно, а куда первым делом бежать в галерее Уффици.

У друзей были яхты, джеты, шале, вертолеты и женщины.

Эти женщины ничем не отличались от тех, Анатоль был совершенно уверен, как изучивший женскую природу, но к этим он, ей-богу, не знал как подступиться.

Поразить их жалостливыми историями нечего и думать. Напоить?.. Чем? Коллекционным шампанским «Кристалл»? Той самой тысячи евро в кошельке не хватило бы и на одну бутылку, как тут напоить-то?.. Рассказы о юности, проведенной в Париже, никого не интересовали, ибо все они проводили жизнь в Париже, Милане, Ницце и где там еще принято весело проводить жизнь?.. Историй про Кельнский собор не слушали — дался им собор какой-то! — и про дедушку, которого ребенком водили представлять Ромену Роллану, тоже. Они не знали, кто такой Ромен Роллан.

Его известности — как радиоведущего и «колумниста» — эти женщины... как бы это сказать... не понимали. Они существовали в окружении разнообразных ведущих, певцов, футболистов, режиссеров, боксеров, актеров, оперных теноров, сенаторов, президентов, папы римского и Майкла Джексона, покуда тот не преставился.

Может, оттого, что Анатоль не знал, как приняться за дело, хотя нисколько не сомневался, что они ничем не отличаются от тех, кого он имел десятками, а может, из-за того, что даже самая завалящая из них ни разу не посмотрела в его сторону не то чтоб с вожделением или хотя бы просто с интересом, а вообще не взглянула, Анатоль отчаянно трусил и даже всерьез собирался бросить всю затею к чертовой матери.

В конце концов, долго ему все равно не продержаться, на «Кристалл» не хватит ни при каком раскладе, что уж говорить о джетах и яхтах!..

Но уж больно соблазнительна оказалась Аннет!.. И она сама первая подошла к нему на каком-то приеме, куда он, как на грех, притащил свою дуреху Настьку!

И зачем он когда-то переименовал ее в Таис?.. Влюблен был, как мальчишка, вот и переименовал!..

Но Таис ее загадочное имя подходило примерно так же, как машине «Запорожец» литые диски от «Мерседеса», а Аннет была самая настоящая, подлинная — истинный «Мерседес»! Ее уж никак не назвать Аней или Нюрой, прости господи!.. В списках первых красавиц отечества и ближнего зарубежья она значилась как балерина, но образчиков ее искусства никто не видел, и на подмостках она не блистала. Впрочем, ходили какие-то слухи про Ковент-Гарден, Ла Скала и Гранд-опера, ничем не подтвержденные. В разное время она украшала собой жизнь разных богатых дядюшек, но без особого успеха — ни один из них на ней так и не женился.

Однако никакой «серьезный» прием не обходился без нее, а светское мероприятие не могло считаться удачным, если на нем не присутствовала Аннет. От одного ее запаха у Анатоля сводило мышцы живота и делалось короткое содрогание. Она улыбалась так, что Кулагину казалось, будто в лицо ему дует теплый ветер, пахнущий травами Прованса.

Как настоящий русский писатель, он любил сравнения.

И вдруг после того приема, где он был с Настькой и в конце концов так надрался, что не помнил, как его волокли в машину, Аннет позвонила и пригласила его на премьеру.

Три женщины — три богини — давали спектакль. Одна читала стихи, другая пела романсы, а третья танцевала.

Если б не Аннет, Анатоль забраковал бы спектакль с ходу. Даже колонку бы дал о вырождении искусства как такового, раз уж бабские пения-танцевания считаются искусством!..

Но Аннет на сцене так мило перебирала стройными ножками в атласных пуантах, так трагически поводила руками, так склоняла хорошенькую головку, убранную белым венком, что он растрогался и даже бисировал, когда пошел занавес.

Он явился в уборную — никаких букетов, к черту пошлость! — и, блестя глазами, сказал: не ожидал, что красивые женщины могут быть по-настоящему талантливы.

Аннет это понравилось, и с тех пор они... встречались.

Если б она не принадлежала к категории женщин «люкс», «экстракласс», Анатоль давно бросил бы всю затею к чертовой матери!.. Ну, что такое, ей-богу!.. Ходит на свидания, как мальчишка, а дело все ни с места — щебетания, разговоры, разговорчики, намеки, улыбки, и больше ничего. К самому интересному, сексу и — главному блюду — последующей короткой лекции о сучьей бабьей природе, не придвинулись ни на шаг, что ты будешь делать!..

Анатоль чувствовал, что теряет время, выглядит смешно, а все должно быть наоборот, это она должна чувствовать себя дурой в его присутствии — все до одной бабы глупее его, и он об этом знает! Но таскался на свидания, как будто Аннет накинула на его шею аркан, и аркан давит, тянет, но сбросить его нельзя и оборвать тоже никак. Покуда будешь обрывать, удавишься.

Еще он чувствовал себя немного графом Толстым, которого, как известно, тоже мучили и морочили бабы!..

Он взбежал на невысокое, всего три ступеньки, крылечко старого особняка, ныне переделанного в ресторанчик. Такие ресторанчики принято называть «уютными». Заглянул в зал и сразу же увидел ее, хотя она забилась в самый темный уголок.

Такие уголки принято называть укромными.

Аннет рассеянно болтала серебряной ложечкой в чашке до того тонкого фарфора, что он просвечивал насквозь. Под китайским чайником странной формы горела свеча, и отражение теплого пламени плавало у Аннет в зрачках. Белая орхидея в белой вазе на белой скатерти сияла и переливалась.

Одним словом, красивая картинка, продуманная.

У Анатоля пересохло во рту и в животе произошло содрогание. Лоб вспотел.

...Разведусь к чертовой матери!.. Разведусь и женюсь на этой. Буду пользоваться ею каждый день и каждый день смотреть, не отрываясь, как плавает отсвет свечи в ее невыразимых глазах!..

Он швырнул на соседний стул пиджак, изрядно помявшийся в машине, подсел к ней на диван и взял ее ладонь, прохладную, сухую, с тонкими косточками.

— А хочешь, я тебе погадаю?..
— Разве ты умеешь?
— Нет, но уметь и не нужно.
— Как же не нужно?
— Вот смотри. — Он провел большим пальцем по ее ладони. Ему казалось, что кожа, как тонкий фарфор, светится изнутри. — Здесь сказано, что ты станешь самой счастливой женщиной на земле. Цари будут кидать к твоим ногам свои царства. Боги спустятся с Олимпа, чтобы полюбоваться твоей красотой и добротой. Дикие звери улягутся у твоих колен, чтобы охранять тебя.

Она засмеялась и отняла руку.

Анатоль перевел дыхание.

— Ты выдумщик, — сказала она, рассматривая его очень близко. Он непроизвольно втянул живот, хотя смотрела она в лицо. — Ты же выдумщик?..

— Я придумаю для тебя роман, — выдохнул он с упоением. — Я придумаю для тебя жизнь. Я придумаю такое, что у тебя закружится голова.

Ресницы взметнулись и опустились, и розовые губы чуть дрогнули.

— Напиши для меня пьесу, — выговорили эти совершенные губы. — И я сыграю главную роль. Я хочу, чтобы у тебя тоже кружилась голова!..

Анатоль собрался признаться, что голова у него и так кружится все время, но подошел официант, и момент был испорчен.

Аннет попросила еще немного зеленого чая. Анатоль — чашку крепкого кофе и глоток коньяку. Пить среди бела дня, да еще в жару, вообще говоря, не следовало бы, да и не по правилам, но здесь был некий умысел, пусть и ребяческий. Анатоль отлично знал, что эти женщины знают правила назубок, и его все тянуло их нарушать — пусть Аннет видит, что он фрондер, бретер, одним словом, особенный человек!..

Они еще пошептались, почти касаясь головами, и Анатоль все придвигался и придвигался, и трепещущие ноздри уже втягивали ее запах, особый, близкий, не официальный — дорогих духов и шампуней, — а влажной кожи, убранных в гладкую прическу волос, на виске выпущен локон, немного пота и мяты. Этот мятный запах был особенно мил и возбуждал чрезвычайно.

— Ты ведешь себя неприлично, — шепнула она и чуть отодвинулась. — Так нельзя.

— Мне можно. Я слишком люблю тебя.

Она засмеялась и тонкими пальчиками поглубже засунула под край хрустальной пепельницы круглый комочек салфетки, в который выплюнула жвачку, когда увидела в окно Анатоля.

Нужно сказать ему что-то такое, что бы его отвлекло, а с другой стороны не охладило. Ей было очень важно, чтобы он как можно дольше пребывал в помрачении рассудка.

Она отдала ему свою руку — от пальцев тонко и почти неуловимо тянуло мятой, она точно знала, — сбоку взглянула на него и спросила, как он жил без нее весь этот длинный день.

Анатоль припал к ее руке и принялся рассказывать — как.

Была у него такая особенность. Он искренне считал, что других людей всерьез интересует его жизнь.

Аннет слушала вполуха и соображала. Нужно выйти в туалет, позвонить и приступить к делу. Этот козел с отвисшим пузом раздражал ее ужасно. Нет, каждой женщине приятно, когда ее обожают, пусть его, но та-а-акой противный!.. Она скосила глаза на шевелящиеся влажные, красные от возбуждения губы в сантиметре от собственной щеки. Фу, какая гадость!..

Аннет тихонько вздохнула.

Почему жизнь так несправедлива?.. Почему ей приходится терпеть ухаживания старого хрена с его пузом, мятой рубахой и непонятными словами, вроде «изоморфизм» и «криацинизм», вместо того чтоб сию минуту полететь — на крыльях любви, разумеется! — на тренировку к Сашке, пристроиться на самой дальней трибуне, надвинуть бейсболку поглубже, чтоб не сразу узнали, и смотреть, как перекатываются мышцы на совершенном теле, как напрягается упругая задница — м-м-м, красота!.. — как постепенно выбиваются из-под резинки длинные волосы, собранные в хвост! А потом, после тренировки, поехать к нему, прыгнуть в не слишком чистую постель, повоняющую псиной, и не отрываться от сочных губ, повторять грубым низким голосом: «Как я тебя хочу!» — и сидеть на крохотной бедной кухоньке в его рубашке, продуманно распахнутой на роскошных грудях и бедрах, ожидая продолжения. А уж потом, наигравшись вволю, вернуться в свой чудесный особнячок, где все так мило и уютно устроено, и долго париться в баньке, смывая запах греха и чужих простыней, а после голой кинуться на диван, на легкое покрывало из лисьих шкур — прошлогодний подарок одного прекрасного человека! — нежиться, чувствовать волнующее прикосновение меха к прохладному обнаженному телу, болтать по телефону и лакомиться чем-нибудь вкусненьким.

Аннет была большой лакомкой.

Но нельзя. Ничего нельзя. Сашка — хоккеист какой-то там тринадцатой лиги, и Петечка категорически запретил с ним встречаться, по крайней мере пока.

Или ты будешь меня слушаться, сказал Петечка, или я тебе не помощник.

А Петечка, сволочь такая, непременно узнает, если Аннет нарушит его запреты, прямо ясновидящий какой-то! Хотя, скорее всего, просто водитель стучит!.. Вполне может, он тоже сволочь редкостная!..

Все мужики сволочи, вот что!..

Когда Анатоль придвинулся еще на сантиметр, Аннет положила прохладные пальцы ему на щеку и сказала, что ей нужно отлучиться. На одну минуту.

Анатоль немедленно втянул живот и неловко заерзал, стаскивая себя с дивана. Аннет следила за ним недобрыми глазами, тщетно пытаясь сделать их как можно добрее.

Нет, ну вы только посмотрите на него! И этот считает себя неотразимым мужчиной?! Да если б не Петечка с его невероятным чутьем и железной хваткой, Аннет убежала бы на край света.

Она любила образные выражения.

В туалете играла тихая музыка, журчали фонтаны, щебетали райские птицы в золоченых клетках и плавились ароматические свечи в высоких бокалах. Аннет сделала свои первоочередные делишки, бросила на диван сумочку, со всех сторон придирчиво осмотрела себя в зеркалах — хороша, ах, как хороша! — и взялась за телефон.

— Ну, что так долго?! — недовольно прохрюкал в трубку Петечка. — Где ты есть-то, пава?..

Почему-то Аннет он называл «павой» — все такие, как Аннет, были у него «павами». К другим своим клиенткам, которые... ну... помладше, Петечка обращался «краса».

Аннет поначалу даже обижалась, а потом перестала. Обижаться на Петечку было глупо, а она считала себя умной.

— Да я в ресторане, с ним! — быстро оправдалась она. — Он только приехал.

— Хорошо, — сказал Петечка совершенно другим, деловым тоном. Зашуршали какие-то бумаги, щелкнула зажигалка.

Аннет вздохнула. Нужно молчать, терпеть и ждать, иначе Петечка опять рассердится. Господи, чего только не приходится терпеть от этих проклятых сволочей-мужиков!

— Значит, оставайся с ним как можно дольше. Куда он сегодня собирается?

— Понятия не имею.

— Ну, идиотка, — заявил Петечка хладнокровно. — Кто должен его расписание знать?! Я, что ли?! Ты зачем возле него торчишь? Ради его прекрасных глаз и недюжинного интеллекта?!

— Петечка, я...

— Ты идиотка, — повторил он. — По каким дням у него радио?

Но Аннет и этого не знала. Она явно заваливала экзамен — ставлю в зачетку «неуд», придете осенью, милочка!..

— Значит, если у него сегодня радио, пусть отправляется, но надолго никуда его не отпускай. Все разговоры по телефону запоминай — особенно имена! Ты способна хоть что-нибудь запомнить, пава?!

— Петечка, я...

— Сама при нем звони только мамаше с папашей. Ну, маникюрше можешь позвонить! Мне ни в коем случае. Если что-то экстренное, выходи в сортир или в машину, только убедись, что он тебя не слышит. Вечером поедешь к нему на дачу.

Аннет знала, что рано или поздно такое приказание поступит и его придется выполнить, однако оно упало на нее, как засунутый в валенок жернов, — мягко, но оглушающе. У нее даже слезы выступили.

— Петечка, именно сегодня?..

— Нас время поджимает, — сказал Петечка, как будто о выполнении плана сдачи муниципального жилья в третьем квартале. — На даче ты его напоишь.

Аннет быстрым движением утерла глаза.

— Я тебе третьего дня капельки давал. В пластмассовом флакончике. У тебя с собой капельки-то?..

«Капельки» остались в другой сумке, но Аннет соврала, что с собой.

— Накапаешь ему в вискарь капель пять. Он ничего не заметит. Заснет быстренько и крепенько, проспит до утра.

— А... а я?..

— Ты заберешь его телефон и уедешь.

— А мне надо с ним?..

И замолчала стыдливо — все же она приличная девушка, из хорошей семьи, балерина, актриса, а не какая-то там проститутка!

— Чего? Трахаться? — переспросил бесчувственный Петечка. — Нет, пока ни в коем случае. Ты уедешь, и чтоб после тебя там все осталось в идеальном порядке, слышишь, пава?.. Чтоб он утречком проснулся в кресле или где там, на диване, и понял, что тебя упустил, хотя счастье было так возможно. Чтоб никаких у него сомнений в башке не возникло — типа, все было, но он по пьяни вспомнить не может. Он просыпается и понимает, что ничего не было, пава упорхнула, а на столе пустая бутылка!.. Только так.

— Ой, Петечка, как ты хорошо все это...

— Сегодня разговаривай с ним только о дочери.

— О какой дочери? — опешила Аннет.

— О его, не о моей же! Расспрашивай, как она живет, где учится, кто у нее мамки-няньки. Все запоминай. Про жену ни слова, как будто ее нет и не было никогда. Так. Девочку зовут Нийя, ей шесть лет. Он всем рассказывает, что души в ней не чает. По-моему, врет.

— То есть мне с ним не спать, да?..

Петечка помолчал так выразительно, что она опять струхнула.

— Ань, ты чего? Совсем одурела от жары и от своих футболистов?!

— Нет-нет, Петечка, я все понимаю, просто уточняю...

— Не надо ничего уточнять! Выполняй мои указания, и никакой самодеятельности! От этого твоя жизнь зависит! Вся твоя жизнь! Или у тебя в запасе еще одна есть?! Возвращайся к нему, быстро! Заводи разговор о дочери. К утру у меня должен быть его мобильный. Если вдруг сегодня услышишь какой-то подозрительный разговор, сразу сообщай мне. Все, пока.

И трубка смолкла.

Аннет радостно вздохнула, улыбнулась, близко сунулась к зеркалу, покрытому искусственной патиной, очень себе понравилась и, совершенно счастливая, вернулась в зал, где изнемогал от одиночества Анатоль.

Ей не придется с ним сегодня спать, тра-ля-ля!.. Какое счастье, какая радость освобождения!.. Как будто казнь отложили еще на денек.

Она не была начинающей и точно знала, что «в этом» нет ничего особенного, таинственного и завлекательного! Вообще ничего такого, что навертили вокруг простого и понятного дела в фильмах и книжках — книжки Аннет иногда почитывала! Особенно неприятного тоже нет, вполне терпимо, а с Сашкой так одно удовольствие!..

Но вот ведь несправедливость жизни, Анатоль Кулагин, которого она непременно должна заполучить, казался ей отвратительным и мерзким. Она его даже побаивалась как будто. Это что-то из детства, когда на нее, такую чистую, легкую, словно всегда умытую прохладной водой, вдруг стали накатывать душные, странные и стыдные желания, которых она не понимала, а деревенские парни на озере Круглом, где она загорала на разложенном полотенчике под бабушкиным присмотром, рассматривали ее исподтишка и посвистывали вслед, когда она поднималась с полотенчика, чтобы пойти купаться. А однажды даже сказали неприличное слово, и бабушка так на них накинулась, что они ушли, оглядываясь, как волки!..

Как хорошо было когда-то под бабушкиным присмотром, как уютно, как спокойно!..

Аннет вдруг стало очень жалко себя, просто до слез. Она ведь девочка — просто маленькая девочка, все та же, все такая же!.. Куда девались прохлада, запах чистого полотенца, щекотные складки плотного светлого песка на дне озера Круглого, бабушкин присмотр?.. Что пошло не так?! И когда?..

Может, когда окружающие убедили ее в том, что красавица, и она поверила, оценила и стала этим упиваться? Или когда поняла, что красота — это не только удовольствие и свобода, но еще и товар, который можно продать, лотерейный билет, по которому можно выиграть не просто миллион, а целую жизнь?.

Другую, непохожую на все прочие унылые и некрасивые жизни, какими жили некрасивые люди — родители, подруги, преподавательницы в балетном училище, где она худо-бедно училась? Все они так или иначе тянули лямку, считали копейки, рано обзаводились детьми от вовсе неподходящих отцов, рано старели и делались совсем уж уродливыми! А она не такая! Она красавица, и ее красота заслуживает тщательного ухода, удобства, изящного обрамления! Да и мама то и дело повторяет, что ее дочь — в отличие от всех остальных дочерей на свете — особенная, и жизнь у нее должна быть особенной.

Но что-то пошло не так!.. Не так, как они с мамой придумали, а казалось, что придумали хорошо, просто прекрасно!..

Значит, вот как будет: откуда ни возьмись явится мужчина — просто должен явиться, и все тут! — и возьмет на себя все заботы по созданию... условий. Он должен со всех сторон окружить девочку... нет, не любовью, бог с ней, с любовью, а именно условиями, список прилагается! Список внушительный, но ведь и красота ее особенная, необыкновенная, мужчине есть где развернуться и показать себя!..

Поначалу представлялось, что все идет в нужном направлении, хотя и не в полном соответствии с планом. Вполне допускалось, что этот мужчина, некая абстрактная величина, собирательный образ, появится не сразу, а после нескольких пробных попыток, но что попыток окажется несколько десятков, не предполагалось вовсе!

А подходящий, готовый «проявить себя и создать условия», все не находился! Некоторые оказывались гнусными обманщиками и лгунами, за душой у них, кроме глупого «Мерседеса» и глупой квартиры не в самом лучшем районе Лондона, ничего не имелось. Другие были как-то необыкновенно, карикатурно скупы — зимой, как говорится, снегу не выпросишь, не то что бриллиантик или новое платьице!.. Третьи всем хороши, но жениться и создавать условия не собирались вовсе.

Аннет поначалу была безмятежна и даже сердилась на маму, которая тревожилась все сильнее. Из-за чего тревога?! Она попала в вожделенный красивый мир, населенный красивыми людьми и уставленный красивыми вещами. Этот мир благосклонно принял ее, она освоилась, стала своей среди всех этих дочек «молочных» и «колбасных» королей и прочих больших чиновников! Она выучила правила игры, обжилась, подружилась с глянцевыми редакторшами, и ее портреты стали печатать в правильных журналах!

Все хорошо.

Мама выпихнула ее замуж за негодяя — они обе знали, что негодяй! — и знали, что вскоре придется разводиться, но к тому времени получилось как-то так, что выбора нет. Это у нее-то, у красавицы Аннет, нет выбора!.. Она пострадала в замужестве года полтора, терпела всяческие свинства, гадости и издевательства, а потом, конечно, развелась, и тут ей повезло. Негодяй в это время был занят изничтожением партнера по бизнесу, только это занимало его время и силы, и Аннет удалось отхватить от многомиллионного негодяева состояния особнячок на Рублевке, счетец в банке и «содержание», не очень значительное, но постоянное. Когда негодяй, уничтожив партнера, пришел в себя и ринулся искать еще какую-нибудь подходящую для уничтожения кандидатуру, Аннет была в относительной безопасности — все бумаги подписаны, сделки зафиксированы, счетец переоформлен. И негодяй махнул рукой, оставил ее в покое — в конце концов, домов и счетов у него хватало.

Аннет оглянулась по сторонам и поняла, что мама-то не зря беспокоилась!. Оказалось, что дочке уже почти тридцать пять, и со всех сторон поджимают балерины, актрисы и певицы, которым еще только двадцать два. Деньги тают, как горстка снега, попавшая на песчаную дюну в центре Сахары, — молниеносно и не оставляя следов. Женихов не осталось, все перепробованы, а новые хотят как раз новых балерин и актрис, и никто не предлагает примерить хрустальный башмачок!..

Пришла пора охоты. Времени ждать, когда мужчина, «готовый на все» и жаждущий «создавать условия», явится сам, не осталось. Требовалось срочно выбрать каплуна пожирнее и, грамотно расставив силки, заманить его и свернуть шею, чтоб уж навсегда, с гарантией. Но в расставленные силки никто не шел. Подстрелить на лету тоже не удавалось. После бурной ночи или красивых выходных на красивом курорте среди красивых людей кавалеры как-то сами собой исчезали, и Аннет только из газет узнавала, что один назначен министром, второй затаился где-то в Англии, видимо, среди вересковых пустошей, а третьего — вот ужас! — засадили в гонконгскую тюрьму за контрабанду оружия. Не вышло из нее прелестной и дерзкой охотницы Дианы с луком в руках и колчаном за плечами!..

И время, время!.. Песчинки все сыпались, Аннет потихоньку начала впадать в панику, и тут подвернулся Анатоль — худшее, что могло случиться в ее жизни!

Впрочем, отступать некуда, строго сказала она себе, усевшись подле этого «худшего» в ресторанном зале. Все эмоции потом, а сейчас дело.

Она умела собираться — научилась в балетном училище — и умела сосредоточиться на том, что в данную минуту считала «делом».

Аннет позволила распаленному коньячком и ожиданием Анатолю приобнять себя, сосредоточилась, мысленно повторила Петечкины указания и усердно принялась их выполнять.

И все на самом деле пошло не так!..

СЕГОДНЯ

Мишаков дернул «молнию» на своей дерматиновой папке, ее, понятное дело, тут же заело, и капитан пробормотал себе под нос:

— ...твою мать!

— Что такое, молодой человек?!

Старуха хищно нацелилась на него, негодование взблескивало у нее на носу, дрожало в стеклышках старомодных очочков в золотой оправе.

...Как то они называются? Капитан знал, но позабыл слово.

Он решил, что должен сам расспросить соседку — вдумчиво и обстоятельно, как учил в Школе милиции следователь Петрушин! Павлуша — лейтенант — пошел по другим квартирам, а Мишаков, вздыхая и вытирая влажный лоб, потащился на второй этаж. Не стоило столько кофе пить, да еще с водой! Теперь за день семь потов сойдет, как в бане.

Соседка открыла моментально, как будто стояла под дверью и ждала, когда он позвонит, а может, и впрямь стояла, и провела — «Обувь, обувь снимайте, молодой человек!» — капитана на кухню, длинную, узкую и словно закопченную. Со всех сторон их окружали пыльные полки с посудой, засунутой друг на друга, — чашки почему-то стояли в железных мисках, а сверху на тарелки пристроены разномастные кастрюли, на плите — подгоревший студенческий чайник с пластмассовым черным свистком.

Мишаков опять утерся — жарко, сил нет, а тут еще чайник этот!.. — и пристроился на табуретку с резиновыми нахлобучками на шатких выворачивающихся ногах. Черными следами этих нахлобучек был зашаркан линолеум, видимо когда-то светлый, веселый.

— Софья Захаровна, вы подъезд на ночь всегда запираете?

— Всегда, молодой человек! С тех самых пор, как началось это безобразие.

— Какое безобразие? — не понял Мишаков.

— А что, по-вашему, это не безобразие?! — Старуха раздула ноздри, смахнула с носа очки и показала ими на окно.

Капитан посмотрел и безобразия там никакого не обнаружил, а обнаружил, наоборот, лето, теплынь, уютную тесноту тихого центра. Вот, к примеру, у него в Бутове Южном...

— Я вас спрашиваю?! До чего дошло — в приличном доме труп! Да разве это могло случиться хоть тридцать лет назад?! Как мы жили, боже мой, как хорошо мы жили при советской власти! И никто не ценил! Какие праздники были, демонстрации, а к празднику заказы! Какой был порядок! Чистота вокруг, никаких тебе разбойников, никаких убийств!.. Приезжих никаких! С каждого прописку требовали, и они знали, зна-али, что без прописки в два счета — вон, за сто первый километр! А сейчас все распустились, разболтались, кругом грабеж и разбой! Я с тридцать пятого года в этом доме живу, тут родилась и...

— Грабежи и разбои, выходит, часто в подъезде случаются?

— Типун вам на язык, что такое вы говорите?!

— Замок давно поставили, говорю?

Старуха моргнула, пошевелила губами, как будто не сразу сообразила, о чем он спрашивает.

— Замок... Я не помню точно, кажется, в прошлом году. А может, в позапрошлом. Мария Поливанова купила и поставила за свои деньги. Она же у нас богатая! После того как от входной двери коврик утащили, сразу и купила. Хотя на собрании жильцов...

— И запираете всегда строго в одиннадцать часов?

— А я им говорила, что не дворник я и не прислуга! — Старуха приободрилась, нащупав прежний величественно-разгневанный тон. — И вообще в порядочных домах должна быть дежурная, а меня к этим делам не привлекайте! Но они все в один голос — вы всегда по вечерам дома, Софья Захаровна, нам больше положиться не на кого, Софья Захаровна, сделайте одолжение, Софья...

— Они — это кто?

— Как — кто?! Жильцы! Из нашего подъезда! Они все деловые, занятые, все господа, а мне-то делать нечего, только дверь запирать за ними! А мой отец, между прочим...

— Вы на лифте спускались? Ничего подозрительного или странного не заметили?

— Еще не хватает, молодой человек, чтобы у нас в подъезде...

— То есть не заметили?

Старуха махнула рукой.

— Да нынче все кругом подозрительное! Люди к Марии ходят, кто они такие? Зачем ходят? Человек какой-то с ней живет! Откуда он взялся? Живет, да и все, ни прописки, ничего! И никто с него не спрашивает! А он, между прочим, на службу не ходит! Кто такой, чем кормится — все подозрительное!

— Но вчера, когда запирали дверь, этого подозрительного в подъезде вы не видели?

— Я ее видела, а его нет. И не в подъезде, а рядом с лавочкой.

Мишаков исподлобья посмотрел на старуху и опять дернул «молнию» на папке.

— Вчера в одиннадцать вы видели возле подъезда Марию Поливанову, я правильно понял?

Старуха кивнула и почему-то отвела глаза.

Вот это номер, подумал капитан Мишаков.

— Нет, вы не подумайте, я не говорю, что Машенька какая-то там не такая, но эти ее знакомства странные, и люди приходят непонятные...

— Расскажите, что вы видели, — велел Мишаков, отметив, что Софья Захаровна, до этого называвшая Поливанову исключительно Марией, почему-то переименовала ее в Машеньку.

— Да ничего я не видела! — возмутилась старуха. — Говорю вам, я спустилась дверь запереть, это около одиннадцати было, а Гарольд попросился со мной. Он иногда любит вечерние прогулки, особенно если погода хорошая, а ему не спится, вот и вчера тоже...

Но капитан опять перебил:

— Гарольд — это кто? Ваш муж?

— Молодой человек! — вскричала старуха, как будто он опять сказал непристойность. — Гарольд — это моя левретка.

— Кто-о?!

— Ах, боже мой, чему вас только учат?! Вы и этого не знаете?! Левретка — это такая порода собак. Левреток очень любили Медичи, к примеру! Вы знаете, кто такие Медичи? И русские императрицы тоже любили! — Поклонница советской власти и левреток об императорах говорила весьма вдохновенно. — А Фридрих Великий даже поставил своей левретке памятник неподалеку от собственного замка в Берлине, кажется.

Мишаков моргнул и уж потянулся было нащупать «молнию» на дерматиновой папке, чтоб как следует дернуть, но Софья Захаровна неожиданно пришла в сознание и вернулась к тому, что его интересовало:

— Так вот, Гарольд вчера вечером сказал мне, что хочет прогуляться, и мы отправились вместе. Мы вышли и возле подъезда увидели Машеньку.

— Она была одна?

Старуха помолчала секунду.

— Я особенно не разглядывала, нету у меня такой привычки — за людьми подглядывать!

— Да никто и не говорит, что вы подглядывали! — воскликнул капитан пылко. — Вы просто вывели собаку и увидели... Машеньку. Что она делала?..

— По-моему, курила, — сказала старуха небрежно, и Мишакову почему-то показалось, что она врет. Почему врет? Зачем?..

— Терпеть не могу, когда женщины курят! Американских фильмов насмотрелись и закурили все, как одна! И Машенька туда же! Я Викторине Алексеевне сто раз говорила — так не годится! Тетка ее приезжает, — пояснила старуха, — раз в год по обещанию. Никто за ней не смотрит, вот она и курит, и живет невесть с кем, и люди какие-то к ней ходят! А в киоске на бульваре то и дело разные журнальчики продаются с ее портретами — ну скажите на милость, разве порядочная женщина позволит свои портреты в журнальчиках печатать?!

Капитан размышлял, а потому ответил невпопад:

— В американском кино как раз не курят, Софья Захаровна. Там все за здоровый образ жизни борются. Курят во французском. Им все равно. Так одна или не одна она была-то?..

Чайник на плите выплюнул облачко пара, наддал и тоненько засвистел. Старуха выбралась из-за стола, поправила на груди цветастый халат, нацепила очки и стала придирчиво выкладывать в плетеную сухарницу какие-то печенья из неряшливой пачки.

На чайник она не обращала внимания. Мишаков посмотрел на старуху, потом на чайник, дотянулся и выключил. Жарко невозможно, а тут пар еще валит!..

— А? — спросила Софья Захаровна, оглянувшись.

...Что-то у нас заело, решил капитан. Ни с места.

— Вы мне подробней расскажите, — попросил он, подпустив в голос теплоты и участия, это он умел. — Вот вы вышли с вашим... Альфредом...

— Гарольдом, — задумчиво поправила Софья Захаровна. — Вышла, да. Машенька в тени стояла, под липами. Раньше у нас здесь роскошные липы были!.. Сейчас почти не пахнет, а в прежние годы, как липа зацветала, так воздух можно было пить, будто из кружечки. Теперь и липы-то почти все извели, одни автомобили остались, гарью воняет, как на пожаре!.. А мы с девчонками, бывало, липовый цвет соберем, а потом моя мама...

— Так. Поливанова стояла под липами, и дальше что?

— Да ничего особенного, просто стояла и курила, я огонек видела. Терпеть не могу, когда женщина курит!

Это мы уже слышали, подумал капитан.

— Она одна там была?

— Нет, — неохотно призналась старуха. — Еще кто-то был, я не разглядела. Говорю же, под липами, в тени!

— Ну, мужчина, женщина? Или, может, ребенок?

— Какой ребенок, что вы говорите-то?!

— А ваш... пес? Он на чужих не лает?

— Гарольд оглох много лет назад! — с гордостью заявила Софья Захаровна, как будто сообщила, что он задержал преступника на границе. — Он ничего не слышит и чужими не интересуется!

— Значит, человека вы не разглядели и не узнали. Или все-таки узнали, Софья Захаровна?

Она вздохнула и опять запахнула на груди халат. Потом ткнула на стол сухарницу так, что из нее на клеенку посыпались крошки.

— Никого и ничего я не узнала!

— Они молча стояли?

— Нет, вроде разговаривали.

— Может, вы голос расслышали?

— Не расслышала я, — отрезала старуха. — Мы с Гарольдом до угла прошлись, до сирени, постояли и вернулись.

Она выудила с полки две чашки, одну поменьше, другую побольше, одну мутного коричневого стекла, а другую розовую, в позолоченных завитушках, водрузила на клеенку и в каждую сунула по пакетику. Недовольно сопя, замотала белые нитки с бумажной наклейкой за ручки и налила кипятку. По кухне немедленно потек запах больницы.

Капитан покосился на мутную чашку, которая предназначалась ему.

...Видела, но не разглядела, слышала, но не расслышала. Выходит, не только собака Гарольд, но и хозяйка оглохла много лет назад? Может, и ослепла тоже?.. Что-то тут не так. Совсем не так!.. Он вспомнил писательницу Поливанову, которая искренне старалась помочь, — ну, ему так показалось. Хотя за долгие годы работы в розыске капитан твердо усвоил, что, когда кажется, креститься надо, но в писательской квартире на четвертом этаже он чувствовал раздражение, досаду, но фальши никакой не чувствовал вовсе!..

Значит, ошибся. Ошибся?..

— Вы дошли до сирени, вернулись к подъезду, и дальше что?

Софья Захаровна свела глаза к носу и сосредоточенно отхлебнула из чашки в завитушках.

— Ничего. — Она поморщилась — горячо! — и подула в кружку, полетели брызги.

— Вы Поливановой сказали, что сейчас дверь запрете?..

Старуха что-то пробормотала себе под нос.

— А, Софья Захаровна?..

— Сказала, сказала! И не ей, а просто! Дверь, мол, запирается, двенадцатый час!

— А она что?

— Ничего, — буркнула старуха. — Она в мою сторону не повернулась даже. Так и продолжала смолить.

— А ее собеседник?

— Я вам русским языком говорю — не видела я никакого собеседника! Стоял там кто-то, да и все!

...Мария Поливанова в двенадцатом часу курила под липами неизвестно с кем, хотя в доме у нее, по ее собственным словам, было полно народу. Соседка заперла дверь и поднялась к себе. Никакого трупа в подъезде она не видела.

Может так быть, чтобы труп, на тот момент еще живой, как раз в это самое время решил нанести третий визит Поливановой и ее чучмеку, и они его убили?..

— Может, — сам себе сказал капитан. — Чего ж не может?..

И на душе сделалось гадко. Как будто его, Сергея Мишакова, обманул человек, который уж никак не мог обмануть, не должен был, не имел права!..

Давным-давно, вернувшись из тяжелой и долгой командировки, он в своей собственной постели застукал Лизку с лейтенантиком из отдела по работе с несовершеннолетними. Он сначала изумился и ничего не понял — ей-богу не понял, как дурачок из анекдота! — а потом ему сделалось гадко. Так гадко, что он несколько дней есть не мог, его все время рвало. Потом, конечно, отпустило, а вскоре и забылось почти, только гадость осталась. Мишаков знал, что она у него внутри, много!.. Как правило, гадость не мешала ему жить, но, случалось, в нее что-то попадало, как булыжник в болото, и — бульк! — гадость всплескивала фонтаном, переваливала через края, зловонная, гнойная, и его начинало тошнить всерьез.

Сейчас в нее попало известие, что писательница ему врала.

Борясь с тошнотой, Мишаков сделал несколько торопливых глотков из коричневой кружки и выпучил глаза. От неповторимого вкуса пойла гадость отступила и притихла в изумлении, лишь слегка поплескивалась в берегах.

— Это такой чаек специальный, — объяснила старуха, — успокоительный. Там ромашка, корень солодки, валериана, пустырник. Очень помогает от нервов. Я его всю жизнь пью, и очень помогает!.. — Как бы в подтверждение своих слов, она сделала большой глоток и прикрыла глаза от удовольствия. — Туда бы еще липового цвету, только липы нынче все извели, на бульваре всего-то и осталось...

Мишаков перевел дыхание.

— Когда Поливанова вернулась в подъезд, вы не слышали? Дверь, может, хлопнула или лифт проехал?..

Старуха помотала головой и опять подула в свою чашку. Запах больницы усилился.

— Тот человек, с которым она курила, был похож на Александра Шан-Гирея?

— Не знаю я никакого...

— На сожителя ее! — гаркнул Мишаков.

— Да нет, тот мелкий такой, в завитушках, а этот видный был, вроде рослый. А как фамилия, вы сказали?..

Капитан не ответил.

Покойный Кулагин был видным и рослым. Может, с ним Поливанова и курила под липами?.. Ну, допустим, допустим!.. Докурила, отперла подъезд, ключи у нее совершенно точно были при себе, пропустила его вперед и возле лестницы хорошенько приложила «тяжелым тупым предметом», как сказал эксперт Виктор Васильевич, и добавил: «Предположительно, предположительно!»

— Может, чайку подбавить? — предложила бабка душевным тоном, и капитан отметил, что, рассказав про писательницу под липами, она как будто совершенно успокоилась и подобрела даже.

...Нужно Павлуше, лейтенанту, наводку дать, чтоб он не просто так соседей опрашивал, а именно на предмет Поливановой. Может, кто еще в окно видел, что она под липами курила и именно в одиннадцать часов! И предмет этот самый, предположительно «тяжелый и тупой»! Вряд ли, ударив, Поливанова потащила его в квартиру, скорее всего, зашвырнула куда-нибудь! Значит, надо обшарить все кусты, заглянуть под все ближайшие лавки-скамейки и влезть во все помойки.

...Писательница, черт ее возьми совсем! Хозяйка Медной горы! Провались она пропадом со своими книжками и астигматизмом!..

Надо будет посмотреть, что это такое.

Успокоительный чай, в котором явно не хватало липового цвету, капитан допивать не стал, казенным голосом сообщил, что Софье Захаровне придется явиться в отделение, если ее вызовут, вышел в тесную прихожую и сунул ноги в собственные раздолбанные кроссовки.

Софья Захаровна завела было, что по отделениям она отродясь не ходила и сейчас не пойдет, она не преступник какой-то, а ее отец в свое время... но капитан строго перебил:

— Таков порядок!

Потеснив его, бабка просунулась к двери, загремела замками и цепями, капитан, которому не терпелось поскорее выйти из этой квартиры, с силой толкнул тяжелую дверь и оказался нос к носу с незнакомым парнем в синей футболке с темными разводами пота под мышками. Парень собирался позвонить, уже и руку поднял, и капитан первым делом увидел именно темный круг.

Секунду они смотрели друг на друга, парень сделал неуверенный шаг назад, а потом вдруг Софья Захаровна заголосила так, что на площадке второго этажа распахнулась оконная рама:

— Помогите-е-е! Спаси-и-и-те-е-е!

И стала валиться на Мишакова, а парень рванул по лестнице вниз.

— Убиваю-у-ут!

— Тихо! Тихо, кому говорю!.. — заорал капитан.

Как пушечный выстрел, бабахнула подъездная дверь.

Кое-как отцепив от себя бабку, Мишаков бросился следом, перемахнул перила, дерматиновая папка выскочила у него из-под мышки, и он потерял секунду или две, подбирая ее. Дверь захлопнулась, и еще секунду он возился с замком, и когда выскочил на улицу, парня и след простыл.

Мишаков рванулся направо и добежал до угла — в переулке, до краев залитом солнцем, было совершенно безлюдно, только жарились и калились под жестяным беспощадным солнцем машины, плотным рядом стоявшие вдоль желтой стены дома. Тогда он ринулся обратно и добежал до кустов сирени.

Отсюда уже было рукой подать до бульвара, на котором много людей и машин.

— Девушка, девушка, вы не видели, тут парень не пробегал? В синей майке?!

Красавица, выруливавшая со двора в небольшой, похожей на золотую карету машинке, неторопливо окинула взмыленного капитана прохладным взором, повела носиком — наверняка тоже прохладным, — нажала кнопочку, и стекло, в которое сунулся капитан, стало быстро подниматься, он едва успел руки отдернуть.

Мишаков еще какое-то время зачем-то бежал за ней, а потом остановился.

...Только в кино храбрый и опытный полицейский точно знает, в какую сторону побежал преступник, и в два прыжка настигает его! Бросает на землю, придавливает коленкой, застегивает наручники и в это же самое время зачитывает права — желательно по-английски, для полной достоверности.

В жизни капитан Мишаков ни разу таким макаром никого не настиг.

Сердце колотилось в горле, и в правом боку сильно кололо. Он уперся руками в колени — папка мешала ему ужасно, — некоторое время подышал открытым ртом и побрел обратно к подъезду.

Кино, твою мать!..

Мишаков обрушился на лавочку, мокрой рукой вытер мокрый лоб и прищурился на солнце.

Кто это был, хотелось бы знать?.. Почему кинулся бежать?.. Зачем приходил к старухе?..

— Это не ваши?

И под носом у него оказались пыльные темные очки.

Очки держали тонкие длинные пальцы без всякого маникюра, и, поднявшись взглядом по этим пальцам, по незагорелой руке, по круглому плечу, капитан уставился в лицо Марии Поливановой.

Он немного посмотрел на нее, а потом опять на очки.

— Мои, — сказал он хрипло. — Дайте сюда.

Кажется, она удивилась. Он стал совать их в нагрудный карман, хотя никакого кармана на его футболке не было. Она стояла и смотрела.

— Что это вы так помчались? — спросила писательница наконец. — Вон даже очки уронили!.. Вас Софья Захаровна выставила пинком под зад?

— Откуда вы знаете, что я помчался?

— Я из лифта видела.

Он наконец догадался зацепить очки за ворот.

— А человека видели?

— Какого человека?

— Который бежал?

Маня подумала секунду и села рядом.

— Видела, — согласилась она. — Вот же этот человек!

И она ткнула в капитана пальцем.

— Да не меня! Того, за кем я... — он хотел сказать «погнался», но слово было уж очень глупое. — Который от меня рванул!

— Не заметила, — призналась Маня. — Я только видела, что вы через перила скакали, и еще подумала — зачем?..

— Значит, надо было!..

Поливанова сбоку на него посмотрела. По виску у капитана тек пот, прозрачная капля оставляла за собой влажный след, и волосы на шее все стали мокрые. Он то и дело облизывал губы, и вид у него был мрачный.

— У этой вашей Софьи Захаровны есть родственники?

Маня пожала плечами:

— Есть, конечно. По-моему, дочь или даже две. И внуки. Только она со всеми в ссоре. Ей кажется, что они мечтают отобрать у нее квартиру, а ее саму сдать в дом престарелых. Вот на прошлой неделе жаловалась Викусе, что они ее в конце концов в гроб загонят. Собираются отравить толченым стеклом или мышьяком, что ли. Про мышьяк все понятно, тогда как раз сериал про Пуаро показывали. — Поливанова помолчала и пояснила: — Викуся — это моя тетя.

— Которая приезжает раз в год по обещанию и за вами совсем не смотрит?

Сергею Мишакову очень хотелось сказать ей какую-нибудь гадость, только все никак не придумывалось. Что-то такое, чтобы ее задело. Вот хоть про тетю!..

Но Поливанова только засмеялась.

— Это вы от Софьи Захаровна сведения почерпнули? Она у нас такая!

— Какая?

— Ну-у, несчастная, одинокая, старая!.. Кругом враги у нее. Это, знаете, особый сорт людей! Они всегда находятся как будто в окружении в Брянских лесах, и поэтому им приходится быть начеку. Моя тетя совсем другая. Она легкомысленная, милая, ее все любят, вот Софье Захаровне и кажется...

Поливанова говорила и рылась в потрепанном портфеле, который пристроила на лавочку между собой и Мишаковым. Он поневоле косился на ее руки, производившие работы в недрах портфеля. Вот мелькнула черная записная книжка, потом чехольчик для очков, серебристая спинка компьютера, упаковка прокладок. Капитан отвернулся.

— Держите. — Она сунула ему в ладонь увесистую пузатую бутылочку, полную холодной воды.

Горло у капитана моментально ссохлось и слиплось окончательно, и он понял, что сейчас простонапросто умрет от жажды.

Должно быть, пить поливановскую воду было поражением, признанием ее превосходства и вообще неправильно, но он схватил бутылочку, почти вырвал у нее из рук, отвинтил крышечку и, закинув голову, стал лить воду в свое изнемогающее горло.

Он вылил почти всю, перевел дыхание и громко икнул.

— Извините.

Она промолчала.

Мишаков допил воду и тщательно завинтил крышку на пустой бутылке.

— Мария Алексеевна, — выговорил он медленно, опасаясь снова икнуть, — вы мне рассказали правду?

— В каком смысле? — насторожилась Маня.

— В прямом. Вы рассказали мне все, как было?

Она пожала плечами. Плечи у нее оказались красивые, и грудь под легкой белой маечкой... выдающаяся. Капитан покосился, отвернулся и опять покосился.

— Нет, может, я что-то и пропустила или забыла! Но ничего серьезного, уверяю вас. Алекс бы вспомнил и поправил. У него особенность такая, он все запоминает, замечает, ничего не пропускает.

— Да? — спросил пришедший в раздражение капитан. — Мне так что-то не показалось.

— Тем не менее, — сказала она довольно холодно.

Наконец-то ему удалось ее задеть. Ну, конечно! Для нее кудрявый чучмек — царь и бог, она от него в восторге пребывает, и весь остальной мир должен пребывать тоже. Посмей только усомниться, на клочки порвет!..

Мишаков подкинул бутылку, поймал, посмотрел сквозь зеленое стекло на жестяное раскаленное солнце и спросил:

— А вот вам покойного Кулагина совсем не жалко?

— Совсем, — отрезала Поливанова. — Мне жалко его дочку. Жену, пожалуй, жалко, хотя она неприятная особа! Но я на самом деле думаю, что у них теперь все наладится.

— Это что значит — наладится?

— Заживут они себе тихо, мирно и прекрасно. Без ссор, без драк, без оскорблений. Вот чего я терпеть не могу, так это когда унижают людей. Особенно зависимых, понимаете?! Эта дуреха, его жена, во всем от него зависела. А он этим пользовался, сволочь. И еще гордился, что в любую минуту может ее в порошок стереть. Ребенка отобрать грозился!

— А мог?

— Что?

— Отобрать-то? Это сейчас модная тема! Все друг у друга детей таскают, особенно там, у вас.

— Это где же... у нас?..

— Да вот где писатели, артисты! Еще фигуристы всякие. Сначала женятся, потом разводятся, ну а потом начинают детей воровать. То муж их в своем замке спрячет, то жена в Лондон увезет, и все это по телевизору показывают! Дети плачут, прочие родственники дерутся. Красивая жизнь, одним словом.

Маня вдруг засмеялась. Почему-то он нравился ей, этот усталый, потный, сердитый парень, подкидывавший в ладони бутылку так, как будто это была соломинка.

Кроме полковника Никоненко, друга детства и вообще хорошего человека, Маня не знала никого из эмвэдэшно-розыскной среды, хотя в детективах частенько писала именно про таких, как Мишаков, как его там?.. Сергей, что ли? Или Андрей?

— Сергей, — обратилась она наугад и, кажется, попала, он хмуро на нее взглянул, — Толя Кулагин был человек... отвратительный. У него родители были замечательные, мои все с ними дружили, и мама с папой, и бабушка, и дед! А мальчик вышел... — она поискала слово, — подленький такой. Ничего хорошего в жизни не сделал! Никому не помогал, никого не любил. Женщин бросал, и всегда как-то оскорбительно, перед богатыми мужиками заискивал, будто плохой лакей, хотя сам вроде не из холопов. И знаете, я вам даже сочувствую.

— Это как?

— Да ведь теперь искать злодея придется, время тратить, силы! Бегать туда-сюда, как вы сейчас понеслись, а может, тот, кто его прикончил, вовсе не злодей, и его нужно медалью наградить!

Капитан уставился на нее во все глаза — вот это цинизм так цинизм!.. Укокошили, и шут с ним, потому что ей человек не нравился. Какой-то не такой он был по поливановским меркам.

— Вы ж писательница!
— Ну и что?
— Да вы все, писатели, вроде должны быть... как их... гуманисты. Это я правильное слово сказал?..

Тут уж Поливанова уставилась на него во все глаза. Посмотрела-посмотрела и фыркнула, но не обидно.

— Это вы правильно сказали, но при чем же здесь гуманизм? Толик был мерзавец, и точка. Грустить из-за того, что мерзавца убили, я не желаю. Опять точка.

— А равенство всех перед законом? Право на жизнь? На безопасность?.. Конституционные гарантии? Или это все должно быть только у правильных людей, а неправильные пусть их, — и Сергей Мишаков дернул подбородком в сторону распахнутой двери, — по подъездам валяются с проломленной башкой?..

— Ну, вы даете! — вдруг восхитилась Поливанова. Помолчала и поправила белоснежную майку на округлом плече. Капитан отвернулся и стал смотреть в сторону бульвара.

...Она ведь соврала насчет вчерашнего! Она курила с кем-то под липами, и соседка видела это! Вполне возможно, что Поливанова врет постоянно, ежиминутно. И сейчас врет, когда слушает его так внимательно, да еще как будто пытается что-то понять.

Гадость внутри булькнула жирным бульком, и по ней пошли круги.

— В общем, до свидания, — попрощался капитан. — Если вы мне понадобитесь...

— Знаю, знаю, — перебила писательница, — вы меня вызовете в отделение. Только вы лучше не вызывайте, а сами приезжайте. Поговорим.

И она вдруг покраснела.

Покраснела, страшно смутилась и полезла в свой портфель, хотя было совершенно ясно, что ей там, в портфеле, ровным счетом ничего не нужно, просто она стесняется.

Капитан смотрел изучающе, как герпетолог на редкое пресмыкающееся.

— У меня, между прочим, тоже все не слава богу, — пробормотала она, как бы оправдывая свое смущение. — Подруга пропала. Со вчерашнего дня не звонит, не пишет. А с ней так не бывает. Она у нас ефрейтор, у нее все по уставу!..

Маня поднялась и прямо посмотрела Мишакову в глаза.

— Вот за нее я беспокоюсь, — сказала она. — Очень.

ВЧЕРА

Это была на редкость грязная собака, просто чудовище какое-то. Кругом свалявшаяся шерсть, похожая на войлок, на замученной морде потеки то ли краски, то ли еще какой-то дряни. Она поджимала лапы, переминалась с одной на другую и иногда продолжительно и тяжко вздыхала, так что подведенные бока ходили ходуном.

— Может, припадочная, а?..
— Больная просто!
— Покормить бы.
— Нечего ее кормить, от нее потом не отвяжешься! Да еще заразы какой-нибудь наберешься! Я по НТВ видела этих собак! Они, во-первых, разносчики всех болезней, а во-вторых, сбиваются в стаи и могут насмерть загрызть!
— Да где ей грызть, она едва дышит! И как это она к нам забежала?..
— Как, как! Охранники недоглядели!

Сотрудницы издательства «Алфавит», выбравшиеся после обеда во внутренний дворик, чтобы покурить на солнышке и немного «подышать», как по команде повернулись и неодобрительно воззрились на полосатую будку.

Охранника, который «недоглядел», не видно, предъявлять претензии некому.

— Может, в службу безопасности позвонить? — предложила Юлия Петровна из детской редакции, как раз та, что смотрела НТВ. — Чтоб... ликвидировали?
— Ой, да зачем ее ликвидировать, — перепугалась то ли Леночка, то ли Олечка из бухгалтерии, — она посидит-посидит и убежит!
— А если в здание проникнет?! Такая грязная, вонючая, да еще, может, бешеная!..
— Бешеные не такие.
— Да откуда ты знаешь, какие они!..

— Девушки, — бодро грянул с крылечка Павел Иванович, кадровик, — угостите сигареткой, что ли!.. Это ж надо такому случиться, чтоб лето в положенное время началось! На календаре лето, и на улице лето! По всему видать, конец света скоро!..

— Типун тебе на язык, Павел Иванович!

— Не дрейфь, девчата, прорвемся!..

— Вон гляньте, какое к нам чучело принесло!.. Как бы не бросилась!

Собака тяжело дышала в отдалении и по-прежнему переминалась с лапы на лапу.

Павел Иванович заглянул за беседку — генеральная директриса издательства «Алфавит» любила всякие чудеса, затеи и красоты. Вот и в обыкновенном московском дворе, куда запыленные грузовички завозили туго перевязанные шпагатом пачки книг, где была стоянка для начальства, а к забору складывали стройматериалы, усилиями директрисы появился некий оазис. Был отгорожен уголок, засажен травой и цветами, посередине — беседка в онегинском духе, увитая диким виноградом, с белыми скамьями, на которые летом выкладывали шелковые подушки, чтоб мягче сидеть. Анна Иосифовна, беспощадный борец с курением, — ее беспощадности могла бы позавидовать святая инквизиция, ибо курильщикам, пойманным на месте преступления, устраивали показательные выволочки и их даже штрафовали, — на круглый дощатый стол в середине беседки велела всегда выставлять пепельницы. Соблюдала демократию, ибо на улице курить как раз не запрещалось.

Пепельницы выставляли латунные, новенькие, плещущие золотым светом сквозь прорезь виноградных листьев, и никто не решался в них курить! Курили у забора, тушили сигареты в самой обыкновенной, грязненькой, переполненной окурками урне. Возле этой урны толпились, разговаривали, обсуждали насущные дела, вот сегодня, к примеру, пришлую неподходящую собаку.

Собака сидела почти у входа в беседку, оскорбляя своим видом красоту и ухоженность.

— Как же она... того... проникла?

— Да небось под шлагбаум забежала, и все дела! — Юлия Петровна подошла и тоже посмотрела. — Гадость какая! Гоните ее, гоните, Павел Иванович!

Кадровик деловито вынул изо рта сигарету, огляделся, поискал, где бы ее кинуть, и не нашел. Во внутреннем дворе издательства «Алфавит» было чисто, веселый дворник Фазиль трудился на славу.

Собака понурилась, словно примериваясь лечь, но не смогла и с тоской посмотрела на кадровика.

...Ты меня сейчас будешь гнать, да? Кидать в меня камнем или палкой, топать ногой! Ты... не топай пока, а? Я вот посижу еще чуть-чуть и пойду. Я же просто так. Отдохнуть немножко. Лапа болит очень, какой-то лихой на мотоцикле ее задел. Больно, ужас! До сих пор не наступить. Еще раньше так было больно, когда железным прутом по хребту вытянули, всю шкуру ободрали, так и не зажила шкура-то. И зализать не могу, не дотянуться мне туда. Я отдохну да и пойду себе потихоньку, как стемнеет.

Днем мне нельзя. Днем меня... убьют. Я знаю, как убивают. Страшно мне днем-то...

— Вон у забора кирпичи сложены, Павел Иванович!

— Кирпичом-то еще, не ровен час, того, пришибу!

— Да их всех извести давно надо! Собака в городе — нонсенс! — фыркнула сотрудница детской редакции. — Если бы я была мэром...

— Вы же еще пока не мэр, — с досадой возразила маленькая беленькая девушка, кажется, из отдела рекламы.

Ей было жалко собаку, и она не хотела видеть, как в нее будут кидать кирпичом.

Девушка докурила свою сигаретку, ловко отправила в урну окурок и побежала к крыльцу, по обе стороны которого помещались березки в кадках — Анна Иосифовна готовилась к Троице.

Павел Иванович вытащил из штабеля кирпич, подкинул в руке и посмотрел на собаку.

А та посмотрела на него.

Она все понимала, но не собиралась бежать и спасаться, да и вряд ли смогла бы. Только бока заходили — от страха.

— Пошла вон! — грозно крикнул кадровик. — Вон отсюда, тварь поганая! А то сейчас как пульну!..

Собака тяжело подняла изгвазданный чем-то мерзким зад и попятилась за беседку.

— Да кинь ты уже, Павел Иванович! — завопила сотрудница детской редакции.

— Кому говорят, пошла отсюда!

Все же кинуть он не решался, пока только разогревал себя, приготовлялся, зато Юлия Петровна повизгивала от нетерпения. Глаза у нее горели.

— Дай, дай сюда, Павел Иваныч, я сама в нее!..

Она перехватила тяжелый кирпич, неловко размахнулась, кинула и попала! Собака завизжала неожиданно громко, на весь двор, неприлично громко, совершенно как человек, и в ответ на ее крик вдруг завыла стоящая рядом машина.

— Ты чего наделала, Юлия Петровна?!

Собака пыталась ползти, но встать не могла, должно быть, меткая сотрудница детской редакции перебила ей лапу. Или хребет.

Из окон начали выглядывать люди, из полосатой будочки вывалился охранник, а все стоявшие возле урны моментально побросали свои бычки и кинулись к крыльцу.

Собака плакала. Машина выла.

— Что здесь происходит?!

Чуть не стукнув по носу Юлию Петровну, которая уже рвала на себя дверь, из здания выскочила сука и сволочь Митрофанова, заместительница генеральной директрисы и ее правая рука по всем вопросам.

— Ну, пришла беда, откуда не ждали, — под нос себе пробормотал Павел Иванович. — Принесло! У, поганая!.. — И погрозил кулаком изнемогающей собаке, виноватой во всем.

Мимо Митрофановой гуртом протискивались в здание все отдыхавшие возле урны и, оказавшись внутри, тут же порскали по коридорам в разные стороны.

— Что случилось?!

— Да ничего особенного, Екатерина Петровна, не обращайте внимания...

— Как — не обращайте внимания?! — перекрывая плач собаки и вопли сигнализации, заорала Митрофанова. Охранник моментально канул в будку, пропал с глаз. — Что вообще творится?!

— Да какая-то собака забежала и орет. Бешеная, должно быть.

Но Митрофанова — сообразительная, сволочь! — уже заглянула за беседку, увидела грязную тварь, которая пыталась ползти, красный кирпич, расколовшийся пополам, и уставилась кадровику в лицо.

Тот, человек мужественный и закаленный, со страху попятился.

— Это... ваших рук дело?

Павел Иванович затосковал.

— Да говорю же, она бешеная!.. Вдруг ни с того ни с сего вопить начала...

Митрофанова затряслась, как припадочная, выворачивая карман ефрейторского серого жакета, выхватила телефон и нажала кнопку.

Все, решил кадровик. Труба дело. Еще бы, такой шум в неположенное время учинили! А до генеральной директрисы дойдет, так вообще уволят его без выходного пособия! Директриса натура тонкая, возвышенная, небось собак не бьет!.. Да и сам Павел Иванович не стал бы, это все Юлия, будь она неладна...

— Екатерина Петровна, вы того... не беспокойте себя, не надо никуда звонить, — загудел кадровик, — я ее сейчас выкину за забор, и все дела, а сигнализация сама выключится, или хозяин прибежит. Это чья машинка, не знаете?..

— Володя, — выговорила Митрофанова в телефон и повернулась к кадровику спиной, — я во дворе. Выйди быстро ко мне, а? Прямо сейчас! Можешь?..

Она еще что-то говорила, а собака плакала, машина выла, и кадровик все бубнил, и в конце концов Митрофанова заорала ему в лицо:

— Да замолчите вы уже!

Павел Иванович икнул и примолк, и — странное дело! — машина заткнулась тоже, как будто послушалась Митрофанову.

Теперь в абсолютно пустом и тихом дворе громко и горестно верещала собака.

Дверь блеснула на солнце чистым стеклом, и с крыльца сбежал Владимир Береговой, начальник IT-отдела, с которым Митрофанова, по слухам, была не в ладах.

— Кать, что такое?!

— Ты посмотри. Ты посмотри только! — Голос у нее поехал куда-то вверх, она пискнула и замотала головой.

— Тихо. — Высоченный Береговой в два шага приблизился к собаке и присел на корточки. — Тихо, тихо...

Морщась от отвращения, Павел Иванович смотрел, как длинные пальцы начальника отдела погладили заскорузлый бок и оскаленную от боли морду. Митрофанова тоже подошла и присела.

— Кать, погладь ее, а я посмотрю. Ну, не бойся, не бойся меня, пес!..

Митрофанова с двух сторон взяла собаку за голову и стала гладить. Белоснежные манжеты с бриллиантовыми запонками елозили по залитой слезами и какой-то дрянью морде. Береговой все щупал.

— Вроде кости все целы...
— Как целы, когда она так... скулит?!
— Да ей, видишь, по хребту попали, а там открытая рана, давняя уже, и болит, должно быть, сильно. Ну, ну!.. Не плачь. — Это было сказано Митрофановой.

Подошедший поближе кадровик не поверил своим глазам.

Крупные женские слезы капали на снежные манжеты и на грязную шерсть, мешались с песьими. Стерва и сволочь плакала вместе с этой собакой, будь она неладна!..

— Володя, что нам делать?..
— Ей бы обезболивающего дать.

Он на миг оторвался от псины, оглянулся и обнаружил поблизости любопытствующего Павла Ивановича.

— Принесите «Кетанов», только быстро! У меня в отделе есть. Скажите Жанне, нужно две таблетки. И воды. Знаете, где мой отдел?..

Павел Иванович, который понятия не имел, где именно отдел Берегового, покивал, и Владимир ему не поверил.

— Третий этаж, из лифта направо. Жанна в триста восемнадцатой комнате.

Кадровик все дивился на такое чудо — плачущую Митрофанову.

— Ну?!

Павел Иванович, не привыкший, чтоб им командовали какие-то мальчишки, от неожиданности крякнул и хотел было сказать что-то в том смысле, чтоб Береговой сам шел, куда ему нужно, но сообразил, что тогда его оставят с бешеной собакой и рыдающей Митрофановой, а это гораздо опаснее.

— Какая? Триста восемнадцатая, говорите?

— Да ну вас к черту, — вдруг выпалил Береговой и поднялся, сразу став очень высоким, на голову выше кадровика. — Катя, гладь ее и смотри, чтоб не дергалась. Я сейчас.

— Володя!

— Сейчас!

И он дунул к крыльцу. С той стороны, за чистыми стеклами толпился народ, но выходить никто не решался. Павел Иванович с тоской проводил Берегового глазами.

Ну, берегись, Юлия Петровна, получишь ты у меня вместо прибавки за выслугу лет какую-нибудь закавыку со стажем, уж это я тебе гарантирую, в разных закавыках я разбираюсь лучше всех! Втравила меня, а сама в кусты?!

Пока он строил планы мести, сетовал на несправедливость жизни, топтался и шумно вздыхал, Митрофанова все гладила собаку, которая орала уже не так оглушительно, только прерывисто подвывала на одной ноте:

— У-у-у! У-у-у!..

— Я пойду, пожалуй, — решился наконец кадровик и покосился на митрофановские манжеты, из белоснежных превратившиеся в грязно-серые. — Я вам тут не нужен, Екатерина Петровна?

Митрофанова не обратила на него никакого внимания. Она обеими руками держала гадкую зверюгу за морду и уговаривала потерпеть еще немного. Наманикюренные ногти путались в комках свалявшейся шерсти.

Кадровик вздохнул. Можно уйти или нельзя?.. Вроде эта на него не глядит даже, и он, решив больше не спрашивать, стал неторопливо отступать в сторону березок в кадках.

Тут бабахнуло, сверкнуло, и со ступенек скатился Береговой. Следом поспешала тучная и одышливая Марья Максимовна из медпункта.

За ними из издательства потянулся народ, мыкавшийся за дверями в нерешительности, довольно много.

— Лучше уколоть, быстрее подействует, — заговорил начальник IT-отдела издалека.

— Кого колоть-то будем? — задыхающимся басом вопросила Марья Максимовна. — Екатерину Петровну, что ль? Вам плохо, Екатерина Петровна?

— Да я же говорил — собаку! Дайте сюда шприц! — И он сунулся к псине, которая косила страдающим, перепуганным глазом. Со страху она перестала выть и заикала.

Могучей рукой, похожей на ствол небольшого дерева, Марья Максимовна сзади взяла Берегового за брюки — тот покачнулся — и отодвинула его в сторонку.

— Попрошу не мешать, — неприятным голосом сказала она.

В одно мгновение медсестра разложила на лавочке странный железный чемоданчик, сопя, порылась в нем, хрустнула ампула, шприц выдал тоненькую струйку.

— Я сам уколю, чего вам пачкаться! Под кожу нужно. Шерсть оттянуть и...

— Попрошу не учить!

Похожая в белом, жестком, переливающимся от крахмала халате на гиппопотама-альбиноса, Марья Максимовна посмотрела, с какой стороны лучше зайти, и приказала грозно:

— Подержите животное. Оно может испугаться! Только как следует держите!..

Она обошла собаку, которая именно в этот момент, собрав все силы, попыталась встать, замотала башкой и задергалась, да еще как! Митрофанова плюхнулась на задницу, что-то затрещало, кажется, юбка порвалась, зрители на крыльце дружно ахнули. Береговой обеими руками схватил собаку за загривок и заднюю лапу, всем весом прижал ее к земле — та, идиотка, забилась пуще прежнего.

— Держите, кому говорят! И вы, Екатерина Петровна! За уши держите!..

Неуловимое, мгновенное движение, и пустой шприц полетел в сторону лавочки.

— Как?! — весело спросил Береговой, почти лежавший на гадкой собаке. — Уже все?! Ну, вы профессионал, Марья Максимовна!

Гиппопотам-альбинос фыркнул и велел никому не двигаться.

— Рану на спине обработаю.

С необыкновенным, поразительным проворством она добралась до своего чемоданчика, опять захрустели какие-то ампулы, надорвалась упаковка, мелькнули белоснежные салфетки.

Пальцы-сардельки молниеносно прошлись вдоль раны, что-то полилось, запахло антисептиком.

— Поднимите ее.

— Как?!

Марья Максимовна усмехнулась.

— Как хотите. Мне нужно ее перевязать.

Собака, которую, видимо, сразу отпустила боль, больше не сопротивлялась, но поднять ее было трудно — уж очень здоровая! Береговой с усилием поставил ее на лапы, и несколькими движениями, наклоняясь и почти подползая под пузо, Марья Максимовна забинтовала ее поперек живота.

Потом критически осмотрела свою работу и резюмировала:

— Неплохо. Можете отпустить, Владимир. Что вы в нее вцепились? Вы пугаете животное!

— Я пугаю?! — поразился Береговой.

И тут им всем стало весело. Очень весело и легко! Кажется, даже собака повеселела, потому что обвела их взглядом, потом кое-как повернула башку, изучила странные белые полосы, стянувшие бока, но не нашла в них ничего неприятного или опасного, потому села, а потом медленно и блаженно повалилась на бок.

— Отдыхай, — велела ей Марья Максимовна. — А вы, молодые люди, обработайте руки. Все же животное на редкость... псухоженное.

Береговой захохотал.

Митрофанова неловко перевалилась на колени и ощупала юбку сзади.

— Кать, ты чего? Вставай!

Митрофанова вскочила — не хватало еще, чтобы сотрудники видели ее стоящей на асфальте на коленях в порванной на заду юбке!

С крыльца потянулись любопытствующие и сочувствующие. Сочувствующих было много. Гораздо больше, чем в тот момент, когда Юлия Петровна запулила в собаку кирпичом!..

— Руки, Екатерина Петровна!

— Что?

— Это бактерицидное средство, подставляйте руки.

Катя подставила.

Береговой издалека время от времени длинно и внимательно взглядывал на нее. Она отворачивалась. Ей было отчего-то неловко.

Сотрудники подходили, глубокомысленно закуривали, заглядывали за беседку, обсуждали.

— Смотри, смотри, лежит!..

— Заснула, может?

— Да нет, отдыхает просто! Видишь, глаза открыты!

— Откуда это она к нам забежала?..

— Как откуда? Их таких на улице пруд пруди!..

Павел Иванович неразборчиво гудел в отдалении, Митрофанова слышала только «припадочная» и «бешеная».

— Надо бы ветеринарку вызвать, чтоб ее в приют отвезли. Или эмчеэсников!

— Какой приют?

— Они знают.

Митрофанова пробралась к медсестре. Та энергично складывала свой чемоданчик.

— У вас на щеках потеки, — мельком глянув на нее, сказала Марья Максимовна. — Хотите влажную салфетку? Утретесь.

Митрофанова стала вытирать лицо. От салфетки хорошо пахло.

— Спасибо вам.
— Не на чем.
— Как же? Собаку спасли, — негромко сказал Береговой совсем рядом, и они обе обернулись.

Он стоял очень близко и улыбался счастливой мальчишеской улыбкой.

— Подумаешь, уколоть да забинтовать, — пробормотала Марья Максимовна. — Разве ж это спасение? Ей дом нужен, хозяин. Уход. Вот это будет спасение. Пропустите, молодые люди.

И она пошла к крыльцу, к березкам, приготовленным к Троицыному дню, изящно держа в толстенной ручище с оттопыренным сарделечным мизинцем странный железный чемоданчик.

— А правду говорят, что она в Афганистане служила?
— Да ладно!
— Честно.
— Нужно в кадрах спросить.
— Да вот они, кадры! Павел Иванович, Павел Иванович, а правда...

Митрофанова сняла жакет, кинула на лавочку и повернула юбку так, чтоб дырка получилась хоть бы не на заду, а сбоку. В кабинете у нее есть другой костюм — на всякий случай. Вдруг кофе опрокинется или еще что-нибудь! Впрочем, за годы службы в

«Алфавите» этот самый «случай» оказался первым, а костюм висел в шкафу со дня ее выхода на работу.

Она всегда готова к любым неожиданностям, хотя даже кофе никогда не опрокидывала!

Она аккуратно вынула из прорезей на манжетах запонки и стала закатывать рукава.

Собака, которая во время спасения была как будто ее личной, митрофановской, и объединяла ее с Береговым, теперь принадлежала всем. Сотрудники толпились вокруг, им было радостно, что ее не убили и не выкинули на помойку, а наоборот, полечили, и все чувствовали себя причастными к доброму делу.

Настроение у Митрофановой неудержимо портилось.

Она подхватила жакет, повернулась, чтоб идти на рабочее место, и очутилась нос к носу с Береговым, который, оказывается, так и не отошел, топтался рядом.

Они посмотрели друг на друга и разом отвели глаза.

— Ты молодец, — сказал Береговой, глядя в сторону, хотя так не полагалось говорить начальству.

— Что теперь с ней делать-то? На самом деле в МЧС звонить?

Он пожал широченными плечами:

— Я ее, Кать, домой возьму.

Митрофанова, которая уже заранее мучилась, что собаку — ее собаку! — заберут в приют, запрут в клетку и по истечении известного срока задушат, или пристрелят, или как там еще избавляются от них, уронила дурацкий жакет.

Он нагнулся и поднял.

— Правда? — переспросила она дрогнувшим голосом.

— Ну, конечно, — сказал он так, как будто дело давно было решено. — Не бросим же мы ее!..

И это «мы» вдруг вернуло Митрофанову к недавним событиям, когда они со знаменитой писательницей Мариной Покровской — в миру Маней Поливановой — спасали из кутузки этого самого Берегового, попавшего в серьезный переплет. Он тогда нашел у себя в багажнике труп, отвез его куда следует, и там его немедленно обвинили в убийстве и посадили в КПЗ. Полковник Никоненко, друг детства писательницы Покровской, к которому они кинулись за помощью, объяснил, что дело плохо и, пожалуй, остаток дней начальник IT-отдела Владимир Береговой проведет на нарах, но они никак не могли этого допустить!..

И не допустили.

Строго говоря, во всем разобрался Александр Шан-Гирей, Манин сердечный друг и еще более знаменитый писатель, но и она, Митрофанова, помогала изо всех сил!..

Это самое «спасение» — как и сегодняшнее! — обещало очень многое, любовь почти случилась у них, и...

...И все закончилось, так и не начавшись.

У Кати Митрофановой уже один раз был неудавшийся роман с коллегой со всем неизменным набором составляющих «неудачного романа» — изменой, абортом, отчаянием, поиском смысла жизни и пониманием, что смысла никакого нет, и размышлениями, не лучше ли в таком случае выброситься из окна!..

После этого роман с подчиненным стал решительно недопустим, и она его решительно не допустила, конечно. Все свелось к какой-то на редкость неопределенной дружбе, когда оба осторожничают, как будто ходят кругами, делают вид, что так и должно быть, понимая, что так быть не может, время от времени приглашают друг друга «на кофе», разговаривают ни о чем, понимая, что поговорить так, как хочется, все равно не удастся.

Зато такие «отношения» уж точно не опасны.

Екатерина Петровна Митрофанова была исключительно здравомыслящей женщиной!..

И все-таки, увидев во дворе изнемогающую от боли и страха собаку, она позвонила именно Береговому, и теперь ни он, ни она не могли отвязаться от этой мысли.

«Мы» не бросим собаку, еще бы!..

Может, каждый в отдельности и думал бы, прикидывал, искал телефон приюта или знакомых, у которых участок в Луховицах, чтоб определить туда эту самую собаку, но, когда есть «мы», все решается легко и просто и именно так, как должно.

— Володя, ты на самом деле хочешь ее забрать?!

Он кивнул.

Сотрудники докурили, договорили, досмотрели и с чувством выполненного долга, в приподнятом настроении потянулись в здание. Дальнейшая судьба спасенной никого не интересовала.

— А кто с ней будет гулять?

И, не дожидаясь ответа на этот сакраментальный вопрос, стерва и сука Екатерина Митрофанова, заместительница генерального директора, кинулась на шею Владимиру Береговому, начальнику IT-отдела.

Он ничего не понял, но подхватил и прижал ее к себе.

Сотрудники приостановились — оказывается, представление-то еще не только не окончилось, а, пожалуй, лишь начинается!

— Я с тобой, да? — щекотно зашептала она. — Подожди, я только Анну Иосифовну предупрежу! Я сейчас, я быстро!..

— Куда ты со мной? — Ухом он чувствовал ее шевелящиеся губы, а руками влажную кожу под тонкой перепачканной блузкой и ничего не мог сообразить. Пахло от нее духами и псиной немножко.

— К тебе! Собаку повезем!

Краем глаза она увидела сотрудников, которые остановились неподалеку и глубокомысленно закурили по второй, и отцепила от себя Берегового. Он моргнул, собираясь с мыслями.

— Я сейчас!

Чеканя шаг, ефрейторской поступью Митрофанова промаршировала к крылечку с березками — курящие проводили ее глазами — и вошла в чистоту и прохладу издательского вестибюля. Здесь все было как всегда, и это почему-то показалось ей странным.

Живо поднявшись к себе и заперев дверь, она сняла чулки и испорченную юбку.

...Конечно, она поедет с ним, а что тут такого! Она же должна ему помочь устроиться с собакой. Наверняка ее непросто будет затолкать в машину, она запуганная, да еще раненая! И в магазин придется заехать, ей же нужен корм, подстилка и что там еще... ну, миски, наверное!

Интересно, это мальчик или девочка?.

...И как это Володя решился взять ее, такую громадную, уродливую, беспородную и больную?

...Конечно, он взял ее себе, по-другому и быть не может, он же замечательный человек, и она, Митрофанова, знает это лучше всех!

...С ней, с этой беспородной, будет очень много хлопот, а как же иначе!.. Но Володя справится, кроме того, он давно хотел завести собаку. Вряд ли такую, как эта, но хотел, значит, справится!

Екатерина прыгала посреди кабинета, натягивая чистую юбку, когда зазвонил телефон.

Митрофанова подскочила к столу и посмотрела на аппарат.

Ну, конечно. Горела кнопка вызова с надписью «6-й этаж». На шестом этаже располагались покои Анны Иосифовны, а больше ничего там не было.

— Да.

— Катюша, что именно случилось у нас во дворе полчаса назад?

Генеральная директриса умела как-то так задавать вопросы, что сразу становилось ясно: во-первых, она все давно уже знает и врать бессмысленно, во-вторых, ее интересуют не столько сами события, сколько оценка событий.

Она была умна, хитра, расчетлива и все время словно играла роль — владелицы процветающего издательства, благодетельницы, устроительницы. Какая она на самом деле, никто не знал.

Даже Митрофанова, проработавшая с ней много лет.

— Катюша?..

Митрофанова в расстегнутой юбке встала по стойке «смирно», как в карауле, и отчеканила:

— Анна Иосифовна, к нам во двор забежала бездомная собака. Раненая. Она скулила, и Береговой позвал Марью Максимовну из медпункта. Собаке сделали укол. Береговой решил забрать ее к себе домой, и я собираюсь помочь ему. Разрешите мне отлучиться до конца дня?..

На том конце провода помолчали. Митрофанова потрогала вспотевший лоб.

Молчание директрисы могло означать все, что угодно.

— Я так понимаю, что отлучиться должна не только ты, но и Владимир Береговой. Верно?

— Да, Анна Иосифовна.

Опять молчание.

— Катюша, ты рассказала все именно так, как было?..

Митрофанова расправила плечи:

— Да.

— Понятно. — Кажется, директриса улыбнулась. — И Владимир собирается везти собаку к себе?

— Да.

— Тогда вот что. Я сейчас распоряжусь, и Николай съездит в ветеринарную аптеку за специальным шампунем и какими-нибудь средствами для обработки и заживления ран. Первым делом собаку необходимо вымыть, а уж потом куда-то везти! У нас во дворе есть шланг, его нужно присоединить к крану с теплой водой. Найди, пожалуйста, дворника, пусть он сделает. — Екатерина Митрофанова кивала головой, как солдат Швейк, получающий распоряжения от генерала. — Если Береговому потребуется помощь, Николай в его распоряжении. Рабочая одежда есть в хозяйственной службе, мы держим про запас несколько комбинезонов. Вряд ли будет удобно мыть собаку из шланга... в деловых костюмах!.. Ты все поняла, Катюша?

— Я поняла, Анна Иосифовна! — выпалила Митрофанова.

— И, безусловно, вы оба свободны до конца дня.

— Спасибо, Анна Иосифовна!

— Вечером не забудь позвонить мне и рассказать, как все устроилось.

— Непременно, Анна Иосифовна.

— Кто именно из сотрудников кинул кирпич в раненое животное?

Митрофанова залилась краской. Стало жарко и потно, кажется, даже в ушах, и нечем дышать.

— Ну, ну, — безмятежно продолжала генеральная директриса. — Мне передали, кинули так, что кирпич развалился!.. Странно, что не убили. Так кто, Катюша? Мне хотелось бы знать.

— Я не видела, Анна Иосифовна, — пробормотала Митрофанова. — Я выбежала, когда собака... когда уже все случилось... Я правда не видела!..

— Жаль, — обронила директриса после секундного молчания.

И кнопка с надписью «6-й этаж» погасла.

Митрофанова еще немного постояла с трубкой в руке, а потом осторожно пристроила ее на аппарат.

СЕГОДНЯ

Алекс принялся было работать, хотя понимал, что из этого все равно ничего не выйдет, и злился.

Злился, разумеется, на Маню, которая ускакала неизвестно куда, сказав озабоченно, что не может дозвониться Митрофановой.

Ну, не может и не может, и наплевать на Митрофанову, если ему необходимо Манино присутствие рядом!..

Он запустил пальцы в волосы, произвел там полный беспорядок, потом наклонился, свесил голову и поизучал собственные голые ступни.

Ничего не помогало.

Тогда он очень громко крикнул:

— Ма-а-аня! — и прислушался, точно зная, что никого нет. Она уехала искать Митрофанову.

Он злился и был недоволен собой, и не знал, что со всем этим делать — в отсутствие Мани.

Он походил по комнатам, жмурясь от солнца, попадающего в глаза. Маня терпеть не могла кондиционеров, окна стояли нараспашку, и сквозняк лениво шевелил белоснежные шторы, как будто солнце трогало их мягкими жаркими лапами. Начищенный паркет, которым Маня очень гордилась, ползала со щетками и суконками, наводила блеск и сдувала пылинки, был теплым, а шелковые турецкие ковры, наоборот, приятно холодили босые ноги.

— Ты неплохо устроился, — сам себе сказал Алекс, оглядывая прадедушкины просторы, и передернул плечами от отвращения.

Иногда он очень не любил себя. Вот как сейчас.

Он был уверен: труп в подъезде появился потому, что именно он, Александр Шан-Гирей, сделал что-то неправильно, чего-то не понял и недоглядел.

Еще вчера чертов Анатоль был жив, здоров, поддат, задирист и даже в драку лез, а сегодня его нет, нет «и точка», как любит говорить Маня, и Алексу его... жалко.

Жалко и страшно, что однажды кто-нибудь посмеет обойтись так с ним самим: ударит по голове в чужом подъезде, и... все.

Все? Неужели все? Окончательно и бесповоротно?!

И больше не будет ничего: ни трудных раздумий, ни ненависти к себе, ни радости и ликования от редких удач! Не будет солнца, греющего паркет, глотка холодного кофе, который он задумчиво выпил из Маниной чашки, позабытой на кухонном столе, дурацких бесед, мучительных снов, невыполненных обязательств, женских рук, сведенных на его шее, опозданий на рейс, холодных телефонных разговоров — никогда он не умел разговаривать по телефону!..

«Неужели я настоящий и действительно смерть придет?»

Как это? И почему?

Кто решает, что все должно закончиться, и закончиться именно так, в чужом подъезде, в крови и грязи, подло, глупо? И почему он, Алекс, вчера ничего не понял, не почувствовал, не предотвратил, ведь все случилось у него под носом!.. Маня говорила, что у Алекса сумасшедшая интуиция — какая там интуиция, если он не почувствовал убийства!

Александр Шан-Гирей был человеком образованным, а потому не верил в потусторонние силы. Гороскопов никогда не читал, равно как и предсказаний гадалок и экстрасенсов на последних страницах глянцевых журналов, которые любила Маня, но точно знал, что с ним самим что-то не так.

Знал и боялся этого.

Иногда он видел и понимал то, чего уж точно не мог ни знать, ни понимать. И видел все не так, как остальные люди. Это его свойство Маня и называла интуицией — и ошибалась. Да и вообще это было никакое не свойство, а очень важная часть его самого, как зрение или слух. Он умел слышать не слова, которые ничего не выражали или лгали, а чувства, которые люди пытались прикрыть или описать этими самыми словами. Он понимал поступки людей, даже самые дикие и странные, так, как если бы он сам их совершал.

Полутора секунд ему хватало, чтобы увидеть картину в самых мельчайших подробностях — что будет дальше. Иногда ему делалось так страшно, что он не признавался себе, что знает, и старался переиначить, переиграть ее по-своему, но кто-то там, наверху, кто позволял ему видеть, был сильнее, и переиграть никогда не получалось!..

Как будто в насмешку, видеть можно, а управлять этим — нет, нельзя.

Бывшая жена считала его сумасшедшим и утверждала, что ему нужно лечиться. Да и в издательстве многие уверены, что знаменитый писатель Алекс Лорер — дурацкий псевдоним, прилепившийся к нему с первой книжки! — просто чокнутый, оттого и романы его так хороши.

Гении все чокнутые.

Алекс точно знал, что никакой он не гений, но в нормальности своей иногда всерьез сомневался.

Пожалуй, только Маню он воспринимал целиком и полностью, не деля на слова и поступки, и не знал, что с ней — с ними обоими! — будет дальше. Даже предположить не мог!.. Она не давала ему такой возможности, хотя вовсе не окружала себя ореолом таинственности и Иду Рубинштейн никогда не изображала.

Пожалуй, если б не Маня и ее неуемная и очень земная любовь к нему, ему пришлось бы худо. Он увяз бы в своей ненормальности, канул бы в нее, погиб — бездна всегда притягательна, и Алекс чувствовал ее огромность и смертельную прелесть очень близко, у самой границы сознания.

Иногда он осмеливался туда заглянуть лишь краем глаза, и тогда у него получались самые лучшие, блестящие тексты, но вернуться назад было трудно, с каждым разом все труднее, и один он бы не справился. Особенно худо становилось, когда все сбывалось. Он как будто заболевал, голова начинала гореть, и тогда он не мог собраться с духом, чтобы додумать самую пустячную мысль, доделать до конца самое простое дело. Маня вытаскивала его из всех завихрений, сумрачных состояний, осторожно уводила от края, и он приходил в себя, каждый раз заново начиная жизнь.

А вчера он ничего не почувствовал, несмотря на то что в двух шагах от него убивали человека. Может быть, убили не сразу, пришлось ударить несколько раз, а он все не умирал! Алекс точно знал, что его ударили по голове, а не задушили или пристрелили, как будто видел это собственными глазами.

Он не вышел вместе с Маней в подъезд, когда соседи подняли шум, потому что, как только Маня открыла дверь и на лестнице заголосили, он уже точно знал, кого убили и, главное, как.

Он не стал разговаривать с человеком, похожим на дерматиновую папку на «молнии», потому что всерьез боялся сказать лишнее, пришлось бы объяснять, откуда ему так много известно, а объяснять было нечего. Он не мог ничего объяснить.

Он не мог работать, потому что думал только об убийстве, об уродстве и беспощадности смерти, а Маня уехала и оставила его одного в этих мыслях, у самой границы сознания. А там, за границей, — бездна.

Алекс оперся обеими руками о книжный шкаф и лбом несколько раз легонько постучал в книги.

— Открылась бездна, — громко сказал он, — звезд полна. Звездам числа нет, бездне дна.

Поднял голову и стал смотреть в потолок. Высоко-высоко над ним висела молочная люстра на бронзовых цепях, с одного боку облизанная отраженным солнечным светом, и казалось, что второго бока у люстры нет.

Что-то подобное творилось у Алекса в голове — одна часть сознания на свету, а второй как будто вовсе нет.

...Зачем Анатоль Кулагин вернулся? Как попал в подъезд? Кто ему открыл?.. Кто вошел следом за ним и ударил его по голове? Случайный грабитель отпадает, у него ничего не взяли, это Алекс знал совершенно точно, как будто человек-папка сообщил ему об этом. Кто-то поджидал его у подъезда? И этот кто-то точно знал, что Анатоль вернется? Или он приехал вместе с ним? Кого Анатоль Кулагин мог привезти среди ночи в дом своей старинной подруги, из которого его выставили?

И — зачем? Наказать его, Алекса, за то, что он вышвырнул его? Непохоже. Непохоже.

Он мало знал Анатоля, но то, что тот был трусоват и физически робок, Алексу казалось совершенно ясным. В истерике, обильно политой алкоголем, Анатоль, пожалуй, мог расхрабриться, разойтись, замахать руками, но, как любой слабый человек, пугался и начинал жалеть себя, как только пьяный угар проходил. Гордым победителем он был только с женщинами, да и то не со всеми.

Случайно ли вышло так, что вчера в этой квартире собрались и Анатоль, и его жена, и ее странный друг Артем, оказавшийся Маниным давним знакомым?.. Почему эта смерть была так странно... обставлена?

Алекс еще походил по квартире, забрел в кабинет, где пахло Маней и на огромном ореховом столе, крытом вытертым зеленым сукном, валялись ее ручки, карандаши — иногда она зачем-то писала карандашами, — сигареты, словари страницами вниз и стояли штучки, которые она натаскала из дальних поездок. Фигурка белого медвежонка, вырезанная из моржовой кости, лондонский кеб с прорезью в крыше — копилка, — фарфоровый курский соловей и всякая чепуха. Алекс подцепил какой-то исписанный с обеих сторон листок, валявшийся сверху на крышке ноутбука, и прочитал из середины:

«Приемная дочь Мустафы Кемаля-Ататюрка была пилотом-истребителем. Матерь божья! Святые угодники!»

И — продолжение: «Алексу испечь пирог с малиной».

Он уронил листок на ковер и потер лицо, вяло удивившись, что так зарос.

...Был или не был Анатоль в Малаховке, на улице Коммунистического Интернационала, дом пятнадцать, куда они с Дэном вчера его отправили на такси, и если был, что там произошло? Кого он мог там встретить? Зачем же он все-таки вернулся? Кого видела подслеповатая Маня возле подъезда? Девицу Таис, которая весь вечер не знала, чем себя занять, капризничала, несла по обыкновению какую-то чушь, но была совершенно безмятежна? Даже узнав о том, что ее ненавистный муж почему-то гостит у Мани, в смятение не пришла и вообще не обратила на него никакого внимания! Пожалуй, занервничала она, только когда появился Артем!

Смерть этого самого мужа, пожалуй, может быть выгодна только ей. Он собирался ее бросить, и бросил бы — в прямом смысле слова. Выбросил на улицу в ее негнущейся тужурке и цыганской юбке, напяленной поверх джинсов, пожалуй, даже денег на билет в Одессу не дал бы, пусть добирается как знает! Анатоля она решительно не интересовала.

— Тогда кто? — сам у себя спросил Алекс. — Кто его интересовал?..

Он был совершенно уверен, словно Анатоль в задушевном разговоре поведал ему об этом, что такие мужчины никогда не бросают жён «просто так», а непременно «со смыслом». Кулагин должен был бросить эту, чтобы обрести какую-то другую, новую любовь, которая, конечно же, и окажется единственной и вечной.

Алекс ничего не понимал в такого рода любовях!.. Он вообще в любви понимал... не очень.

Значит, должна быть «единственная и вечная», и жена наверняка об этом знала. А если знала, значит...

Александр Шан-Гирей, который, как рассказывали в издательстве «Алфавит», однажды перепутал кабинет генеральной директрисы с кабинетом завхоза, расположился там и стал толковать ему про политэкономию и футурологию, когда было нужно, действовал решительно и быстро.

Он позвонил водителю, которого приставила к нему заботливейшая Анна Иосифовна — Алекс, душа моя, вызывайте его всякий раз, как только потребуется, вам должно быть удобно, издательство для того и работает, чтобы авторам было удобно, особенно лучшим! — разыскал джинсы без дырок, свежую майку и тёмные очки, запер дверь и сбежал по лестнице вниз.

Очерченный мелом на плиточном полу силуэт человека был почти затёрт, и обрывок заградительной полосатой ленты болтался, привязанный к чугунным завитушкам перил. Кровь убрана, хотя Алекс точно знал, что она была.

Он остановился и посмотрел.

Кулагин вошел в подъезд и пошел почему-то не к лифту, а к лестнице, меловые очертания головы почти касались ступенек. Алекс оглянулся на дверь. Анатоль прошел довольно много, не один шаг и не два, старинные парадные, как эта, широки и просторны. Лифт в другой стороне, за лестницей, и все-таки Кулагин почему-то туда не пошел. Был пьян? Плохо соображал?..

Алекс закрыл глаза.

Или кто-то подталкивал его в спину, и он покорно шел туда, куда его подталкивали?..

Наверху сильно грохнуло, лифт вздрогнул, загудел и пошел, и Алекс выскочил на улицу. Было так жарко, как будто он прямо из подъезда ввалился в хорошо протопленную парную. Солнце ударило по глазам, он нацепил очки и пристроился на раскаленную лавочку.

Очки, Манин подарок, были из дорогих. В прошлом году он где-то потерял их, и с Маней почти вышла из-за них ссора. Она расстроилась из-за очков, долго искала по всему дому, пеняла, что он «не смотрит за своими вещами», да так и не нашла их.

Интересно, откуда они взялись сегодня? Он просто вытащил очки откуда-то и сейчас даже не мог вспомнить, откуда именно.

— Але, — сказал очень близко задыхающийся голос. — Але, вы спите?.. Или как?..

Алекс медленно открыл глаза.

Девица Таис Ланко, о которой он только что думал, стояла, нагнувшись над ним, и, кажется, собиралась взять его за плечо и встряхнуть.

Он выпрямился и отодвинулся, довольно резко. Чужих прикосновений Алекс не выносил.

— Здравствуйте.

— Здрасти, — выпалила Таис. — Я вчера забыла у вас телефон, а он мне нужен. Вы можете его отдать?..

Алекс молча рассматривал ее.

Она была все в той же негнущейся тужурке, и бандана повязана туго-туго. Узкий бледный носик блестит от пота, и вид у нее болезненный.

— Вы что, — неторопливо поинтересовался Алекс, — бежали бегом от самой Малаховки?

Таис перевела дыхание, облизнула сухие губы и заявила, что ниоткуда она не бежала и ни в какой Малаховке не была, а только ей нужен телефон, который она вчера у них забыла.

Он рассматривал ее, она переминалась с ноги на ногу, всем своим видом выражая нетерпение.

Что-то с ней было не так, и Алекс никак не мог понять, что именно. Впрочем, он в точности не знал, как должна вести себя женщина, у которой только что убили мужа.

Они вошли в подъезд. На меловой силуэт Таис не обратила никакого внимания, двинулась прямо к лестнице, но Алекс остановил ее, сказав, что на лифте подниматься удобнее.

На втором этаже лифт остановился, и в него вплыли Софья Захаровна и Гарольд. Соседка охватила моментальным взором мизансцену — Алекс со скучающим видом и девица в темных круглых очочках, — сложила губы специальным образом и сухо сообщила, что ей нужно вниз, но она «прокатится».

Алекс поклонился.

Софья Захаровна поспешно достала из шелкового ридикюля с вышитой китайской розой носовой платок и спрятала в него нос — в тесной клетке и впрямь одуряюще воняло потом и какой-то цветочной парфюмерией, одним словом, зверинцем.

Почему в самом деле Таис в негнущейся тужурке из блестящей клеенки в такую жару?..

Покуда он отпирал многочисленные замки на двери, лифт все не уезжал. Открыл, Таис прошмыгнула внутрь, а Софья Захаровна никак не могла как следует захлопнуть дверь, чтоб поехать, и Алекс в конце концов предложил ей свою помощь. Он взялся за холодную металлическую ручку, заставил соседку податься в самую глубину кабинки, резко потянул и так бабахнул старинной дверью, что глухой Гарольд внутри от неожиданности гавкнул — первый раз за много лет.

Зато лифт наконец поехал.

Алекс вошел в квартиру, где пахло кофе и Маней, и постоял, прислушиваясь.

— Анастасия! — Он никогда не называл девчонку Таис. — Вы где?

Никто не ответил, и он пошел по коридору, окунаясь в солнце, падавшее неровными горячими прямоугольниками из открытых комнатных дверей, потом в книжную прохладную тень, а потом опять в солнце.

Таис выскочила ему навстречу из кухни так стремительно, что почти сбила с ног. Он поддержал ее под локоть.

— Вы точно не помните, где именно могли оставить телефон?

— Где угодно, — быстро сказала Таис. — Я же у вас тут ночевала!..

— На кухне?

— Да нет же! Но я у вас ночевала! — Она как будто старалась в чем-то его убедить. — И вообще, где Маня? Мы пытались ей дозвониться все утро, а она трубку не берет.

— Вы ночевали в гостевой комнате, — задумчиво сказал Алекс. — Показать вам, где она? Или вы помните?..

Все же выпито вчера было немало.

— Я помню!

И Таис устремилась в кабинет.

Пока она в растерянности оглядывала Манин стол, заваленный бумагами, Алекс стоял в дверях и наблюдал.

— Может быть, имеет смысл на ваш мобильный позвонить? Мы бы тогда быстрее его нашли!

— Он не работает, — огрызнулась Таис. — Вы что, думаете, я бы сама не догадалась?! Он еще вчера выключился.

Она заглянула за диван, на котором вчера лежала и играла на том самом телефоне, попыталась поднять подушки, но из этого ничего не вышло — обтянутые кожей, они весили, должно быть, тонну. Алекс ей не помогал, просто стоял и наблюдал.

Из кабинета девчонка переместилась в столовую, но там тоже никакого телефона не оказалось, а потом в гостевую. Небольшая комнатка, вероятно бывшая когда-то детской, оказалась в идеальном порядке — постель застелена, шторы раздвинуты и прихвачены шелковыми бантами, на трюмо глиняный кувшин с ромашками.

Маня очень любила ромашки и еще какие-то летние цветы, Алекс все время забывал, какие именно.

— Здесь ничего нет, — сама себе сообщила Таис. — Все убрано.

— Может, имеет смысл посмотреть под кроватью? Или в ванной?

Она нервничала с каждой минутой все сильнее, и узкий бледный носик блестел лихорадочно. Она заглянула под кровать и за шторы, все без толку, конечно. Утром Маня, проводив гостью, прибиралась в этой комнате и непременно нашла бы телефон.

— Мне нужно его найти, понимаете, — сказала Таис с отчаянием, когда они вышли в коридор, и оглянулась по сторонам, как будто телефон мог выйти из какой-нибудь двери. — Очень нужно.

— Вполне возможно, вы забыли его где-то еще.

— Я нигде больше не была!

— А приятелю не отдавали?

— Какому приятелю? Ах, Артему!.. Нет, зачем ему...

Она еще постояла в совершенной растерянности, а потом заявила, что должна ехать.

Покуда она обувалась, Алекс принял решение.

— Я вас подвезу, — сказал он. — Вы без машины?

— Послушайте, где Маня, а?.. Я-то думала, она дома! Она бы мне помогла. Я была уверена, что она дома...

Девчонка выпрямилась, засовывая ногу в какое-то немыслимое сооружение, состоявшее из ремней и гигантской тяжелой подошвы, покачнулась и схватилась за вешалку.

С верхнего яруса, предназначенного, должно быть, для шляп, поехала какая-то коробка, и Алекс в последний момент ее подхватил. И заглянул внутрь.

— Как это я забыл, — произнес он задумчиво. — Я же вчера привез малину.

— Небось прокисла вся, — равнодушно заметила Таис и потопала ногой. — Надо в холодильник убрать.

Алекс еще раз заглянул в коробку, подумал и отнес в холодильник.

...Все это странно. Очень странно. Или я на самом деле схожу с ума?..

Возле подъезда Таис заявила, что подвозить ее никуда не нужно, ей здесь близко, и побрела по переулку в противоположную от бульвара сторону.

Не только от бульвара, но и от метро.

Алекс долго смотрел ей вслед. Длинная цыганская юбка развевалась вокруг худых щиколоток, и казалось, что они вот-вот подломятся от пудовой тяжести странной обуви.

Когда подъехала машина, щеголеватая и ухоженная, как все в хозяйстве Анны Иосифовны, Алекс сидел на лавочке, вытянув ноги и свесив набок голову. Водитель решил, что он спит.

А что с него возьмешь?.. Чокнутый же!..

ВЧЕРА

...Конечно, все стало ясно в ту минуту, когда Береговой кое-как затолкал в машину здоровенную мокрую собаку, а Митрофанова, слава богу, сухая, уселась сама.

Никто не посмел ослушаться Анну Иосифовну, и собаку помыли во дворе из шланга. Для этого из хозяйственной службы были присланы двое рабочих, и водитель Коля стоял наготове, вооруженный разнообразными банками и бутылками с собачьими шампунями, привезенными из ветеринарной аптеки. Все издательство вновь сбежалось во двор, и все давали советы.

Береговой сначала изнывал от неловкости, а потом стал злиться всерьез. Подумаешь, какое дело затеялось! Он всего-то собирался отвезти собаку к себе домой, а не устраивать показательных выступлений при всем честном народе. Да еще директриса вмешалась с ее навязчивой, чрезмерной, избыточной помощью — вон людей прислала, дворника подключила, хорошо хоть не распорядилась вынести из буфета столы и скатерти и организовать пикник с чаями, кофеями и плюшками, раз уж сотрудники все равно не работают, а участвуют в спасении животного.

В конце концов, это личная собака Берегового, его докука и добровольная обязанность, и остальные тут ни при чем!..

И Митрофанова его раздражала. Она распоряжалась, очень категоричным голосом давала указания, посылала кого-то за бумажными полотенцами и тряпками и окончательно все испортила.

Когда она бросилась ему на шею и сказала, что поедет с ним и собакой, все, что было раньше — так давно и совсем недавно, — вдруг вернулось и стало возможным, несмотря на всю невозможность.

Он ведь на самом деле верил какое-то время, что у них все может получиться.

Ни с кем никогда не получалось, а с ней может, несмотря на то что она совсем ему не подходит, ну, никак не подходит!.. Она начальник и однажды даже уволила его, исключительно из самодурства уволила! А потом спасла из тюрьмы и ездила к его маме, и утешала ее, и ему показалась, что она, Митрофанова, самая обыкновенная, добрая, милая.

Нет, не так. Как раз необыкновенная — добрая, милая.

Какая там милая!.. Громким голосом отдает четкие ефрейторские указания, и в его сторону даже не смотрит, и руководит, и гневается, если ей кажется, что ее указания исполняются не слишком четко.

А он, Владимир Береговой, просто придумал некую романтическую ерунду. В очередной раз.

Мама то и дело говорила, что он придумывает людей, каких на свете не существует!.. Придумывает, влюбляется, а потом страдает, что они вовсе не такие!

Как они могут быть такими, говорила мама, если их и в природе не существует. Ты все придумал!

Береговой был уверен, что, пораспоряжавшись вволю помывкой собаки, Митрофанова уйдет в издательство и засядет там в своем кабинете, и, конечно же, никуда с ним не поедет, и — ошибся.

Как только он затолкал собаку в машину, изнывая от желания скорее уехать с глаз долой и никого не видеть по крайней мере до завтра, очень деловая и очень румяная Митрофанова уселась на переднее сиденье и решительно захлопнула за собой дверь.

Береговой насупился, пошевелил губами, как будто хотел что-то сказать, но не стал. Завел машину, и они медленно выехали с издательского двора.

Шлагбаум опустился за ними.

Собака тяжело дышала на заднем сиденье. В салоне невыносимо воняло псиной и лекарствами от собачьих бинтов.

Береговой молчал, и Митрофанова молчала тоже. Береговой молчал и злился. Митрофанова молчала и трусила.

Он решил, что не заговорит ни за что, так и промолчит до своего Северного Бутова, то есть еще часа полтора примерно, и сказал:

— Что за канитель вы развели с Анной Иосифовной, Кать?! Полдня угробили на то, чтоб собаку помыть! Я бы ее дома прекрасно вымыл!

— Ты меня прости, — быстро сказала Митрофанова, и это было совсем не то, что он ожидал услышать.

Вот все, что угодно, только не «ты меня прости»!

У него даже машина вильнула, и ему посигналили.

— Это я виновата на самом деле, — продолжала Митрофанова покаянным голосом. — Ну, ты же знаешь Анну! Ей до всего есть дело! Я в кабинет заскочила юбку переодеть, а тут она звонит, конечно! Куда мне было деваться?! Трубку не брать?! А как не брать, я же на работе! А она, как только услышала про собаку, сразу стала указания давать. Не могу же я ей сказать, что нам ничего не нужно!

— Не нужно, — повторил Береговой.

— Зато она нас до завтра отпустила, — добавила Митрофанова хвастливо. — Совершенно официально. Конечно, велела вечером доложить, но ладно уж, позвоним...

— Позвоним, — повторил Береговой, как дурак.

И они быстро посмотрели друг на друга и разом отвели глаза. Она — от смущения, она и тараторила от смущения! Он — потому что ему надо было вести машину.

Вот тут все и стало ясно.

Они едут к нему. Везут собаку. Их отпустили до завтра — совершенно официально. И они вечером должны будут позвонить с докладом.

Береговому стало холодно.

Значит, он все правильно понял. Нет, вернее, он ничего не понял!..

Опять есть «мы», опять есть что-то между нами, касающееся только нас двоих, и это... живо?.. Никуда не делось с той поры, когда роман почти случился у них, только Митрофанова не захотела никакого романа!

Она не захотела его, Владимира Берегового, и он очень логично и четко — как математик — объяснил себе, почему именно его нельзя хотеть.

И после этих логичных и четких математических объяснений все живое, что связывало их, умерло. Ей-богу, с сотрудницей Жанной из отдела он был более связан, чем с Екатериной Митрофановой!.. С Жанной можно хоть поговорить о ерунде, послать в буфет за булкой, усадить печатать отчет! С Митрофановой они лишь здоровались в коридорах — как чужие, с тревогой понимая, что никакие они не чужие!

Несмотря на то, что все умерло!..

...А сейчас она едет к нему домой и говорит, что «их отпустили до завтра»! Как это понимать? Именно так, как сказано — она останется с ним до завтра?! Или еще как-то?

В то время как на Берегового напали робость и непонимание, на Митрофанову напали гордость и страх.

Неизвестно, кто сильнее напал.

Гордость: «Получается, ты ему навязываешься, дорогая Екатерина Петровна. Да, да, именно так и получается, что ты отворачиваешься и бровями поводишь?! Ты уж имей мужество в глаза правде посмотреть! Он тебя не звал, предложений никаких не делал, намеков не намекал. Ты сама его вызвала к собаке — это раз. Ты кричала: «Володя, спаси!» — это два. Ты кинулась прилюдно к нему на шею — это три. Мало того! Ты же сама ему и объявила, что с ним поедешь! Он небось не знает теперь, как от тебя отделаться и куда тебя девать-то! У него дома, может, та, в кого он был тогда влюблен, и не делай вид, что ты не помнишь, как ее зовут! Олечкой зовут, из отдела русской прозы она была, покуда ее не уволили. И, вполне возможно, она у него дома на диване лежит, а тут ты являешься! Красиво будет, дорогая Екатерина Петровна? Хорошо? Приятно?»

Страх: «Катька, ты сто лет ни с кем не спала после Вадима! Помнишь, какая ты была тогда — как лягушка, которую переехал асфальтоукладчик! Ты же так попалась! Аборт сделала — он не хотел ребенка, и ты согласилась! Ты зареклась больше никогда и ничего такого! Забыла?! Куда тебя несет? Туда же? Опять хочешь, чтоб с тебя сдирали кожу, да не всю сразу, а медленно, полосками, чтоб побольнее? Чтоб внутри закровоточило, задергалось болью, в узел завязалось! Там же только сверху все мертвое, обугленное, а ковырнуть немного — внутри ничего не зажило! Ты же защищаться не умеешь, бежать тебе надо, бежать, а не ехать к нему! А если это то, о чем ты думаешь?! Ты что, позволишь ему себя трогать? Раздевать? Смотреть? Ты толстая, страшная и знаешь об этом! Лак на ногах давно облупился, и фитнес ты еще когда-а-а-а забросила! Живот висит, и на эпиляцию ты только на следующей неделе собиралась. Даже если одноразово, не всерьез, все равно страшно — ты не годишься для романтического свидания! Нет, ты только представь себе: в чужой квартире, среди чужих вещей, среди запахов чужих! Остановись! Остановись немедленно! Сейчас же скажи ему, чтоб у метро тебя высадил, и домой, домой! Звони Поливановой, расскажи ей обо всем. Разговоры с Поливановой — это можно, это как раз не опасно».

Робость и непонимание, в нескольких сантиметрах от нее терзавшие Берегового, тоже старались изо всех сил.

Робость: «С чего ты взял, что она едет с тобой не потому, что ей просто собаку жалко?! Ты не косись, не косись на нее, ты давай на дорогу смотри!.. Ты чего решил — сейчас она в твоем записанном вонючем лифте прибудет в квартиру и сразу тебе отдастся, что ли?! Из дружеских чувств, что ли?!. Ты сколько раз пробовал за ней... как бы это сказать-то по-человечески? Ну, ухаживать, что ли! И что из этого вышло? Ничего не вышло, правильно! В гробу она тебя видала с твоими ухаживаниями! Вы всерьез поцеловались один раз в жизни, когда тебя, помнишь, из кутузки выпустили? Так это она не тебя целовала, это она радость свою целовала, что все так хорошо и благополучно завершилось! И вообще, вот давай рассудим: она кто? Начальник твой она! Величина в издательстве. Второй человек после генеральной директрисы! И ты можешь сколько угодно глаза пялить на ее бедра, на чулки кружевные, как сегодня пялил, когда она упала и юбку порвала, на ее груди, когда она к тебе на шею кидалась, — и что с того? Она красавица, умница, а попа у нее, как у голливудской актрисы, черт, забыл, как ее! Ну, самая красивая в мире попа и застрахована на сколько-то там миллионов долларов, ты в Инете читал, веселился! На кой пес ты ей сдался?! Вот пес, может, и сдался, а ты-то уж точно нет!»

Непонимание: «Зачем она поехала? Жалеет тебя? Так понимает свой долг? Ну, уж точно не затем, чтобы переспать с тобой! Она могла бы это сделать уже сто раз, и нечего потеть от одной мысли об этом! Могла бы, могла, но ведь не переспала! И даже ловко и незаметно соорудила между вами стену, и каждый раз, когда ты разлетался к ней, неизменно лбом ударялся в эту стену и потом насилу сообразил, что она просто тебя не хочет! И никогда не хотела! Тогда зачем она едет? Зачем говорит «мы»? Зачем говорит про завтра? Что она имеет в виду?! Ты ничего не понял! Когда она поцеловалась с тобой в тот, единственный раз, тебе показалось, что нет ничего проще и понятней, ведь, когда женщина так целуется, значит, она хочет. И ты ошибся. А сейчас? Чего она хочет сейчас?»

— Володь, — сказал митрофановский страх стиснутым голосом Митрофановой, — наверное, собаке нужно еды купить. Какой-нибудь специальной. Ты можешь меня высадить, я съезжу в магазин и куплю! А потом тебе ...

— У нас собачьей еды целый багажник, — возразило непонимание Берегового. — В каких-то мешках. Коля привез вместе с шампунями. И еще коробка с лекарствами. Так что ездить никуда не нужно.

Митрофанова насупилась и отвернулась, как будто он ее обидел. Вот как ее поймешь, а?!.

Возле высоченного, как Великая Китайская стена, поставленная вертикально, дома, по двум асфальтовым дорожкам гуляли мамаши с колясками. Больше гулять было негде — кругом разрытый, вывороченный песок, глина, арматура, остатки строительных лесов и алюминиевых заборов. Мамаши с колясками сначала доходили до конца одной дорожки, упиравшейся в проезжую часть, а потом переезжали на другую, упиравшуюся в подъезд.

Кругом грохотала стройка, рядом ударными темпами возводилась еще одна Китайская стена, точная копия первой.

Собака, которую после всех сегодняшних переживаний и обезболивающих наконец-то сморило, из машины ни в какую не шла.

— Постой, постой, Кать, дай я попробую ее вынести!

— Как ее нести, она же такая здоровая!

— Ничего, как-нибудь.

— Володь, так не получится!..

— Не мешай мне!..

Он отодвинул переднее сиденье, влез в салон и стал там, внутри, поднимать собаку на руки.

Она перепугалась и забилась. Машина заходила ходуном.

— Ну что ты такая дура, — говорил Береговой внутри машины. Хвост то и дело попадал ему по лицу. — Ты или сама выходи, или дай я тебя вытащу!

Мамаши с колясками проходили мимо и останавливались неподалеку, смотрели, что будет дальше.

— Володя, ничего не получится, говорю же!

— Отстань от меня!

Он был уже весь красный, сердитый, потный. Ему очень мешал хвост и присутствие Митрофановой.

И тут она сообразила: обежала машину и распахнула дверь с другой стороны. Собака моментально выскочила, и Митрофанова схватила ее за ошейник, надетый еще во дворе издательства.

Береговой с силой выдохнул и вылез из салона.

— Ты ее там держишь, Кать?

— Да, да.

— Не было печали, — громко высказалась одна из мамаш и качнула коляску. — Чудовище привезли! Да она нам весь двор загадит!

Очевидно, имелось в виду развороченное бульдозерами поле с арматурой и строительным мусором.

— Да они вообще людей жрут, — поддержала вторая. — Вчера по НТВ показывали. Там такая же ребенка насмерть загрызла!

Береговой проворно вытащил из багажника поводок, купленный водителем Колей, и мешки с собачьей едой.

Возмущенных колясок прибавилось.

Береговой пристегнул поводок, сунул его Митрофановой и вытер лоб.

Пробежал какой-то мальчишка, волоча за собой велосипед. Кататься по дорожкам ему не разрешали мамаши с колясками, и он его просто так за собой таскал. А то совсем глупая жизнь получается — велосипед есть, а кататься на нем негде!

— Ух ты! — восхитился мальчишка. — Какая красивая! А как ее зовут? А какая у нее порода?

— Сами пока не знаем, — призналась Митрофанова, обрадованная поддержкой.

— Не знаете?! — Мальчишка округлил глаза. — Да ладно! Я таких видел. На параде!

— Кать, пошли.

— На каком параде?

— Ну, на параде! Я забыл, как называется. По телику показывали. Там все на дудках играют в зеленых шляпах. И у всех такие собаки. На леших похожие!

Митрофанова посмотрела.

Собака действительно была похожа больше на лешего, чем на пса!

— А чего у нее бинты? Аппендицит, да? Мне в прошлом году вырезали, и я теперь яблоки с косточками могу есть! Я их и раньше с косточками ел, а теперь мне законно можно! Только я еще и палки от них ем, а папа говорит, что я же не коза! Ирландский волкодав, вот как ваш пес называется! Я точно вспомнил! Вы что? Не знали, какую собаку купили?

— Рома, отойди от нее?! — закричали с другой дорожки. — Отойди немедленно! Женщина, почему у вас собака без намордника?!

— Вы не волнуйтесь! — очень громко и бодро сказал Береговой. — В следующий раз будет намордник!

— Не в следующий раз, а немедленно, или я в полицию звоню!

Митрофанова, большой начальник и вообще всем известная стерва и сука, до сих пор смиренно молчавшая и пытавшаяся как-то спрятать за спиной понурое чудовище, угрожавшее жизни женщин и детей, вдруг заявила так, чтоб все слышали:

— Я тоже немедленно звоню в соцзащиту! — И даже сделала движение, как будто собиралась достать из кармана серого жакета телефон. — Почему дети находятся вблизи строительной площадки без специальных респираторов?! Тут кругом взвесь асбеста и цемента! Это губительно для детского здоровья. А взрослым, — тут она повернулась к мамашам, — необходимы каски! Это элементарные требования техники безопасности! Где ваши каски?!

Мамаши не сразу нашлись, что ответить, а некоторые, не слишком сильные духом, повернули коляски и покатили на соседнюю дорожку, подальше от греха и от касок — уж больно начальственный тон был у Митрофановой.

— Пошли, Кать. Хватит уже.

Волоча лешего на ошейнике — он был настолько слаб, что его покачивало ветром из стороны в сторону, — Митрофанова промаршировала мимо оставшихся колясок к подъезду.

— Фу ты, черт, — пробормотал Береговой себе под нос. — Намордник действительно придется купить!

— Ну, конечно. Подумаешь, намордник!

В обычный лифт они не вошли, пришлось ждать грузового, который долго не приходил, где-то наверху что-то разгружали, грохотали на весь подъезд.

— У вас кругом ремонт, да, Володь?

Он покосился на нее. Вернее, его непонимание покосилось.

Непонимание: «Она просто так спрашивает или выражает неудовольствие, что он живет в столь неустроенном месте?.. Она сама живет в тихом центре небось в тех местах и не бывает подобного никогда! Ты должен дать ей понять, что очень благодарен за поддержку и ничего от нее не ждешь. Понял?»

— Как ты ловко, про каски-то!..

— В таких случаях лучшая защита — нападение. Меня Анна Иосифовна когда-то этому научила. Если люди говорят или делают глупости, да еще при том агрессивны, лучше всего на них действует начальственный тон. Они сразу сдаются.

— Тебе виднее, — отозвалась робость Берегового.

Робость: «Конечно, начальственный тон! Она и есть начальник! Не имеет значения, что она сейчас ждет с тобой грузового лифта. Ничего тебе не светит — в смысле попы и кружевных чулок, которые ты видел сегодня в прорехе порванной юбки! Остынь».

В квартире гулял сквозняк и висела пыль от стройки, грохотавшей под стеной дома. Он вообще-то старался окна пореже открывать, но, когда такая жара, в этом бетонном мешке свариться можно, вот и приходится выбирать: или пыль столбом, или температура экваториальная, Африка в новостройке.

— Ну, проходи, — сказал Береговой своей собаке. — Мы с тобой теперь здесь будем жить. Не дворец, но лучше, чем на улице.

Это было сказано специально для Митрофановой. Она скинула туфли и, волоча упиравшегося лешего, прошла в комнату.

Она была здесь один-единственный раз, когда Мане Поливановой и Алексу Шан-Гирею зачем-то срочно понадобился Береговой, они поехали и ее с собой потащили, и с той поры здесь почти ничего не изменилось.

Пусто, голо, неуютно.

Добавились книжные полки, занимавшие всю стену, — толстые темные доски на алюминиевых стойках. Книг на них пока маловато, а те, что есть, Митрофанова специально посмотрела, в основном по математике и программированию. Еще Борис Акунин, очень много, и Маня Поливанова — одна книженция.

Береговой сразу куда-то делся — робость и непонимание уволокли его на кухню и заставили там грохотать посудой, изображая бурную деятельность.

Митрофанова вспомнила и отцепила лешего от поводка.

— Давай осматривайся! Иди, иди, не бойся.

Но он все равно боялся, конечно. Он не имел права никуда заходить и знал это совершенно точно. Из магазинов и кафешек, куда неудержимо тянул голод, его всегда прогоняли. Из подвалов тем более. Иногда можно было забиться в угол остановки, где не так сильно дул ветер, свернуться и полежать, согревая собой ледяной асфальт. Летом еще удавалось поспать в парке, в наспех сколоченных для каких-то праздников теремках, да так и брошенных, но из теремков дворники гоняли. Если попадешься, прибить могут совсем, до смерти. Можно было забежать в гаражи или на автомойку, оттуда меньше гоняли, может, потому что рабочие были такими же бездомными, как и он сам. В гаражах даже кидали еду — недоеденный бутерброд, или кусок засохшего сыра, или даже сосиску, жесткую, резиновую, упоительно пахнувшую сосиску!.. А на мойке он мог попить из шланга, ему давали. А это такое удовольствие для собаки — пить из шланга! Вода чистая, прохладная, и нет в ней никакого песка, и окурков, и липких бумажек, не то что в луже! Пьешь, пьешь, такая радость! И носу приятно. Нос чистый делается, не заскорузлый, дышится потом легко!.. По морде течет на лапы, щекотно, весело! Но это редко бывало. А так заходить нельзя. Сразу прогонят, хорошо, если не ударят.

— Вот смотри, — говорила псу Митрофанова, — это Володина квартира. И твоя теперь тоже. Он здесь живет. Видишь стол? Он за ним работает. Ты у него со стола ничего не бери, он сердиться будет. Видишь, какой у него стол?

Стол у Берегового действительно был знатный — гигантских размеров, странной формы, со множеством выступов, углублений и ящиков — не стол, а поэма!.. И монитор, огромный, сверкающий, с серебристым надкушенным яблочком, в него хотелось нырнуть, как в омут. Ни на столе, ни на мониторе ни пылинки, и все завалено справочниками, бумагами, дисками, флэш-картами и еще какой-то непонятной и таинственной ерундой.

Митрофановой очень нравился его стол.

Еще ей нравилось нештукатуренные кирпичные стены, покрашенные светлой краской. Эти кирпичные стены очень подходили Береговому, и его столу, и пустым книжным полкам с алюминиевыми стойками!..

Пес вздохнул и лег, где стоял, прямо посередине комнаты.

— Да ладно тебе, — сказала ему Митрофанова. — Ты бы хоть вокруг обошел.

Пес посмотрел на нее.

...Вы что, смеетесь надо мной? Мне же нельзя! Я пока не понимаю ничего, но точно знаю, что нельзя! Меня же отсюда сейчас прогонят, да? Лучше я просто полежу тихонечко, тогда и прогонят легко, бить не станут, если тихонечко лежать-то! И хребет опять заныл. Так хорошо было, что я и забыл про него, а он, оказывается, никуда не делся. Болит вон опять.

— Володя, как ты его назовешь?

— Не знаю, — удивился Береговой, появляясь из кухни. — Я не думал. Как-то надо назвать, это верно.

Он присел перед псом на корточки и погладил сначала морду, а потом между ушей. Пес внимательно следил за его рукой.

Митрофанова тоже присела.

— А он мальчик или девочка?

Тут Володя засмеялся.

— Он мальчик. Это легко определить, если зайти к нему в тыл. Ты будешь кофе?

— А у тебя есть?

— Вот что у меня всегда есть, так это кофе! — И он поднялся, как будто чем-то недовольный.

Митрофановский страх сказал: «Ему неловко, ты видишь? Он не знает, что с тобой делать дальше. Если уж тебе так приспичило, выпей ты этот кофе и уезжай немедленно!»

Она еще погладила пса, который шумно вздохнул и осторожно пристроил голову на лапы, обошла его и посмотрела в окно.

До самого горизонта простирались поля, поля, какой-то обглоданный лесок, немного в стороне покосившиеся домики, должно быть, остатки деревни, которую вот-вот проглотит прожорливое смрадное чудище — Москва.

— Володя! — позвала она довольно громко. Вернее, это ее гордость позвала. — Ты вызовешь мне такси?.. Моя машина в издательстве осталась!

Береговой вывалился из кухни. В руках у него были кофейная турка и полотенце.

— Ты что? Уезжаешь?

— Ну да, — отозвалась гордость очень уверенным голосом. — Кофе выпью и поеду. Ты без меня справишься прекрасно. Собака смирная. Только ей, по-моему, нужно место сразу определить. Так, чтобы она знала, что это ее место. Мне кажется, лучше рядом с твоим столом. Ты же за ним много времени проводишь...

— Кать, ты уезжаешь?

— Анне Иосифовне я позвоню, — продолжала неумолимая гордость, — все расскажу. А такси, наверное, уже можно вызвать. Оно будет сюда долго ехать!

— Хорошо, — согласилось непонимание, ставшее окончательным и бесповоротным. — Сейчас вызову. Но кофе-то ты попьешь?

— Да, да, — быстро сказала Митрофанова, ненавидя его, и кофе, и собаку, из-за которой вышла вся эта канитель. — Мне бы только руки помыть. Я пса гладила.

Береговой подбородком показал на синюю дверь и ушел на кухню, а она в ванной некоторое время рассматривала себя в зеркале и слушала гордость, которая говорила: «Видишь, как хорошо, что ты успела раньше! Всегда так делай! А то полезла бы к нему с объятиями, вот была бы история! Ничего у тебя с ним не выйдет, и вообще пора перестать думать о всяких там кавалерах! Тебе за тридцать, и ты все про себя знаешь! Ничего и никогда у тебя не получится, зато у тебя есть я, гордость! И я не допущу!..»

Митрофанова отвернулась от зеркала, шмыгнула носом и сглотнула слезы.

Канитель сейчас закончится. Она выпьет кофе и уедет, и больше ничего не будет. А она надеялась. Гордость не позволяла надеяться, но она все же надеялась! Останутся разговоры в коридоре: «Володь, привет, как поживает твоя собака?» — «Спасибо, прекрасно. Передает тебе привет».

Ну, вот и все.

Рукавом жакета Митрофанова утерла глаза и открыла дверь. И с порога оглядела ванную — вряд ли ей еще когда-нибудь придется в нее заглянуть.

Видно было, что это мужская ванная, — какие-то штуки для бритья, флакон одеколона в потеках высохших брызг, Береговой, наверное, брызгался сильно, когда умывался. Зубная щетка одна, значит, никакая Оля тут не ночует. Душевая кабина синего стекла, полотенце на ручке двери.

Она сто лет не была в... мужском мире и забыла, какой он. Вот такой — синий, забрызганный водой, с полотенцем на ручке, старательно и не очень умело прибранный и помытый. Береговой, должно быть, ухаживал за своим миром и любил его!

Катя закрыла дверь, странным, кособоким движением потерла одну о другую ладони и вошла на кухню.

Стоя спиной, Береговой смотрел в плиту.

Она взглянула. На плите ничего не было.

— А кофе? — громко спросила гордость. — Готов?

— А?.. Да. Готов.

Должно быть, если бы его робость победила непонимание, он бы ни о чем не спросил. Но в спарринге победу одержало именно непонимание, робость была нокаутирована.

— Кать, — позвал Береговой и повернулся к ней: — Ты мне хоть что-нибудь можешь объяснить?!

«Не смей ничего объяснять! — крикнула гордость. — Кто он такой, чтобы с ним объясняться?!»

— Что тебе объяснить?

— Сейчас, подожди. — Он обошел ее, вышел в комнату и тут же вернулся. — Ты поехала со мной только из-за собаки?

Митрофановские плечи, на которых ему так часто мерещились ефрейторские лычки, стали как-то сами собой подниматься вверх, и гордость все суфлировала: «Да, да! Зачем же еще?!»

— Володя, я не знаю, чего ты от меня хочешь. — «Правильно, правильно», — приговаривала гордость. — Но тебе была нужна моя помощь, и я...

— Так, стоп, — велел Береговой и опять вышел и вернулся.

Вернувшись, он крепко взял ее повыше локтей, она скосила глаза — большие, загорелые мужские руки с сильно надувшимися жилами. Гордость приказала руки сбросить и отстраниться, но Митрофанова почему-то вместо этого положила ладонь ему на грудь.

Почти на сердце.

А может, и прямо на него, потому что оно бухало в ее ладонь.

— Кать, почему у нас ничего не получается?

— В каком... смысле?

— В прямом. Почему у нас ничего не получается, как... у мужчины и женщины?

Это был глупый вопрос, глупее не придумаешь, но это был очень важный вопрос, и они оба перестали обращать внимание на всех четверых своих сторожей — гордость, страх, робость и непонимание.

— Я не знаю, — произнесла Митрофанова осторожно. — А разве у нас... должно получиться?..

— Да ведь почти получилось! Помнишь, когда ты меня из кутузки вызволила и я за тобой приехал! Какая-то стоянка была или что там?

— Площадка перед фитнес-клубом, — пояснила Митрофанова.

Сердце, бухавшее у нее в ладони, заставляло ее вздрагивать в такт.

Она и вздрагивала в такт.

— И с тех пор ничего не получается! Ты как будто от меня бегаешь! Я делаю что-то не так? Неправильно себя веду?

Митрофанова хотела сказать, что вся штука в том, что он ничего не делает и никак себя не ведет, но промолчала.

— Я тебе не нравлюсь?

Митрофанова вскипела:

— Что за глупости, Володя? Что за детские категории — нравлюсь, не нравлюсь! С чего ты вообще взял, что...

— Да, — согласился он и отпустил ее. — Действительно. С чего я взял? С того, что ты меня один раз поцеловала?..

Его расстроенное лицо с красными пятнами на щеках и очень темными длинными бровями было близко от Кати, и ее ладонь — как-то независимо, сама по себе, отдельно от нее — поползла вверх, доползла до шеи в вырезе черной майки. Шея оказалась влажной.

Береговой замер. Кажется, даже сердце перестало стучать.

Гордость, страх, робость и непонимание дружно упали в обморок.

Катя еще потрогала его шею, и она ей очень понравилась, сильная и немного колючая. Сто лет она не трогала ничего подобного и забыла это ощущение живого под собственными пальцами.

— Зачем ты меня трогаешь?

— Мне хочется.

Теперь она трогала его щеку, тоже влажную и колючую, прекрасную.

— Я какая-то неправильная, — призналась Катя, рассматривая его лицо, все по отдельности, щеки, брови, губы. В глаза она не решилась посмотреть. — Со мной сложно.

— Хочешь, я буду за тобой ухаживать, — предложил Береговой. — Как положено.

— А как положено?

— В кино буду приглашать, букеты дарить. На танцы. В театр. На концерты. В кафе. В парк гулять.

Больше он ничего не смог придумать в смысле предстоящих ухаживаний, потому что сил у него не осталось.

Все это было новым, острым, волнующим, но у него не осталось сил.

Он взял Митрофанову за уши, в которых болтались сережки, по две в каждом ухе. Они возбуждали его ужасно, он даже в издательстве старался никогда на них не смотреть, чтоб не вышло ничего такого, и поцеловал.

И все такое случилось.

Екатерина Митрофанова на какое-то время потеряла сознание. На самом деле. Должно быть, это было очень короткое время, мгновение или даже меньше, но обморок с ней случился.

В глазах стремительно потемнело, похолодело и отдалось в голове, ноги сделались ватными, и она, наверное, на самом деле свалилась бы на пол, если б Владимир Береговой не держал ее крепко.

Она очнулась внутри поцелуя, и ей стало жарко, страшно, щекотно и захотелось еще — глубже, дольше и именно с ним и сейчас.

Она знала, что к ней нельзя прикасаться — прикоснешься, и обугленная, едва подживая корка лопнет, из-под нее закровоточит, потечет.

Но он прикасался к ней не только телом — от напора его тела ей даже пришлось слегка податься назад, — но и душой, и она это понимала.

Там, где его душа касалась ее, обугленная корка сворачивалась в грязные черные струпья и осыпалась, а под ней не было ни крови, ни грязи, только тоненькая, розовая, подживая, доверчивая душа, которая и была ее настоящей.

— Володя, — попросила Митрофанова, когда он оторвался от нее, чтобы перевести дыхание, — поцелуй меня еще, пожалуйста!..

Ей хотелось снова туда, в его поцелуй, в его душу, к нему, в него. Оказалось, что там просторно и не страшно!..

Совсем не страшно.

Пока они целовались и тискали друг друга на кухне, их пес, а может, леший, шут его знает, о себе никак не напоминал, а когда они вывалились в комнату, поднялся, постоял, глядя на них, и ушел в прихожую, видимо, из деликатности.

В крохотной спальне не было ничего, только огромный матрас на ножках, который вздрогнул и поехал, когда они на него упали.

— Хочешь, я задерну шторы?
— Нет.

— Хочешь, поменяю белье? Я на нем спал, а жарко...

— Нет.

— Хочешь, окно закрою?

— Заткнись.

Он вдруг закинул голову и захохотал.

Митрофанова потянулась и укусила его за шею. Просто так. Потому что ей очень нравилась его шея. Он перестал хохотать, схватил обе ее руки так, что она не могла шевельнуться, и прижался к ней изо всех сил.

Она чувствовала его вожделение, которого он совершенно не стеснялся, его силу и пыл, и прошлое, в котором она жила, как в холодной ржавой броне, стало отваливаться от нее большими кусками, и ей казалось даже, что она слышит его рассыпающийся лязг.

Придерживая ее руки, Береговой распахнул на ней жакет и расстегнул блузку, и даже застонал тихонько, когда увидел ее живот и грудь, почти вывалившуюся из фестонов и кружевных розочек. Она не помнила, чего именно должна была стесняться, но помнила, что должна, и тут он сказал с восхищением:

— Какая ты красивая.

Она даже не успела удивиться, что красивая и что нравится ему. Она поверила, сразу, в одну секунду, отсюда и до конца времен.

Она красивая.

Она нравится ему.

Кое-как он стащил с нее юбку, она хотела ему помочь, но он все не выпускал ее руки, и оказалась посреди матраса почти голая. Нет, гораздо хуже, чем голая, — в чулках, лифчике, который уже ничегошеньки не скрывал, и распахнутой шелковой блузке, старательно переодетой в ее собственном рабочем кабинете! Кажется, это было миллион лет назад.

— Володя.
— Я хочу на тебя посмотреть.
— Володя!
— Я всегда так хотел на тебя посмотреть.

У него было грозное, напряженное лицо, алые пятна горели на скулах, и все в мире остановилось. Он смотрел на нее.

— Володя!

Катя вывернулась, вся красная от стыда и любви, стянула с него майку — он мотал головой, как лошадь, волосы лезли в глаза — и стала расстегивать джинсы и не справилась.

Она никогда не раздевала мужчин, вот в чем дело. Тот, кто даже из прошлого продолжал угнетать и пытать ее, всегда раздевался сам, деловито и аккуратно, и ей очень нравилась его аккуратность, и она была уверена, что чем более аккуратен мужчина в этот момент, тем, значит, он более сдержан и, следовательно, не превратится в животное!..

Береговому было решительно наплевать на аккуратность, а также на то, как он выглядит в этот момент. Пожалуй, он даже и был похож на животное! Темные, растрепанные волосы лезли ему в глаза, он рычал, стягивая джинсы, и трусы перекосились, и один носок он так и не стянул, забыл, и ему не было до этого никакого дела!

Зато было дело до Митрофановой.

Потому что он хотел ее и не отрывал от нее глаз.

Потом он упал на нее, очень длинный, сильный, тяжелый, несмотря на худобу. Ожившая Катя кожей чувствовала его жесткость, и жар, и пот, и принимала, и хотела всего этого, и ни капельки не боялась.

Он больше не целовал ее, и она не целовала его, потому что нашлись дела поважнее, настолько важнее, что стало не до поцелуев. Они трогали друг друга, ласкали, гладили и время от времени серьезно и вопросительно взглядывали друг другу в глаза.

Все правильно? Да. Все правильно.

Я не ошибаюсь? Нет. Не ошибаешься.

Ты со мной? Да. Я с тобой.

Шум в ушах перерос в реактивный рев, дошел до высшей точки, обвалился грохотом, и оказалось, что в этом странном бою нет и не может быть проигравших — только победители.

Побежденная победительница Митрофанова открыла глаза и с удивлением обнаружила, что мир снаружи нисколько не изменился, и в райские кущи не превратился, и россыпью алмазов не засверкал.

Или превратился?.. Или сверкал?..

Ветер шевелил штору, открывая знойное небо, по крашеным кирпичам стены бродили голубые легкие тени. Владимир Береговой редко и длинно дышал рядом с ней, а за приоткрытой дверью кто-то ходил и довольно отчетливо топал.

Катерина вдруг перепугалась, подскочила и стала тянуть на себя простыню, на которой они лежали, чтоб прикрыться. Простыня никак не вытягивалась.

Береговой замычал.

— Володя, там кто-то ходит. Я слышу.

Он вскинул лохматую голову и посмотрел на нее.

— Это наша собака ходит, — сказал он. Глаза у него были черные, веселые, страшные. — Хочешь, я дверь закрою?

Он быстро поднялся, обнаружил на себе один носок, застеснялся и перепугался.

Она смотрела на него.

Он содрал носок, зашвырнул его, захлопнул дверь, прыгнул на матрас и повалил Катю. Она сделала попытку вырваться, но он держал ее за шею и вырваться не дал.

Они лежали на матрасе и смотрели друг на друга.

— Ты не уедешь?

Она коротко вздохнула.

— Это что означает? — спросил он.

— Я не уеду.

— Хорошо.

И они помолчали.

— А это что? — Она потрогала его подбородок, где был маленький белый шрам.

— А это я еще в интернате подрался.

— Почему в интернате?

— Я учился в физмат-интернате при МГУ. Я же... законченный ботаник. Отличник. Сливной бачок.

— Как?!

— Я все соревнования всегда проигрывал! Это называется — сливать. Береговой, ты опять все слил.

Катерина моргнула, как сова, и уточнила осторожно:

— Ты шутишь?

— Нет.

— Ты же... спортивный.

— Да ладно.

Она чувствовала себя колодником, которого только что расковали, и он еще толком не понимает, что руки и ноги шевелятся и на самом деле принадлежат ему, что нигде не затекло и не больно, и хочется двигаться, пусть пока понемножку, осторожненько, как бы примеряя к себе собственное тело.

Обеими ладонями Катя провела по Володиным бокам — он слегка дернулся, будто от щекотки, — добралась до спины и по ней тоже провела, а потом спустилась ниже и потрогала плотные длинные ноги.

— Ты никакой не сливной бачок.

Он хмыкнул, пожалуй, растроганно, а ей хотелось проверить степень своей новой свободы, и, немного подвинувшись, она углубилась в изучение его тела и забрела в неизведанные — нет, изведанные, но еще не окончательно! — дебри, их тоже немного поизучала, чем моментально довела его до полного неистовства, и оказалось, что у нее полно этой самой свободы! Она, свобода, еще только начинается, еще только плещется у ног, а дальше простирается целый ее океан, и этот океан принадлежит ей, Екатерине Митрофановой.

Нет, им обоим — Екатерине Митрофановой и Владимиру Береговому.

До вечера они пролежали на матрасе и почти не разговаривали. Все разговоры отложили на потом, и в этом тоже была свобода — можно не бояться никаких разговоров, ибо ничего плохого с ними уже не случится.

Или почти ничего.

Потом пришлось встать, потому что их собака стала уж очень отчетливо вздыхать у самой двери, и Береговой сказал, что должен ее вывести. Его то есть.

— Хочешь, тебя тоже выведу?..

Митрофанова выходить отказалась.

С совершенно новым для себя чувством заботы, немного приправленным смущением и еще ликованием, он достал для нее чистое полотенце — и застеснялся, что неглаженое, — велел до его прихода лежать на матрасе, быстро принял душ и, прыгая на одной ноге, стал натягивать джинсы.

Катя все смотрела на него, и он ей очень нравился!.. Отросшие темные волосы лезли в глаза, с них капала вода, скатывалась по шее, которая нравилась Митрофановой как-то особенно. И руки нравились, и ноги. И еще как он улыбается — впрочем, ей всегда нравилось, как он улыбался!..

Она встала на колени на матрасе, за ремень джинсов подтянула его поближе и стала вытирать ему голову неглаженым полотенцем.

Некоторое время вытирала, а потом он вынырнул из полотенца и спросил серьезно:

— Ты же не уедешь?

— Нет.

— Я сейчас. Я скоро.

Он выскочил в другую комнату, затопали босые ноги, и он заговорил с собакой громко и радостно, потом забренчали ключи и карабин поводка и хлопнула дверь.

Катя повалилась обратно на матрас.

Вот так история. Вот так история вышла!..

Она проверила на всякий случай — гордость и страх все еще были в обмороке, и можно не переживать, что они сейчас все испортят своим присутствием.

Она полежала, рассматривая кирпичные стены, крашенные светлой краской, и голубую штору на широких металлических кольцах. Сквозняк шевелил ее, и кольца позвякивали время от времени.

Больше рассматривать оказалось нечего.

Вот здесь он живет, да? Здесь он спит и, когда окно открыто, слышит металлические позвякивания. На полу валялись какие-то книжки, и, свесившись головой вниз, Митрофанова перебрала их.

Биография Стива Джобса, два справочника неясного назначения и еще одна под назавнием «Искусство руководить людьми». Искусству обучал какой-то американский гуру, который, видимо, руководил ими виртуозно.

Митрофанова зачем-то поцеловала портрет гуру, бросила его обратно на пол и еще покаталась с боку на бок.

Постель пахла Береговым. Нет. Постель пахла ими обоими — так прекрасно.

В ванной ее снова охватил восторг — она-то, дура, была уверена, что никогда больше сюда не заглянет, а теперь принимает здесь душ, потому что она осталась с ним, потому что он хотел ее так, как не хотел никто и никогда. Его мир, личный, интимный, закрытый, принимал ее легко и радостно — никакой неловкости, никакой подлости чужих вещей, никаких странных запахов.

Все правильно и нестрашно.

Наряжаться в его футболку или рубашку Катя не стала — что за ужас и пошлость! Кроме того, ее бюст вряд ли можно затолкать в его рубашку, поэтому она нацепила трусики и лифчик и обмоталась полотенцем. Вполне сойдет.

Может, кофе пока сварить?..

Она вышла на кухню, мельком глянув на часы и удивившись тому, что так поздно — за полночь.

Екатерина Митрофанова занималась любовью с Владимиром Береговым много часов подряд! Долой стереотипы! Долой туфли на среднем каблуке! Она всю жизнь носила именно такие и ненавидела за их средние каблуки! Они с Маней поедут в магазин и купят там туфли на шпильках. Лакированные и на шпильках, вот так. И тогда Береговой совсем потеряет голову.

— Он и так ее потерял, — вслух сказала Митрофанова очень самодовольно.

И тут в дверь позвонили.

Если бы она думала хоть о чем-то, отличном от того, как все у них прекрасно, она бы сообразила, что он не стал бы звонить — открыл ключами, да и все.

Но она вообще соображала плоховато.

Поэтому Катерина поправила узел на полотенце, опустив его пониже, потом суетливо подтянула обратно, подбежала к двери, довольно долго возилась с непривычным замком и наконец распахнула.

Охнула и отступила в панике.

Бежать было некуда и прятаться тоже негде.

СЕГОДНЯ

Генеральный директор издательства «Алфавит» принял капитана Мишакова через минуту после того, как секретарша доложила о его прибытии.

Капитан решил, что посетить издательство ему просто необходимо, потому что чувствовал — странная парочка, в доме которой произошло убийство, может быть разъяснена только и исключительно в издательстве!..

Они же оба как-никак писатели! Потому и с фанабериями.

В издательстве было богато, но скромно и со вкусом, и это капитану понравилось. Никаких мраморных лестниц, люстр величиной с «КамАЗ» и позолоченной лепнины, зато очень чисто, везде расставлены вазы с цветами, а у дверей березки в кадках — довольно трогательно. И девушки очень красивые!

Девушки Мишакову понравились особенно. Их было много, и все хорошенькие, умытые, в летних нарядах — ничего вызывающего, но хочется смотреть и смотреть, — на каблучках, в очочках, очень деловитые. Сразу видно, что работают в культурном и приличном учреждении.

Мужчины тоже Мишакову понравились. Никаких тебе кудрей до плеч и дырявых джинсов. Льняные пиджаки, белые рубашки, приличные, сдержанные запахи.

Это не просто какие-нибудь люди, сам себе сказал Мишаков, это люди, которые пишут и издают книжки, вот как! И ему стало смешно.

Генеральный директор, оказавшийся сказочно красивой дамой, поднялась навстречу капитану из-за стола на львиных лапах, почти такого же красивого, как сама дама.

Сколько ей лет, капитан так и не определил, а столу, должно быть, лет двести.

На нем стопками лежали книжки — очень много. Капитан вздохнул, вспомнив поливановскую библиотеку, и настроение у него испортилось.

Покуда он объяснял, зачем явился, дама молча изучала его. Он понимал, что его изучают, и не сопротивлялся. Хотел было даже спиной повернуться, чтоб она и со спины его изучила, но воздержался.

— Господи, бедная Машенька, — выговорила дама звучным голосом, когда он замолчал. — Опять на ее голову испытания! Совсем недавно Володе Береговому помогала, он в историю попал, на этот раз сама!.. Береговой — наш сотрудник, — сочла она необходимым объяснить. — Она же такая впечатлительная девочка, боже мой! А тут в ее собственном доме...

Капитану Мария Поливанова вовсе не показалась впечатлительной. По крайней мере, убийство старинного друга практически у нее под носом нисколько ее не впечатлило.

— Меня зовут Анна Иосифовна.

Дама как будто напомнила ему то, что он и так должен был знать, и тут Мишаков сообразил, что кудрявый чучмек собирался звонить именно ей, искал телефон и посылал туда-сюда писательницу, чтоб его принесла. Так вот, значит, какова эта самая Иосифовна!.. У такой не забалуешь. Велела звонить, значит, надо звонить, не отвертишься. Вот чучмек и переживал!

— Может быть, чаю, кофе?.. Или пообедаете? У нас прекрасный повар!

— Повар? — растерялся Сергей Мишаков.

— Да-да, — ободряюще кивнула дама. — Он когда-то работал в ресторане «Прага», а теперь вот у нас. Сейчас самое время перекусить. Заказать?..

Мишаков помотал головой, и непонятно было, то ли он соглашается, то ли отказывается наотрез.

Анна Иосифовна прошла по ковру, открыла дверь в приемную, о чем-то негромко распорядилась и вернулась за стол.

— Итак, о чем вы хотели меня расспросить, господин офицер?..

Она смотрела на него очень прямо, и он подумал, что такой взгляд может быть из-за того, что она близорука. На ухоженных руках, спокойно лежавших на столе, сверкали бриллианты — на левой руке один, но очень большой, на правой несколько, но поменьше. Гладкое лицо выражало вопросительно-вежливое внимание.

Очень хороша. Ну, приступим.

— Вы давно знаете Поливанову?

— С тех пор, как она стала писать. Лет... семь, наверное. Уверяю вас, это вполне достаточный срок, чтобы убедиться в том, что Маша — честный, порядочный, очень светлый и очень добрый человек.

Пошла писать губерния, подумал капитан. Выходит, Маша-то святая!..

— Вы общаетесь только по работе или по-дружески тоже?

Анна Иосифовна улыбнулась.

— Сергей... как вас по отчеству? Сергей Петрович, наше издательство организовано таким образом, что мы все стараемся общаться друг с другом именно по-дружески! Авторы, особенно талантливые, а Маша очень талантлива, нуждаются в участии, защите, даже в некотором покровительстве, если вы понимаете, о чем я говорю.

— Покровительствуете, значит?

Анна Иосифовна нисколько не рассердилась, хотя он был уверен, что его тон ее заденет.

— Стараюсь, — сказала она и улыбнулась. — Впрочем, есть такие, кому покровительство мое решительно ни к чему. Вот, например, Александр Шан-Гирей. Но он у нас особая статья. Европейская знаменитость.

— Это он уверен, что знаменитость, или так и есть на самом деле?

Она покачала головой.

— Он-то как раз ни в чем никогда не уверен! Даже в том, что он знаменитость, хотя в Европе с ним на улицу выйти трудно. Нас в Париже замучили автографами! Свой первый роман он написал на французском языке, и сейчас там Алекс — величина номер один. У нас его тоже, конечно, знают и очень ценят, но все же меньше, чем там. А почему вы сомневаетесь, что он известен?..

Сергей Мишаков ни в чем особенно не сомневался, просто длинноволосый чучмек раздражал его ужасно, и потому он сказал, что книг его не читал.

— Ну что вы! — мягко упрекнула директриса. — Я вам обязательно подарю. Вы поймете, что это... необыкновенный писатель.

Что ты будешь делать! Писательница предлагала взять что-нибудь почитать, издательница предлагает книгу подарить, а он, Мишаков, вообще никаких книг не читает! Некогда ему, ясно вам?..

— У Поливановой какой характер? Взрывной?

— Ну, она бывает несдержана, конечно. Как все талантливые люди. Она не смогла бы ничего написать, если бы не ее эмоции...

Мишаков перебил:

— А эти эмоции не того... не зашкаливают?

— Простите?

— Ну, она может рассердиться и дать кому-нибудь по голове? Исключительно в порыве эмоций?

Воцарилась пауза.

— Так, — сказала наконец Анна Иосифовна. — Должно быть, я вам что-то неправильно рассказываю. Маша — очень тонкий и ранимый человек. В порыве эмоций, как вы выразились, она может заплакать или отдать гонорар за книгу чужому человеку, чтобы заплатить за операцию для ребенка. Может уехать в деревню, если считает, что сейчас у нее не идет работа, она в плохом настроении и не должна никому отравлять жизнь. Ударить по голове она не способна. Сейчас вы меня понимаете?

Вопрос был задан так, что Мишаков моментально почувствовал себя идиотом. Щеки у него покраснели, и директриса, кажется, это заметила.

— А Кулагина Анатолия, который был убит, вы знали? — спросил он.

Анна Иосифовна вздохнула. Капитан мог поклясться, что ей хочется закурить, но никаких следов курения в кабинете не было — ни пепельниц, ни зажигалок, ни сигарет. И воздух вкусный, свежий, прохладный, никакой застарелой табачной вони.

— Лично — нет, не знала. Когда-то давно немного знала его семью, у него был очень высокопоставленный отец. Они всю жизнь прожили за границей, и, насколько я знаю, сына тоже туда забрали. Он вернулся, когда перестройка была в разгаре, привез какие-то пьесы собственного сочинения, а мы тогда только начинали создавать издательство. Авторов не хватало, переводчиков, редакторов, да что там, даже бумаги не было! — Она махнула рукой, полыхнули бриллианты. — Тогда кто-то принес мне его пьесы, показать и, если подойдет, напечатать, но я отказала решительно.

— Почему?

— Плохие очень.

И посмотрела на Мишакова с улыбкой, из которой стало ясно: Анна Иосифовна, генеральный директор издательства «Алфавит», вовсе не добрая барыня, а бульдог.

Самый натуральный бульдог с железной хваткой, несокрушимыми челюстями и холодным умом.

— Года четыре назад, если мне память не изменяет, Маша просила взять на работу жену Кулагина. У них возникли сложные обстоятельства, кажется, она приезжая и без образования. Ей трудно было устроиться. Но я ее не взяла.

— Почему?

— Плоха очень.

Капитан усмехнулся.

Бульдог!.. Как есть бульдог!.. Хотя на вид нежный цветок маргаритка!..

Он дернул «молнию» на своей папке, она все время лежала у него на коленях, и от папки ему было жарко, и хотелось ее снять и положить на соседний стул, но он этого не делал из принципиальных соображений. Из нее первым делом выехали паспорта — Александра Павловича и Марии Алексеевны, вот елки-палки!

Он их взять-то взял, а отдать обратно забыл. Начисто забыл. Самое интересное, что владельцы паспортов про них забыли тоже. Просто кино с ними.

Капитан засунул паспорта обратно, и настроение у него вдруг улучшилось. Теперь-то уж точно он вызовет эту самую Марию к себе или сам к ней заедет!.. На законных, так сказать, основаниях.

Впрочем, она ему совсем не нравится. Во-первых, здоровенная лошадь, а женщина должна быть маленькой, губки сердечком, попка тоже сердечком, на голове локоны. Во-вторых, писательница. В-третьих, наврала ему, а может, и убила старого друга.

Он открыл блокнот, нахмурился, почитал из него немного, а потом спросил директрису, которая все это время рассматривала какую-то книгу из ближайшей стопки, нисколько им не интересуясь:

— Кто такой Артем Гудков?

Ему показалось, что от книги она оторвалась с трудом.

— Простите?

— У вас работал человек. Артем Гудков. Вы его не помните?

Несколько секунд она рассеянно вспоминала и вдруг охнула. Капитан уставился ей в лицо.

— Гудков... Ну да, конечно. Он у нас не работал, после испытательного срока мы договор так и не заключили...

— Почему? — перебил Мишаков. — Очень плох?

Анна Иосифовна сложила ладони, опустила на них подбородок и посмотрела сначала в стол, а потом на капитана.

— Он очень хороший журналист, но...

— Вам не подошел? — И тут его осенило: — Он выведал какие-то ваши тайны и грозился о них написать?

— Тайны? — переспросила Анна Иосифовна. — Бог с вами, какие тайны!

Примитивный капитан был настолько недалек от истины, что она заволновалась немного. Издательство — главное дело ее жизни, ее интерес и стержень — всегда было и остается на высоте. Репутация его безупречна с первого дня существования и по сей день, и создавалась она годами, и стоила таких усилий, что иногда даже вспоминать невмоготу! Именно благодаря безупречной репутации Анну Иосифовну ценят и уважают в литературных и окололитературных кругах, к ее мнению не просто прислушиваются, на него опираются, как на гранитный постамент! Если она утверждает, что «автор пишет неплохо», это означает, что все в порядке и карьера автору обеспечена. Она никогда не промахивалась. У нее удивительное чутье и вкус, которые никогда ее не подводят. Генеральная директриса «Алфавита» председательствовала в жюри разнообразных книжных конкурсов, возглавляла некий совет по культуре при президенте, вершила судьбы, правила миром — именно этим, книжным, таким заманчивым и притягательным, особенно для тех, кто был в него не вхож или только мечтал попасть.

Репутация издательства для нее значила очень много, а этот самый Гудков тогда, много лет назад, сделал все, чтобы ее разрушить!.. Мерзавец. Впрочем, нет, не мерзавец. Просто самоуверенный дурачок.

Где-то тоненько прозвенел серебряный колокольчик, капитан оглянулся в недоумении, открылась дверь темного дуба, и вошла секретарша с подносом в руках. Поднос был накрыт льняной салфеткой.

— Сюда, пожалуйста, Настюша!..

Произошло какое-то движение, послышался шум, Анна Иосифовна оглянулась, и следом за секретаршей с ее подносом в тихий кабинет ввалилась писательница Поливанова.

Капитан дернул «молнию» на папке.

— Анна Иосифовна, простите, что я без звонка! — издалека очень громко заговорила Маня. — Но я просто с ног сбилась! Во-первых, у нас в подъезде...

Тут она увидела Мишакова, как будто споткнулась и поправила на носу очки.

— Ну, видимо, вы уже знаете, что случилось у нас в подъезде! Здравствуйте еще раз, господин капитан.

— День добрый.

— Я очень рада тебя видеть, Манечка.

— И я вас, Анна Иосифовна.

— Капитан Мишаков как раз расспрашивает меня о нашем издательстве.

— А обо мне? — осведомилась Поливанова. — Расспрашивает? Вы ему рассказали, что я имею склонность умерщвлять людей с особой жестокостью?

— Маша говорит о своих романах, — пояснила Анна Иосифовна с некоторым неудовольствием. — Настюша, нам понадобится еще одна чашка. Манечка, садись в свое любимое кресло.

Мишакову показалось, что про «любимое кресло» было сказано с умыслом.

— Тебе чаю или кофе?..

— Кока-колы со льдом, огромный стакан, — заявила Поливанова и стала обмахиваться пятерней. — Льда как можно больше. Остатки высыплю себе за шиворот! Там такая жара, Анна Иосифовна!

— Могу себе представить. Почему ты не приезжаешь? Я столько раз звала вас с Алексом к себе за город! Ты бы купалась.

— Мы вас стесним, Анна Иосифовна.

— Нисколько. Ты прекрасно знаешь, что гостевой дом всегда пустует и к нему даже отдельный подъезд есть! Если уж вам не хочется вообще со мной встречаться.

Капитан каждое слово относил на свой счет, они для него и произносились, эти слова!.. Представление получалось высококлассное, прям как в театре!

Он сто лет не был в театре.

— Алекс сегодня не сможет заехать, — продолжала Поливанова как ни в чем не бывало. Вообще весь разговор велся так, как будто в кабинете нет никакого капитана Мишакова. — У нас с утра та-а-а-кие события! Все соседи сбежались, компетентные органы прибыли, а у нас вчера и сам Анатоль гостевал, и его жена, и еще журналисты. Спасибо, Насть! — Поливанова схватила с подноса запотевший от холода хрустальный стакан, хлебнула и зажмурилась от удовольствия.

Капитан сглотнул.

— Только для Маши и держу, — объяснила Анна Иосифовна. — Терпеть не могу эти ваши современные химические жидкости! Заливаете в себя невесть что, как в омыватель автомобиля! Нет ничего лучше нарзана!

— Анна Иосифовна! — простонала Маня. — Но кола-то вкуснее!

— Неправда. Настюша, принесите Сергею Петровичу тоже. Лед можно подать отдельно.

— Я вам, наверное, мешаю? — Поливанова сделала виноватое лицо, схватила с тарелки крохотный пирожок и запихнула в рот. — Я сейчас уеду. Анна Иосифовна, я что-то Кате Митрофановой не могу дозвониться. Мы с ней договаривались сегодня замечания к роману согласовать, но на работе ее нет, и к телефону она не подходит.

— С ней все в порядке, — уверила директриса, — я полагаю, она сама тебе позвонит, и волноваться не о чем.

— А где она есть-то?

— Угощайтесь, Сергей Петрович, — предложила Анна Иосифовна. Лицо у нее было — вот-вот расхохочется. — Пирожки с мясом, слоеные. А вот эти сладкие, с вишней. Ну, а эти с сыром и зеленью. Чай с чабрецом нам специально привозят из Азербайджана. Нет ничего лучше азербайджанской кухни, молодые люди!.. Когда вам доведется быть в Баку, непременно отведайте баранины, баклажанов в ореховом соусе, ну, и, конечно, кюфты! Правильно готовить кюфту умеют только в Азербайджане! А к чаю варенье из белой черешни и пахлава. И не нужно никаких тортов, уверяю вас!

— Но с ней все в порядке? Не с пахлавой, а с Митрофановой? — перебила писательница и засунула в рот еще один пирог. Подхватила белоснежную крохотную льняную салфеточку и смахнула крошки с пальцев.

— Манечка, с Катей все в порядке.

— Как-то вы подозрительно это говорите.

— У вас что, сотрудница пропала? — спросил капитан, косясь на пирожки, чашки, серебряные тарелочки и прочий буржуазный разврат. Колу он уже всю выпил, и ему хотелось еще.

Вот ведь как расследование продвигается! Весь день он только и делает, что столуется в разных местах.

— У нас все на месте, — твердо сказала Анна Иосифовна.

— Мне просто нужно замечания согласовать! — встряла Поливанова. — Вообще-то Митрофанова с авторами не работает, но после того, как мой прошлый редактор Саша Стрешнев оказался...

— Манечка, совершенно неважно, кем именно оказался редактор Стрешнев, — перебила Анна Иосифовна. — Его уже давно нет в издательстве!

— Это я, я! — опять вступила Поливанова. — Я уговорила Анну Иосифовну, чтобы Катька работала со мной. Вы знаете, для любого автора редактор — это друг, товарищ и брат! Я с чужим человеком работать не могу. И они согласились. Да, Анна Иосифовна? А куда им деваться? Я приставала, вот и пришлось не нового человека искать, а старую Митрофанову мне в редакторы определить.

— Манечка, все эти подробности для капитана утомительны, я думаю. У нас в издательстве большое количество сотрудников, и рассказывать о каждом не имеет смысла.

— А в вашем отделе кадров могли сохраниться координаты вашего бывшего сотрудника Артема Гудкова?..

Возникла мгновенная и явственная тишина, как будто актеры на сцене в самый неподходящий момент забыли реплики, а недоумевающий зрительный зал ждет продолжения.

— Вряд ли, — уронила Анна Иосифовна. — Он никогда не состоял в штате. Впрочем, это легко проверить.

Она подошла к другому столу, поменьше, с наборной крышкой, чернильным прибором и канделябром с настоящими свечами, и, не садясь, нажала кнопку на ультрасовременном телефонном аппарате. Аппарат загудел.

Капитан подумал, что это странно. Такой телефон должен быть припрятан в ларце Марии Медичи, чтоб не портить антураж! Чего же он просто так на столе стоит, как у всех нормальных людей!

— Павел Иванович, — сказала директриса, когда аппарат отозвался сытым голосом, — добрый день. Посмотрите, нет ли у нас координат некоего Артема Гудкова? Он несколько лет назад был у нас на испытательном сроке, но работать не остался.

— А в каком подразделении, не напомните?
— В пресс-службе.

Маня Поливанова взглянула на Сергея Мишакова и пожала плечами.

— Нет, к сожалению, никаких следов, Анна Иосифовна. Извините.

— Ничего страшного, спасибо.

Директриса нажала кнопку и развела руками — ничем, мол, не могу помочь, дорогой капитан.

Бриллианты опять полыхнули.

— Я, пожалуй, поеду, — сказала Поливанова задумчиво. — Если, конечно, Кати сегодня на работе не будет.

— Она будет завтра, — уверила Анна Иосифовна. — У нее просто отгул.

— Отгул у Митрофановой?! — вскричала Маня. — Это все равно что у меня занятия йогой! Быть такого не может!

— Манечка, — Анна Иосифовна подошла к ней, положила руку на плечо и заглянула в лицо. — Ты совершенно напрасно обременяешь нашими внутренними делами... посторонних.

Поливанова моментально стушевалась и кивнула, как школьница, катавшаяся по перилам в момент прибытия комиссии из района и пойманная за косу непосредственно ее председателем.

Лицо у нее стало виноватым, она поднялась, высоченная, как гренадер, и подняла с пола потрепанный портфель.

— До свидания, Анна Иосифовна.

Капитан догнал ее, когда она садилась в машину.

— Что такое? — спросила Маня, когда он, громко топая, подбежал к ней. — Теперь вас выставила Анна Иосифовна? Взашей?

— Меня никто не выставлял!

— А почему вы опять несетесь, как сумасшедший?

— А почему ваша директриса так всполошилась из-за Гудкова?

Маня неторопливо уселась за руль, постучала по нему пальцами и задумчиво посмотрела на Мишакова снизу вверх:

— Она всполошилась?

Тот кивнул.

— Садитесь, — предложила Поливанова. — Я вас подвезу. Или вы на машине?

Машину свою капитан бросил возле дома писательницы, решив, что на метро доберется быстрее, и не просчитался.

— Куда везти-то? — осведомилась Маня, когда он захлопнул за собой дверь. — На Петровку, тридцать восемь?

— Что такого сделал Гудков, если ваша директриса спустя столько лет его боится?

— Ну-у-у, ничего особенного он не сделал, и вовсе она не боится...

Маня помахала рукой охраннику, вышедшему из будочки, чтобы проводить ее.

Все любят, подумал Мишаков с внезапным раздражением, все обожают!.. А она врет. Она только и делает, что врет.

— Понимаете, — она вздохнула, колыхнулся ее выдающийся бюст под тонкой маечкой, капитан покосился и быстро отвел глаза, — Артем очень неудобный человек. Для всех. Не только для коллег, для близких тоже! Я же вам говорила, он правдоискатель и революционер. Да здравствует бунт ради бунта! Только в буре есть покой. Куда вас везти-то, правда?

— Не знаю, — буркнул Мишаков. — Везите к своему дому, у меня там машина.

— Я вам расскажу, конечно, только это все дела давно минувших дней и предания, так сказать, старины!.. Анне Иосифовне просто неприятно вспоминать, и больше ничего. Кстати, что вы ей сказали, когда помчались за мной?

Капитан пожал плечами:

— «До свидания» сказал! А что, я отпрашиваться должен?!

— Неплохо было бы, если б вы отпросились, — заметила Поливанова совершенно серьезно. — И тут я еще! Она терпеть не может, когда издательские дела обсуждают...

— При посторонних, — перебил Сергей. — Я уже понял.

— Придется Алекса просить, — продолжала Маня, не слушая его. — Пусть он звонит ей и успокаивает. Она его лучше послушает.

— Этот Алекс ваш прямо волшебник какой-то. Кудесник, — вспомнил капитан литературное слово. — Вас всех послушать, так он просто...

— Гений, — подсказала Поливанова. — Ничего особенного, так оно и есть.

— У вас все четко, прямо как в нашем ведомстве. Шан-Гирей — гений. Гудков — революционер. Кулагин — мерзавец. Его супруга — дура. А сами-то вы кто?..

— Я? — удивилась Маня. — Автор второсортных детективных романов и страшная врушка. Кто же еще?..

ВЧЕРА

— Ёлкин корень!

— Отвернитесь! То есть закройте дверь немедленно! Нет, проходите, что вы стоите, там народ!

Дэн Столетов оглянулся на площадку, где в самом деле толпился народ, вывалившийся из лифта, шагнул в квартиру и прикрыл за собой дверь. При этом он вороватo стрелял по сторонам глазами, стараясь ни разочка не взглянуть на голую Митрофанову, и как нарочно получалось, что все время смотрел.

Нет. Не голую.

На Митрофанову, завернутую в полотенчико. В квартире Володьки Берегового!

Ей-богу, он поначалу решил, что этажом ошибся, но кроссовки на полу были Володькины, куртка на вешалке тоже его, и книжный стеллаж Володькин — они вдвоем собирали его недели две назад, — и стены, и полы, и компьютер, все его.

Выходит дело, Митрофанова тоже — его?!

Она металась по комнате, прижимая к груди какие-то вещи, а Дэн все стоял и пялился.

Потом он решил, что будет вежливым. Тетя Оля учила его, что всегда надо быть вежливым.

— Здравствуйте, Катя! — громко сказал он. — Вернее, доброй ночи!

— Здрасти, — ответила не менее вежливая Митрофанова.

— А что, Володьки нет?

— Он... он скоро будет. Вы проходите, — тут она поняла, что от ужаса позабыла, как его зовут. — Проходите, я сейчас!..

Столетов пожал плечами, стащил кроссовки и «прошел».

Мелькнуло полотенце, и хлопнула дверь спальни. Видимо, Митрофанова там затаилась.

— Я звонил! — в потолок сказал Дэн и обругал себя за идиотизм. — Но он трубку не берет!

— Он телефон, наверное, в машине забыл, — приглушенно сообщила из-за двери застигнутая на месте преступления Митрофанова.

— Наверное, — пробормотал Дэн, хмыкнул и почесал нос.

Во дела-то!.. И когда они сделались, эти дела?.. Не иначе только что, совсем недавно. Если бы вчера или третьего дня, он наверняка обо всем бы уже знал. Не может быть, чтоб Володька ему не рассказал!

Впрочем, мог и не рассказать. Он вокруг этой Кати почти год носится, по нынешним временам срок немалый, а дело ни с места. Дэн даже стал подозревать, что тут у лучшего друга Берегового все всерьез.

Хуже нет, когда всерьез.

Когда просто так, от скуки, то и не страшно, развлечение есть развлечение, когда получается зажигать, когда не очень. А вот если всерьез шибанет, тогда только держись.

Размышляя таким образом и с каждой секундой чувствуя себя все хуже и хуже, Дэн Столетов походил по комнате, хотел было комп включить, но воздержался, допил из Володькиной чашки остывший чай — пить хотелось ужасно, — и тут из спальни показалась Митрофанова в деловом костюме.

Она появилась, выпрастывая из рукавов светлого льняного жакета рукавчики белоснежной блузки. Жакет был безупречен, а блузка сильно измята и придавала Митрофановой такой вид, как будто она валялась в стогу.

Не в стогу, подсказало Дэну журналисткое воображение. Она валялась с твоим лучшим другом в его постели. Вот за этой самой дверью. Вот только что.

Все всерьез.

— Здрасти, — брякнул Дэн.

— Привет, — отозвалась Митрофанова.

И они посмотрели друг на друга.

Впервые они увиделись в какой-то кафешке, куда Береговой чуть не силой приволок лучшего друга Столетова, потому что начальница из издательства, стерва и сука Митрофанова, только что объявившая Володьке об увольнении, потребовала встречи, а Володька уже наговорил ей сто бочек арестантов и боялся, что наговорит еще. У него мать тогда сильно болела, и квартиру эту он только что купил, кругом в долгах, а она — рррраз! — и уволила его. Прямо скажем, ни за что, исключительно из самодурства и желания всем показать, какой она строгий начальник.

Так сказал Володька, а Дэн ему верил безоговорочно.

Он и ожидал тогда увидеть скандальную бабу, обтянутую деловым костюмом и с прической в виде высотного дома. Приехала до невозможности сердитая, фигуристая девица в черной водолазке. Дэну запомнились почему-то ее волосы, темные, блестящие неровные пряди. Она то и дело заправляла их за уши, и уши запомнились тоже! У девицы было вдвое больше серег, чем полагается сукам-начальницам. По две в каждом ухе. Серьги и движение, каким она заправляла волосы, почему-то мешали Дэну ненавидеть ее изо всех сил, как полагалось лучшему другу несправедливо уволенного. Володька тогда сразу завелся, начал было орать, и она начала орать, но быстро опомнилась и сказала, что он может вернуться на работу.

Кажется, даже извинилась. Береговой потом рассказывал, что это генеральная директриса заставила ее взять его обратно на работу, ибо не терпит никакой несправедливости и печется о том, чтоб в ее издательстве все было по-честному, по правилам и чтоб все работники были счастливы.

Дэн этого ничего не понимал. Он работал в редакции журнала «День сегодняшний», который только и жил склоками, ссорами, скандалами, громкими увольнениями, разоблачениями, собраниями трудового коллектива, где «выдвигались требования к руководству», и ехидными ответами руководства в том смысле, что все работающие ничего собой не представляют, копейки не стоят, и на место любого из них очередь стоит аж от самых Люберец, уволить каждого и нанять нового ничего не стоит, и вообще все они, журналисты, бесталанные недоумки, которых держат только из милости.

Всей душой Дэн мечтал стать когда-нибудь таким, как его собственная тетка — да-да!.. За ее материалы бились все без исключения журналы, писавшие «о жизни», а она еще выбирала, кому отдать материал, а кому отказать, и никакие редакционные склоки ее не касались.

А потом, когда Шан-Гирею срочно понадобились какие-то материалы, Дэн привозил их обоих, Алекса и Митрофанову, к тетке в гости, и Ольга их обедом кормила, и Дэн понял, что эта самая Катя — ничего девчонка, нормальная, без особых «тараканов».

А потом началась какая-то тягомотина: вроде Володька пытался за ней ухаживать, и ничего у него не получалось, а время шло, и постепенно само собой стало понятно, что ничего не получится! Тетя Оля говорила, что любые отношения должны «развиваться». Если они не «развиваются», то рано или поздно погибают.

Выходит, не погибли, что ли? А, наоборот, развились?..

— Можно мне на кухню пройти? — неизвестно зачем спросил Дэн у Митрофановой, как будто она была здесь хозяйкой. — Пить очень хочется!

— Конечно, конечно, проходите!

Раньше они были на «ты», Дэн помнил это совершенно точно.

Привычным движением достав из холодильника бутылку воды, Дэн запрокинул голову и стал жадно глотать, а Митрофанова опять скособочилась и потерла руки одну о другую — гордость и страх очнулись при виде Дэна и принялись наверстывать упущенное.

Гордость: «Ну что?! Получила, что хотела?! Тебя застали на месте преступления — тебя, такую независимую и гордую! Теперь этот парень будет относиться к тебе, как к шлюхе, он имеет на это полное право. Он имеет полное право рассказать кому угодно, что среди ночи нашел тебя в квартире Берегового, который, между прочим, твой подчиненный! Ты бегала по квартире в одном полотенце, и он это видел! Видел! И каково тебе будет жить дальше, дорогая Екатерина Петровна?»

Страх: «Что будет, что теперь будет?! А если Володя сделает вид, что ничего не было?! Ты просто заехала к нему на чай, а ему нужно было прогулять собаку, и он отлучился ненадолго?! Он поздоровается с другом и скажет, что сейчас вызовет тебе такси! Ты понимаешь, что наделала, дура?! Ты поставила его в неловкое положение перед лучшим другом! Зачем ты открыла ему дверь?! Как ты посмела?! Бежать, немедленно бежать!»

— Денис, вы на машине? — спросил митрофановский страх тонким голосом.

Дэн перестал пить, передохнул, фыркнул и покрутил лохматой башкой.

— Не-ет, что ты! Я же поддатый! Мы у Алекса с Маней приняли хорошенько, я еле от Ольги вырвался, она все порывалась меня домой тащить и спать укладывать!

— От какой Ольги? — тихо и грозно спросила гордость. — От нашей бывшей сотрудницы? С которой у Володи...

— Да при чем тут сотрудница?! — изумился Дэн, ничего не знавший о гордости. — От тетки своей! От тети Оли. Она интервью делает с Алексом, и мы все собрались у Мани на Покровке и там приняли как следует. Ты не пугайся, я уж проветрился малость. И еще бы выпил. Я к Володьке поехал, чтоб с ним...

Тут загремели ключи, грохнула дверь, и Береговой заговорил очень громко:

— Кать, мы пришли! Он меня замучил, ей-богу! Не идет, упирается, башкой крутит! Я же его отпустить не могу, вдруг убежит! Я его волоку, а он ни в какую! Из ошейника один раз вывернулся, так я его...

Дэн и Митрофанова гуртом бросились в коридор, протиснулись и встали как вкопанные.

Дэн разинул рот.

Митрофанова вздохнула и приложила руки к сердцу, как в кино.

Огромная лохматая, вся забинтованная собака — черт с рогами, а не собака! — слабо виляла хвостом, Береговой снимал с нее ошейник. На полу громоздилась куча пакетов, стояло цинковое ведро, а сверху на Дэновых кроссовках и еще каких-то башмаках лежал букет.

Нет, нет, не букет, какой там букет!..

Сверху на Дэновых кроссовках лежал веник пошлых, глупых, нежных, как будто только что срезанных роз.

Митрофановская гордость икнула. Митрофановский страх куда-то забился в ужасе.

— Здравствуй, жопа, Новый год, — пробормотал Столетов.

— Дэн, здорово! Чего это тебя принесло?! Знакомься, это теперь моя собака. Замучила она меня! То есть он. Катька, это тебе.

Береговой нагнулся, огромными длинными, как у орангутанга, ручищами сгреб с пола веник — кроссовок прицепился, потянулся следом, и Володя его отшвырнул — и приложил к Митрофановой. Она обняла веник обеими руками и покачнулась.

Розы были очень тяжелые.

Впрочем, может, она покачнулась от любви.

— Я же собирался за тобой ухаживать, — сказал Береговой очень серьезно. — Билетов в кино пока нет, но я куплю.

Дэн подхватил цинковое ведро и пошел с ним в ванную. Зашумела вода.

— Володя, — из-за роз спросила Митрофанова, — где ты был?!

Он махнул рукой.

— Мы к метро ездили.

— За цветами?!

— И за едой. Ты же наверняка не любишь замороженную лазанью! Я хлеба купил, сыра, вина. Клубники. И еще вот! — Он с трудом вытащил из переднего кармана джинсов какой-то скомканный меховой кулек и старательно расправил.

Из кулька получилась игрушечная собачка на металлическом кольце. Он надел собачкино кольцо Кате на палец. Больше некуда оказалось пристроить, руки-то у нее заняты розами.

И только тут застеснялся. Весь покраснел и взмок.

— Это... очень глупо, да?

Катя кивнула. Собачка болталась у нее на пальце, розы кололись и пахли очень нежно, и спина под жакетом взмокла.

Появился Дэн Столетов с ведром, поставил его на пол и опять куда-то ушел.

Береговой взял у Катерины розы и сунул в ведро. Они не лезли, их было слишком много, и он старательно засовывал их в воду. Катя смотрела на него, как будто видела в первый раз — длинные руки, цепочка позвонков, выступившая под майкой, когда он нагнулся, волосы, которые то и дело лезли в глаза.

Она подошла, взяла его за щеки и заставила распрямиться. Игрушечная собачка болталась у нее на пальце.

— Володя.
— Ты не уезжай.

Она притянула его к себе и губами потрогала шею и щеку. Он не шевелился, только бурно дышал.

— Я так тебя ждала, — сказала она, и это была чистая правда. — И ты приехал.
— Я приехал.
— Я ждала тебя и твою собаку.

Он улыбнулся. У него была удивительная улыбка.

— Весь колхоз.
— Ну да.

Он поцеловал Катю, ибо выносить ее легкие прикосновении у него не было никаких сил. Он поцеловал ее, пробормотал:

— Черт!..

Подхватил и прижал ее к себе изо всех сил, вместе с деловым костюмом, мятой блузкой и игрушечной собачкой. Он так хотел ее, что везде стало тяжело и больно, и ему очень мешали тряпки, ведь он знал, что находится там, под ними, и хотел этого всего сразу и немедленно.

Они задели ведро с розами, оно сильно загрохотало, и из него выплеснулось немного воды.

Они посмотрели на розы, а потом друг на друга.

— Я скучал по тебе.

— Я тебя ждала. И твою собаку.

Слов было недостаточно, и вообще, почему люди придумали слишком мало слов, чтобы рассказать друг другу правду, очень простую и понятную правду, но как, как?!. Нет таких слов, их просто не существует, не придуманы они.

Я скучал по тебе. Я тебя ждала.

А может, и хорошо, что не придуманы! Специально не придуманы, чтобы осталось место для цинкового ведра с розами среди ночи и игрушечной собачки, чтобы и ведро, и собачка тоже могли что-то сказать, свое, отдельное, не выразимое никакими словами?..

— Дэн приехал.

— Да. Я видел.

И они опять обнялись, и уже нужно было остановиться, потому что Дэн приехал и продолжения никакого быть не может, по крайней мере сию минуту, но все-таки еще чуть-чуть, еще секунду, еще немножко этого чудесного, волшебного, нового, острого!

Сейчас, сейчас мы оторвемся друг от друга, мы знаем, что пора, мы же взрослые, еще только одно мгновение...

— Все, — сказала Катя и крепко взяла его за руки.

— Все, — повторил Береговой и крепко сжал ее пальцы.

Когда они вошли в комнату, Дэн Столетов в наушниках сидел за компьютером и откусывал от огромного бутерброда с колбасой. На мониторе что-то мелькало, вспыхивало и крутилось.

— Здорово, ребята! — бодро сказал Дэн и сорвал наушники с лохматой головы. — Стрелялка — класс! Мы с Хоботовым оценили.

И он кивнул на пса, который лежал у стены и занимал очень много места. Завидев Берегового, он забил хвостом и стал подниматься. Ему трудно было встать, но он старался.

— Лежал бы, — сказала псу Митрофанова.
— Где ты его взял, Володька? — спросил Дэн.
— Во дворе издательства.
— Круто! И чего ты с ним теперь будешь делать?

Береговой пожал плечами и погладил подсунувшуюся псиную морду.

— Жить.
— И жили они долго и счастливо! — объявил Дэн. — Я там пакеты все разобрал и из одного поел малость! А Елена Васильна знает?..

Еленой Васильевной звали мать Берегового. И она ничего не знала. Совсем ничего еще не знала она.

— Узнает, — сказал Береговой.
— Может, правда, поесть? — торопливо предложила Митрофанова, у которой от одной мысли о том, что Елена Васильевна «узнает», похолодело в позвоночнике.

— И выпить! — подхватил Столетов. — Вы не того, не переживайте, я не буду отравлять вашу счастливую жизнь своим присутствием!

Он выбрался из-за стола и заявил:
— Я деликатен, как тайская домработница!

Митрофанова засмеялась, и все вдруг стало легко и просто.

Что может быть проще и легче?!.

Среди ночи приехал друг, и они принимают его у себя. Они вдвоем принимают друга, что тут такого?!

И еще у нее есть ведро роз и игрушечная собачка. Ни разу в жизни она не получала таких... богатых подарков!

Букет — это просто. Букет — это букет, и он бывает время от времени у всех. А вот розы в цинковом ведре достаются далеко не каждой, а ей достались. И собачка тоже. Просто так игрушечных зверушек получают тоже все, а вот собачку, вытащенную с торопливым смущением из переднего кармана джинсов и пристроенную на палец, потому что больше некуда пристроить, — нет, не все.

А она получила.

— А где ты розы такие взял, мичуринец? — Дэн нагнулся и подтащил ведро к центру комнаты. — Ограбил Ботанический сад?

— Иди ты на фиг.

— Нет, ну правда, ну где? Вдруг мне завтра понадобится поразить воображение дамы, а я не знаю, где берут по ночам такие розы!

— В ларьке, — буркнул Береговой. Он стеснялся роз. — Их только привезли и выгружали. И я купил.

— Целую фуру? Говорят, их фурами возят!

— Эти на «Москвиче» приехали.

Митрофанова вдруг быстро поцеловала Берегового в губы и сбежала на кухню.

Дэн подбородком показал в ту сторону и сделал вопросительные брови. Береговой сунул ему под нос кулак и ушел следом за Катей.

Дэн завидовал и ревновал, и уже ясно было, что все всерьез, а это значит, жизнь изменится.

Может, даже лучше станет, шут ее знает, но прежней больше не будет, а та, прежняя, подходила Дэну!..

Они с Володькой были на равных с семи лет и по сей день, и Дэну казалось, что по-другому и быть не может. И не должно!..

Володькин отец рано умер от сердечной болезни, а своего Дэн вообще не знал, зато их очень любили мамы и тетя Оля. Тетя Оля так вообще!.. Когда у нее появлялись деньги — нечасто, но все же появлялись, — она всегда покупала два одинаковых подарка, племяннику и его другу, чтоб никто не был в обиде. А Елена Васильевна, Володькина мама, таскала их маленьких в Завидово, хотя нелегко было с двумя мальчишками мыкаться по автобусам и электричкам, зато там они жили полной жизнью — лето, раздолье, велосипеды, речка Лама с темной торфяной водой, крыжовник, удочки, лес под боком!.. Правда, грибы чистить они ненавидели и из-за этого то и дело ссорились. Мать говорила, что все должно быть по-честному, втроем собирали, значит, и чистить надо втроем, а они все норовили увильнуть.

В школьные компании их до поры до времени не брали вовсе. Со спортом дело не заладилось, в волейбол они играли плохо, и одноклассники, распределяясь на команды, все мечтали сбагрить их противнику и из-за этого ругались и дрались. На турнике они висели, как длинные бледные макаронины, отжиматься тоже не умели как следует. Береговой, правда, хорошо катался на лыжах, Столетов поигрывал в теннис, но для школы это никак не годилось. А Дэн еще носил очки, вообще ужас!..

Они оба хорошо учились, потому что мамы расстраивались, если они начинали учиться плохо. Мам они любили, а хорошо учиться ничего не стоило. Но хорошо учиться считалось как-то... не по-мужски. Мальчик должен сбегать с уроков, курить за школой, пить в соседнем подъезде пиво, обсуждать девчонок и поносить училок и предков, иначе что это за мальчик?..

Потом они подросли, и у красавиц, постепенно обзаводившихся бюстами и длинными ногами, появился спрос на кавалеров, которых решительно не хватало. На пятнадцать красавиц приходилось всего девять потенциальных обожателей, включая недотеп и ботаников Берегового и Столетова.

Их стали приглашать на дни рождения и в гости — а куда деваться-то? — но тут Береговой перешел в физмат-интернат, а Дэн, оставшись один, потерял последнюю уверенность в себе.

В университете первые годы оба только и делали, что занимались во все лопатки — боялись, что выгонят. На поступление — репетиторов, подготовительные курсы и все прочее — были угроханы большие деньги, мамы старались изо всех сил.

Мам они любили и не могли их подвести.

Когда стало можно перевести дух и оглянуться, выяснилось, что девушкам с ними неинтересно, а им неинтересно с девушками. У них не было ни машин, ни богатых родителей, ни дач, ни заграниц, то есть ничего из того, что требовалось, чтобы произвести впечатление на слабый пол. Правда, Береговой был очень умный, а Столетов талантливо писал — ну и что с того?..

Романы у обоих получались какие-то мимолетные, куцые и скучные до ужаса.

Береговой говорил, что во всем виноваты «социальные протоколы».

— Мы просто делаем то, что положено, понимаешь?! — объяснял он Дэну, когда его бросала очередная девушка. — Положено приглашать девушку в кино, ну, я ее приглашаю. Положено цветы дарить, я дарю. Положено на день этого... как его...

— Святого Валентина, — подсказывал Дэн.

— На этого, блин, кретина положено рисовать веселые картинки в виде красных сердец. Ну, я рисую! А мне, понимаешь, положить на Валентина, и красные сердца я ненавижу! Но ведь положено — по протоколу! А я не хочу, как положено! Я хочу, чтоб интересно было, ну, хоть когда-нибудь, ну, хоть с кем-нибудь!.. С ними даже трахаться скучно, потому что положено или под музыку Вивальди, или на крыше девятиэтажки для остроты ощущений, чтобы она смогла потом описать это в своем блоге!..

— Зимой на крыше неприятно, — говорил Дэн, — дует сильно.

И им становилось весело.

Потом они оба стали заняты на работе, и на «социальные протоколы» совсем не осталось времени, и Дэн встретил Глафиру Разлогову, чужую жену, влюбленную в мужа, умную, чуткую, веселую. Он и мысли не допускал о романе, но она так нравилась ему, что иногда даже снилась, и на ее фоне померкли все остальные редакционные барышни, с которыми он общался. Он честно и мужественно дружил с Глафирой, без всяких надежд и перспектив, и уверял себя, что так и должно быть.

Видимо, они с Володькой обречены на одиночество. Два эдаких байроновских героя.

Теперь, выходит, Володька больше не обречен? Байроновский герой остался только один, а второй после всех рассуждений о «социальных протоколах» покупает по ночам розы?..

Время было позднее, Дэн очень устал от приключений сегодняшнего бесконечного дня, предстоящие перемены в жизни его пугали, и он решил махнуть на все рукой.

Там видно будет, а пока... Пока он чуть не забыл, зачем приехал!..

— Слушайте, мужики, — громко заговорил он, вваливаясь на кухню, где Береговой с Митрофановой, как это ни странно, не целовались. Катя резала на доске что-то аппетитное, а Володя смотрел на нее, как дурак. — Ребята, я же хотел вам рассказать!

Он схватил с доски кусок ветчины и запихнул его в рот.

— Сегодня к Мане Поливановой, — продолжал он, чавкая, — приперся Гудков! Все помнят Гудкова?..

Митрофанова положила нож и взглянула на Берегового. Тот пожал плечами.

— Артем? — спросила она настороженно. — Ты ничего не перепутал?

— Да я не перепутал! Смотри, у них весь вечер какая-то свистопляска была! Домового, что ль, хоронят, ведьму замуж выдают, ничего я не понял.

— Какую ведьму?

— Я приехал, — начал Дэн, протискиваясь на свое привычное место у окна, — уже довольно поздно. Ольга, ну, тетя моя, собиралась у Алекса интервью брать, это она мне утром сказала. Я и решил: дай заеду! Может, она все еще берет, а тут я как раз кстати!.. И заехал. Маня очень сердитая была, невозможно просто, но потом ничего, отошла. Тетя тоже какая-то переполошенная, как кура. Ну, Алекс, как всегда, по нему ничего не поймешь. Еще девица была, фотограф, я ее не знаю, она для нас никогда не снимала, хотя я почти всех хороших фотографов знаю! Ну вот. Кать, а можно мне еще?..

Митрофанова спохватилась и поставила на стол доску. Ветчина была нарезана толстыми ломтями, свежий багет поломан большими кусками, как на картинке из французской кулинарной книги. А еще сыр и крупные черные глянцевые маслины.

— Дэн, я не поняла. Гудков-то откуда взялся?

— Да в том-то вся и штука. Звонок в дверь — ба-а-а! Артем! Собственной персоной.

— Он к Мане приехал?!

— А пес его знает! Он как будто про Маню и не знал и стр-р-рашно удивился, когда ее увидел.

— Я ничего не понял, — сказал Береговой. — Зачем Гудков приехал к Поливановой? После всего, что было!

— Вот именно, — Катя вдруг почувствовала себя виноватой.

Она тут полдня и полночи предается любви и утехам, а там, в настоящем мире, далеко-далеко от нее, происходят странные события! Все, что имеет отношение к издательству, имеет отношение и к ней! Она отвечает за все — перед Анной Иосифовной, в конце концов!

И перед Маней тоже.

Маня никогда не умела защищаться.

— Я бы выпил, — сказал Дэн. — Володька, виски есть?

Береговой достал бутылку и стаканы.

— Ты сейчас еще добавишь, а утром на работу как поедешь?

— Мне завтра только вечером на интервью, — Дэн махнул рукой. — Проспятюсь.

Он налил виски во все стаканы и свой моментально опрокинул в рот. Митрофанова подсунула ему кусок сыру, и он стал жевать.

— Там еще такая фишка, что вроде перец этот, Гудков, приехал к той девахе, которая фотограф. Ну, которую я не знаю! Когда Алекс дверь открыл, перец стал вопить: «Настя, Настя!» Прибежала деваха и его увела. Но он очень удивился, когда Маню увидел!

— Я не верю, что он приехал к какой-то девахе, — решительно заявила Митрофанова. — Конечно, к Мане! Чего-то ему от нее понадобилось.

— Кать, не делай поспешных выводов.

— Я не делаю, Володя! Ты что, не помнишь, чем все тогда закончилось?! Ты же сам в той истории разбирался!

— Ну, разбирался, и что? — Он пока ничего не понимал и от непонимания раздражался. — Во-первых, прошло много лет. Во-вторых, история ничем не закончилась.

— Вот именно! Может, он решил продолжить?

— Чего продолжить-то? — спросил Дэн и залихватски тяпнул виски из второго стакана. — Тот скандалешник? До него теперь никому дела нет!

— Конечно, нет! Это тебе только кажется, что нет! — хором сказали Береговой с Митрофановой, явив таким образом свои точки зрения на этот вопрос.

— Даже ты помнишь скандал! — заговорила Катя, помолчав. — И что? Все сначала?

— Да с чего ты взяла-то, что сначала?!

— С того, что мне было достаточно одного раза!

— Вот сейчас самое время затянуть любимую песню про то, что ты отвечаешь за издательство!

— Это не песня, а чистая правда, Володя!

— Может, сто раз правда, но мы ничего не знаем! Мы даже не знаем, какого лешего Гудков на Покровку приехал!

— Он приехал не просто на Покровку, а к Мане!

— Дэн говорит, что не к Мане, а к другой, которая фотографировала.

— Короче, когда мы с Ольгой выходили, он на лавочке сидел, — выдал Дэн и покосился на третий стакан. — Выходит дело, он на ней часа три просидел, как пить дать! А может, и больше. Та девица его увела, потом вернулась, а потом еще какой-то старый хрен нагрянул и в драку полез. Или наоборот, сначала хрен нагрянул, а потом девица вернулась. Мы с Алексом хрена выволокли, ну, он сильно поддатый был, да и Алекс его приложил прилично, пришлось под руки вести. Тогда на лавочке никого не было. Мы таксомотор заловили, дяденьку в него запихали, хотя он буянил малость, ну, таксеру денег дали, сказали, куда везти. Таксомотор уехал, мы вернулись, и на лавочке никого не было!

Береговой, присев на подоконник, слушал очень внимательно. Митрофанова подошла и села рядом. Он сразу же взял ее за руку и прижал к своему боку.

— А уже пото-о-ом, когда мы с Ольгой уезжали, он сидел себе, посиживал. — Тут Дэн хлопнул третий стакан, подышал открытым ртом, набрал в горсть маслин и стал по одной закидывать их в пасть. Косточки он аккуратно и стыдливо складывал на салфетку.

— А старого хрена ты не знаешь? — уточнил Береговой и взялся за Митрофанову еще покрепче.

Дэн вздохнул.

— Не-а. То есть, как бы тебе сказать!.. Вот вроде должен знать, рожа знакомая какая-то, но — нет, не помню. И Маня его как-то называла!.. Каким-то иностранным именем. Арнольд или Альберт.

— Может, Степан Петрович?

— Почему? — удивился Дэн. — Кать, поставь чайник, а? Не, точно не Степан Петрович. И девица тоже... не в себе и тоже с иностранным именем! Какая-то Венера Милосская, что ли. Или Колосс Родосский.

— Дэн, ты что, пьян, я не понял?

— Таис! — завопил Дэн. — Афинская! Говорю же, Венера Милосская! Ее называли Таис, а старый хрен, когда ввалился, вопил, что она его жена!

— Гудков знаком с этой женой и называл ее Настей? — уточнила Митрофанова. — И она его увела?

— Ну, ты прям Афина Паллада, богиня мудрости, — провозгласил Дэн, которого после виски потянуло на мифологические ассоциации.

— А оказалось, что он никуда не ушел, а сидел на лавочке?

Дэн кивнул.

— А Алекс подрался с неизвестным человеком, мужем Насти-Таис. Вы вдвоем посадили его в такси, и он уехал в неизвестном направлении. Когда вернулись, Гудкова возле подъезда не было. Вы с тетей Олей еще какое-то время побыли у Мани, а потом собрались уезжать и увидели Гудкова. Он сидел на лавочке. Все правильно?

— Аб-со-лют-но! — провозгласил Дэн. И добавил с удовольствием: — Ты очень умная. Володька, она очень умная. Может, тогда ничего? Обойдется, а?..

— Обойдется, — задумчиво подтвердила Митрофанова, и Береговой улыбнулся. — Зачем приходил Гудков?.. Не верю я в ни в какую Таис! Он к Мане зачем-то приходил.

— Катя, ты этого не знаешь.

Она отмахнулась.

— Нужно понять, зачем ему понадобилась Маня! Как мы можем это сделать?

Она высвободилась из рук Берегового и стала ходить по кухне туда-сюда, как по своему кабинету в издательстве. Места было мало, значительно меньше, чем в кабинете, ходить неудобно.

— Нужно понять, что это за Таис и кто такой ее муж, которого Дэн вроде бы должен помнить, но не помнит. Так. Еще надо...

— Кать, хватит метаться.

— Еще нужно осторожно поговорить с Маней, ну, это я поговорю, и доложить Анне Иосифовне...

— Кать, ты прямо сейчас собираешься докладывать?.. — это было сказано с раздражением.

— А что такое?! — воинственно спросила Митрофанова. — Сейчас не буду, поздно уже, а завтра с утра непременно. Ты не понимаешь! Вы оба вообще ничего не понимаете!..

— Где уж нам.

— Володя, это не шутки. Зачем опять появился Гудков? Ему мало было тех событий?!

— Еще раз тебе говорю, мы пока ничего не знаем!

— Значит, должны узнать!

— Сейчас?

Ирония, прозвучавшая в голосе Берегового, заставила Митрофанову посмотреть на него уничижительно. Дэн знал, что на Володьку так смотреть нельзя, вот просто нельзя, и все, и пожалел, что не может залезть под стол. Ему хотелось.

— Катя, сейчас мы ничего...

— Володя, если ты будешь мне мешать, я немедленно уеду домой.

— Скатертью дорога!

Митрофанова несколько секунд смотрела ему в лицо, как будто силилась что-то сказать, так и не сказала и решительным шагом вышла из кухни.

СЕГОДНЯ

— Приехали, — буркнул водитель, и Алекс открыл глаза.

Солнце здесь, в Малаховке, жгло не так яростно, да и день перевалил за вторую половину.

Водитель повозился, отстегнул ремень, выбрался наружу и потянулся. Подумал некоторое время, обошел капот, открыл пассажирскую дверь и удалился.

Алекс пожал плечами. Видимо, по правилам Анны Иосифовны за ним надлежало ухаживать, вот водитель и ухаживал!..

— Это ж надо такому быть, — бормотал тот в некотором отдалении, — это ж надо так все наладить, что мы от Покровки до этой самой Малаховки, будь она неладна, три часа ехали! Тридцать пять километров одолели, пропади оно все пропадом! Пробки, говорят, в Токио!.. Да их бы из Токио ихнего да к нам в Малаховку!.. Вот где пробки-то!..

Алекс вздохнул и захлопнул за собой дверь. Водитель оглянулся. Он ходил под соснами, разводил руками и приседал — делал гимнастику, что ли, после трех часов сидения в машине.

— Пробки, говорю, победили! — заговорил водитель погромче и перестал приседать. — Мать их всех за ногу! Мост к свиньям разобрали! А как же еще в эту самую Малаховку попасть, ежели не через мост, а?! А через мост никак, там одна полоса всего и осталась! Это ж чистой воды вредительство! А?! Да за такие дела надо с работы в три шеи гнать и на позорную доску вешать, чтоб весь народ ихние рожи видел и плевал в них!

— Чьи рожи? — лениво спросил Алекс и поднял голову.

Сосны медленно качались, хотя ветра никакого не было, и пахло смолой, горячим деревом, хвойной пылью.

— Чьи! Да ничьи! Кто-то дорогу разобрал на хрен, а новую не построил! Хоть бы в обход какую пустили! Это ж курам на смех, тридцать пять километров за три часа! Так даже в Токио небось не ездят!.. Издеваются над людьми, как хотят, а потом говорят, будто народ плохой! Разве это народ у нас плохой?! У нас начальники безмозглые, а не народ! Народ знай терпит, а они издеваются! Мост разобрали!

Алекс не слушал.

Автомобили и все, что с ними связано, он воспринимал как нечто, не имеющее к нему никакого отношения. Ему было решительно все равно, на чем передвигаться, — на машине, на метро или, может, на дрезине.

На дрезине даже забавно!..

Пожалуй, в этом была изрядная доля лицемерия, ибо, став знаменитым, общественным транспортом он пользоваться все же почти перестал. Он стеснялся, когда его рассматривали, а его только и делали, что рассматривали, он все время думал, а думать мешали люди, просившие автограф или «сфотографироваться». Поначалу он пугался и терялся всерьез, потом попривык, но все равно ездить в метро или на троллейбусе стало неудобно, да и неохота!.. Его возила Маня, или Анна Иосифовна присылала водителя, а он все делал вид, что это... просто так, баловство.

— Ты все время врешь самому себе, — говорила Маня, сердясь. — А это опасно. Ты кому угодно ври. Мне можешь или Катьке Митрофановой, а самому себе врать нельзя. Это все равно что жить в доме из пластмассы. Рано или поздно пластмасса вся растрескается, развалится, и обломки упадут тебе на голову. И придется из них выбираться. И еще вопрос, выберешься или нет. Может, задохнешься под ними!..

Скорчив страшную рожу, она растопыривала пальцы, как в кино про вампиров, подбиралась к нему, как будто собиралась наброситься, а он злился, отпихивал ее руки, повторял, чтоб отстала.

Она была права, вот он и сердился. Странным образом она разбиралась в нем намного лучше, чем он сам разбирался в себе, и ему казалось, что это несправедливо. Он многого не понимал, боялся и стыдился в себе, и никто не должен был знать, чего он боится или стыдится, а Маня откуда-то знала, и время от времени это было почти невозможно выносить!..

Дом, в который они приехали, стоял в отдалении от дороги, на второй или даже на третьей линии — вокруг были дачи, сосны, хорошо укатанная проселочная дорога, заросли бузины и шиповника, и за каждым забором сирень, уже отцветавшая по такой жаре, но пахнувшая так, что хотелось упасть в куст головой, будто в озеро, и больше не шевелиться.

Машин не было, должно быть, хозяева еще не потянулись из города, только напротив, на той стороне, стоял сверкающий белый автомобиль, как будто только что выехавший из мойки, — ни пылинки на полированных гладких боках. За рулем спал водитель и, похоже, храпел: голова запрокинута, рот открыт.

Маня именовала это место «Канатчикова дача» и не слишком его любила. Алекс, когда она все же выволакивала его сюда на какое-нибудь «мероприятие», просто терпел.

Анатоль Кулагин был мужчиной светским и общительным. Кроме того, ему нравилось, что с ним водят дружбу «знаменитости», поэтому на дачу приглашались все без разбору: прекрасные дамы с кавалерами, модный певец, телевизионный царь и бог с новой женой, редакторша с радио, перепуганная и счастливая, что попала «в общество», а заодно и директор радиостанции, косившийся на редакторшу неодобрительно.

С певцом Анатоль посещал фитнес-клуб, телевизионный бог учился с ним в одном классе, директор радиостанции когда-то работал собкором в Париже, и они вместе покуривали травку, — все свои люди!..

Маня не любила здесь бывать, потому что Анатоль напивался и скандалил, а она терпеть не могла скандалов, и еще, должно быть, потому, что в ее детстве здесь все было по-другому, и она помнила это другое, хорошее. С Алексом воспоминаниями она никогда не делилась, но он и сам виртуозно представлял картинки!..

Вот огромный запущенный участок с зарослями незабудок под кустами жасмина и лужайкой, на которой собирали землянику. Шезлонги с выгоревшими полосатыми сиденьями. Между шезлонгами стол, а на столе корзиночка самого первого белого налива. Бегает большая, смешная нестрашная собака, припадает на передние лапы и взлаивает от радости — гости приехали!.. Вон там, возле беседки, взрослые, их много, и все говорят громко, дружелюбно, весело, заинтересованно — рады, что встретились. Женский смех, яркие сарафаны, кокетливые взгляды — вокруг полно мужчин, и все еще живы, все молодые, интересные!.. Пахнет травой и костром, и домой еще не скоро повезут — целый день впереди, длинный, летний, наполненный. И маленькую Маню он представлял — щекастую, крепенькую, обутую в красные сандалии и белые гольфы. Сосредоточенно сопя, Маня собирала в горсть на лужайке землянику и неслась угощать родителей, а они, конечно, говорили: «Ешь сама!» — и вытирали перепачканную ягодой ладошку!..

Интересно, а Толик Кулагин? Каким был Толик? Он ведь значительно старше Мани! Значит, когда ее привозили, он был уже юношей — каким?..

Алекс был уверен, что застанет в доме домработницу, для нее сейчас самое время. Он поговорит с ней, просто поговорит, и, может быть, что-нибудь прояснится!

Что именно должно проясниться после разговора с домработницей, Алекс себя не спрашивал.

Толкнув калитку, Алекс зашел на участок, такой просторный, что казалось, будто он попал в парк, и пошел по растрескавшейся асфальтовой дорожке к дому, весело глядевшему из-за желтых сосен. С правой стороны беседка, там обычно накрывался «фуршт», то есть выносили стол с закусками и питьем. Слева гараж, очень просторный, на две машины, а за гаражом заросли малины, густые, как в лесу. Маня, когда ей особенно надоедало общество, уходила в малинник «пастись» и угощала Алекса, если он являлся за ней, — сам он никогда в кусты не лез, стоял подле и взывал к ней, чтоб вылезла. Она выходила, проломившись через ветки, как медведь: «Фу, черт, оцарапалась вся!» — и приносила ему малину. Между прочим, где-то там, в глубине, росла даже желтая, самая крупная, пахучая, в тоненьких ворсинках. Маня с видом знатока говорила, что это «поздняя»...

Двери на террасу и дальше в дом стояли настежь, и Алекс, подумав, постучал в стекло, на секунду поймав свое отражение, — бледные щеки, темные очки, кудри до плеч. Маня уже недели две назад приставала, чтоб подстригся, но он был занят — писал. Отстаньте все от меня!..

Вот теперь вид и дикий.

Он постоял немного, прислушиваясь, и опять постучал. Никто не отзывался, но в глубине дома играла тихая музыка.

Должно быть, домработница — меломанка.

— Добрый день! — громко сказал Алекс. — Можно?..

На террасе с каменными полами, стеклянными стенами и подвешенным к потолку гавайским гамаком никого не было, только кактусы, топорщившие чудовищные иголки. Вокруг кактусов насыпан песок, по которому грабельками проведены волнообразые линии и навалены белые пустынные камни. Анатоль, по всей видимости, любил кактусы и пустыни.

— Можно войти?

Все еще никто не отзывался, но музыка по мере продвижения в дом стала погромче, и Алекс понял, что это Джастин Бибер, глупыш из Интернета, почему-то почитающий себя «Куртом Кобейном своего поколения», и любимец таких же «продвинутых» романтических глупышек и глупышей всех возрастов.

И усмехнулся.

В огромном зале со стеклянным камином и широкими диванами было светло и прохладно от кондиционеров, и Алекс вспомнил, как Анатоль хвастал, что для того, чтобы «как следует» сделать ремонт в этом доме, даже пришлось продать одну из оставленных ему в наследство квартир!..

Ремонт был сделан «как следует».

— Господи!

Он повернулся и в последний момент подхватил деревянную миску с фруктами, которая почти упала из рук молодой и прекрасной женщины с перепуганным лицом.

Персик вывалился и покатился.

— Вы кто?! Как вы сюда попали?!

Он взглянул еще раз. Она на самом деле была прекрасна и перепугана, как ему показалось в первое мгновение.

— Я просто вошел. Дверь открыта. Не волнуйтесь! — Она сделала шаг назад. — Я не грабитель. Меня зовут Алекс Шан-Гирей, и я знаком с... Анатолием Петровичем.

— Как вы меня напугали! Ужас. — Тонкой рукой она взялась за лоб и потерла его, как будто страх был у нее в голове, и она его прогоняла, а потом улыбнулась милой улыбкой. — Анатоль меня... не предупредил, что вы приедете. Я не знала.

Алекс нагнулся и медленно поднял с пола закатившийся персик, давая ей возможность прийти в себя. Поискал глазами, куда бы поставить миску, и отнес ее на низкий каменный стол — довольно далеко.

Его маневр удался. Когда он вернулся, она уже признала Алекса «своим» и почти успокоилась.

Он знал, что так и произойдет.

Те времена, когда у него то и дело спрашивали: «Вы кто?» — и старались побыстрее спровадить с глаз, давно минули. Нынче все по-другому. Он по-другому ест и спит, по-другому пахнет, в других местах покупает джинсы, майки и ботинки, которые на первый взгляд ничем не отличаются от тех, что были раньше, но, по всей видимости, отличаются безмерно, бесконечно, дьявольски, чертовски, вот как!..

Женщины вроде этой с одного секундного взгляда умеют определять, чем эти отличаются от тех и к какому классу, тому или этому, принадлежит мужчина, как будто в глаза им встроена специальная цейсовская оптика.

И еще он мимоходом подумал, что длинная белая машина под соседским забором, скорее всего, привезла именно ее! У нее должна быть исключительно белая и сверкающая машина.

— Я вас знаю, — сказала красавица, когда он приблизился. — Боже мой, ну, конечно, знаю! Вы никакой не... Мелик-Пашаев! Простите, я не расслышала вашу фамилию.

— Шан-Гирей.

— Вы же Лорер, правда?

Алекс поклонился.

— Я вас читала! Я читала все ваши книжки! Вы... потрясающий писатель.

И хотя Алекс совершенно точно знал, что женщина, которую он случайно застал в доме Анатоля, не может быть знатоком литературы и вообще тонким ценителем, и вряд ли она блестяще образована и очень умна, но тем не менее похвала ее была ему не просто приятна.

Он весь расцвел от ее слов, как будто никогда в жизни не слышал ничего подобного, и на секунду ему показалось, что она, именно она, и понимает все на свете!.. И все, что он написал, все его терзания, сомнения, копания в себе дороги и важны ей, и она знает, как нелегко ему дается писать, как значительны и в то же время мучительны для него слова, как ему необходимо, чтобы эти слова читали и понимали!..

Когда он писал, ему было решительно все равно, поймет или не поймет кто-нибудь то, что он хочет сказать, точно так же, как он никогда не мог ответить на вопрос, для кого пишет!..

...Для кого вы пишете свои романы?

Ни для кого. Я пишу просто потому, что пишу.

Но в эту секунду он думал, что пишет для этой женщины.

— Здравствуйте, — сказал он и улыбнулся.

И она улыбнулась в ответ и протянула руку, которую он осторожно взял.

— Здравствуйте. Как хорошо, что вы приехали! Я уже почти заскучала! Анатоль должен давно быть, а его все нет и нет. Меня зовут Анна. Друзья называют меня Аннет.

В то самое мгновение, что она помянула Анатоля, которого «все нет и нет», Алекс совершенно забыл счастье, которое испытал, когда она сказала, что он «прекрасный писатель». Он как будто вернулся сюда, в дом Кулагина, с его кактусами, камнями и стеклянными каминами.

Вернулся для того, чтобы узнать, кто и за что мог убить Анатоля.

— Проходите, — пригласила Аннет и показала в сторону низких диванов. — На террасе невозможно сидеть, жарко.

Она ждала, что и он узнает ее — ну, никак нельзя не узнать! — и улыбалась вопросительно. Алекс понимал, что от него чего-то ждут, но чего именно, не догадывался.

— Вы друг Анатоля?

Аннет расположилась на диване так, чтобы длинная шелковая юбка не скрывала, но и не слишком открывала совершенные ноги.

Парень — знаменитый писатель — плюхнулся кое-как и почему-то пристроил свою сумку на колени. Сумка была затасканная, потертая, побитая жизнью, но Аннет отлично знала, кто именно произвел сумку на свет — очкастый молодой дизайнер, фотографии которого печатают во всех глянцевых журналах, недавно возглавивший один из самых старинных и дорогих модных домов Франции. О дизайнере уважительно отзывалась сама Эвелина Хромченко, главный гуру во всем, что касалось моды и стиля.

— Вы можете поставить ее сюда. — Ступней Аннет подвинула к Алексу низенький кожаный стульчик. — Никто не возьмет!..

У него — вот дурачок — моментально загорелись щеки, и дизайнерскую сумку он тут же моментально спихнул с колен на пол.

Как жалко, что Петечка не разрешает ей ни с кем!.. Впрочем, что Петечка?.. Петечки же здесь нет. А пофлиртовать всласть вполне можно. Тем более с таким... м-м-м... очаровашкой.

Аннет нравились очаровашки. Она вообще была большой лакомкой.

— А я приехала, — продолжала она, поглаживая голой ступней кожу дивана. Алекс, не отрываясь, смотрел на ступню, — никого нет. Анатоль обещал устроить мне сюрприз, а какой именно, не сказал. Вот я и жду!.. Хорошо, что вы заехали!

— Да, — согласился Алекс, но не стал добавлять, что Анатоль уже устроил всем сюрприз.

Аннет взглянула на знаменитого писателя пристально.

Когда ж ты меня узнаешь, бестолочь кудрявая?!

— Так вы дружите? Почему же Анатоль никогда не приводил вас на мои спектакли?.. — спросила она.

— Нет, мы не дружим. То есть не особенно.

Опять ни с места!.. Я тебе на что намекаю?! На дружбу с этим идиотом, что ли?!

— А вы давно знакомы с... Анатолием Петровичем? — Назвать Кулагина Анатолем Алекс решительно не мог.

— Не слишком, но вполне достаточно, чтобы... подружиться! — сказала недовольная Аннет и убрала ногу под юбку.

Не узнаешь меня, вот и не будет тебе никакой ступни, красоты и развлечения!..

— Он очень интересный человек, — продолжала она. — И такой образованный! Так много всего знает! А для женщины это очень важно, правда?

Алекс, которого перестали испытывать ногой, перевел взгляд на ее лицо и узнал!.. Нет, не вспомнил, конечно, чем именно она знаменита, но по телевизору ее показывали часто, а во время недавних выборов она даже затесалась в какую-то оппозицию, и ее показывали именно в связи с оппозицией.

Что-то тогда было смешное, но он никак не мог вспомнить, что именно. Маня, помнится, хохотала.

Когда Алекс гостил здесь минувшей осенью — праздновали день рождения хозяина дома, — никакой Аннет среди гостей не было и в помине, значит, это приобретение из недавних. Из недавних и дорогих.

Собственно говоря, не нужно быть семи пядей во лбу, чтобы понять, что именно к ней, к этой красавице, Анатоль и собирался уйти, бросив свою недотепу-супругу в вонючей тужурке из кожзаменителя.

Кожзаменитель. Заменитель кожи. Заменитель супруги. Подумаешь.

Надо как-нибудь выяснить, сделал или не сделал Кулагин предложение руки и сердца новой избраннице? Всерьез ли собрался заменить дешевую синтетику чем-то... натуральным?..

Хотя это еще большой вопрос, что натуральнее?

— Вам идет этот дом, — сказал Алекс осторожно, делая первую попытку. — Вы здесь очень на месте.

Она засмеялась.

— Спасибо! Вы все правильно угадали. Я люблю такой стиль — мексиканский, испанский! Мне нравится, когда простор, много воздуха, дерева и стекла! Мы были в Рио, и Анатоль показывал мне Аркус ди Кариока и Ильха Фискал, это дворец такой, так я думала, с ума сойду! Вот где бы я хотела жить! Вы были в Рио?..

— Никогда.

— Слетайте! Давайте вместе слетаем! Ну, просто по-дружески. — Аннет молитвенно сложила руки. — Один вид на океан чего стоит!.. Я попрошу Анатоля, и он организует нам поездку.

— Выходит, Анатолий Петрович счастливый человек, — заметил Алекс с тонкой улыбкой. — Он возил вас на океан!..

На самом деле Алекс был уверен, что вывезти такую женщину не то что за океан, а хотя бы за околицу, да еще, несомненно, самым первым классом, дороговато выйдет, Анатолю это явно не по карману.

И не ошибся.

— Не совсем так, — Аннет засмеялась. — Меня пригласил приятель. Вадим Сосницкий, он в Лондоне живет, вы знаете, наверное.

Она посмотрела на него, проверяя реакцию. А то он какой-то... малость не от мира сего! Впрочем, наверное, писателям, да еще знаменитым, так полагается, Аннет точно не знала. А еще не знала, что он такой молодой и интересный. Нет, на фотографиях видела, конечно, но мало ли что можно фотошопом наделать!.. Фотошоп — лучший друг любой красавицы и знаменитости, это всем давно известно.

— Вадим Сосницкий — олигарх, — пояснила она на всякий случай, ибо лицо писателя не выразило при упоминании заветной фамилии никакого восторга. «Олигарх» она сказала с тем же чувством, с каким говорят «святой». — Мы все собрались у него, а потом уж на его джете решили махнуть в Рио. В Лондоне очень скучно стало, дождик пошел, и всем захотелось на солнышко. Анатоль в это время тоже в Англии был, и его решили пригласить, с ним так интересно!.. Он вообще необыкновенный человек, правда?

Алекс, который был уверен, что Анатолий Кулагин человек совершенно обыкновенный, согласился.

Пусть будет необыкновенный. Пока не слишком понятно, почему она упоминает о его необыкновенности во второй раз в пятиминутном разговоре, как будто старается в чем-то убедить... кого? Алекса или себя?..

— Анатоль оттуда привез гамак, который на террасе висит, видели? По-моему, очень мило. — Аннет засмеялась. — Это мой гамак. Он висел у Вадима в поместье, и я в нем иногда... валялась. И Анатоль выпросил его у Вадима, представляете?

Алекс едва удержался, чтобы не сказать — как мило.

— А какой там океан! Боже мой! Когда стоишь на обрыве, хочется раскинуть руки и лететь, лететь.. Это такое чувство!.. Словами не объяснить. Как будто перед выходом на сцену, когда там, в темноте, огромный зрительный зал. Я же балерина, — она улыбнулась и опустила глаза.

Точно! Балерина! Танцевать она, конечно, не танцевала, по крайней мере, Алекс ее никогда не видел, но в телевизионных программах ее представляли именно так.

Должно быть, в исключительно белой и исключительно сверкающей машине на зеркале болтается подвеска в виде бриллиантовых пуантов. На зеркале пуанты, а на передней панели иконка — Богоматерь со скорбным лицом. Так, и никак иначе.

Очень красиво.

И еще что-то прекрасное и заманчивое, кажется, было в связи с балетом, то ли Ковент-Гарден, то ли Ла Скала...

Почти такое же заманчивое и недоступное, как Рио-де-Жанейро, где, как известно, все ходят в белых штанах, некстати припомнилось Алексу.

— Как я хочу опять в Рио, вы не можете себе представить! И я теперь всем, всем друзьям говорю, что нужно непременно лететь туда, а не на Мальдивы или в какую-нибудь глупую Доминикану! А вы где больше всего любите отдыхать, Алекс?

Она встала с дивана, улыбаясь ему, скользнула мимо, задев шелками его джинсовые колени, взяла со столика пульт от кондиционера и сделала потише. В огромном зале и в самом деле было слишком прохладно.

— Возможно, когда-нибудь, — сказал знаменитый писатель, который в последний раз отдыхал год назад в турецком отеле, — вы и в самом деле возьмете меня с собой. Мне бы хотелось полюбить... Рио.

Аннет, возвращаясь на диван, вздохнула.

Ну, почему, почему ничего нельзя?! Почему можно только с отвратительным, гадким, мерзким Анатолем?! Вот же откуда-то взялся этот парень, мировая знаменитость, и не сводит с нее глаз, еще бы! Почему с ним-то нельзя?!

Алекс, покосившись на совершенный стан, вздохнул.

...Почему она так много говорит про Рио? Что там могло случиться? Важно это или неважно, или просто пустая болтовня?

И еще: эта женщина, если он, Александр Шан-Гирей, хоть что-то понимает в жизни, Анатолю явно не по средствам. Сколько бы тот ни унаследовал квартир и домов, их все равно не хватит... ни на что, даже если чохом все продать. Пляжи Рио и Касабланки, собственные поместья, самолеты, поезда, корабли, острова, бриллианты величиной с человеческую голову — это другая сторона Луны, перевернутая реальность, если вообще реальность!.. Отсюда, с этой стороны, не разглядеть и не уразуметь, что там происходит, и уж тем более не понять, сколько стоит жить весело и беззаботно — на той стороне.

Миллиард? Триллион? И чего миллиард или триллион — лунных рублей, долларов, евро?..

Тогда в чем дело? Зачем ей понадобился Анатолий? Для развлечения — сомнительно. Для того, чтобы выслушивать его истории об архитектуре, — вдвойне сомнительно.

Зато нет никаких сомнений, что она свой человек в этом доме, у нее есть ключи, она почти хозяйка и ожидает хозяина, который «обещал сюрприз»! Какой сюрприз?! Не бриллиант и не остров, это уж точно. В лучшем случае стихи собственного сочинения, с посвящением «Моей единственной». Или эссе. Анатоль был большим любителем эссе.

Зачем ей стихи или эссе?..

— Может быть, хотите выпить? — спохватилась Аннет. — Или вы за рулем?

— Нет, не за рулем.

— Тогда я принесу.

Вновь пролетели упругие шелка, повеяло духами, тонкая, совершенная рука в браслетах легко провела по деревянной спинке дивана грубой работы, и это было очень красиво, и она точно знала, что красиво!..

...Соображай, сказал себе Алекс. Соображай быстрей, что с тобой такое! Ты все время отвлекаешься!

Пока она возилась возле бара — негромко позвякивали стаканы, вкусно сыпался лед, — Алекс поднялся и обошел зал по кругу, просто чтобы сделать что-нибудь, переменить положение, заставить себя думать.

Давешняя деревянная миска с персиками попалась ему на глаза, и сразу вспомнилась Маня, бросившая его на произвол судьбы.

Она бросила его, уехала искать Митрофанову, а он теперь бродит по чужому дому, куда приехал искать убийцу!..

Даже голос Манин ему послышался.

Что ты опять затеял, спросила Маня негромко. Смотри, будь осторожен.

Под ногами лежали шкуры, наброшенные на теплые доски пола, а на беленых стенах висели коричневые гобелены. Много каменных ваз, одна ростом с него, из ее горла свисали ярко-зеленые плети какого-то ползучего растения. Возле стеклянного камина навалены камни, а за ними была приятная теснота из кальяна и широких низких кресел с домотканой мексиканской обивкой. Дальше столик со стопкой журналов — исключительно тех, куда Анатоль писал свои колонки, — и телефоном.

Алекс взглянул на журналы и телефон и продолжил обход, но быстро повернулся и взглянул еще раз.

Телефон как телефон, ничего особенного, просто трубка в пластмассовом гнезде. Только почему-то он был выдернут из розетки, хвост лежал рядом, на столике.

Некоторое время он смотрел на шнур, думал, а потом проворно двинулся дальше.

— Алекс? — окликнула Аннет.

— Я здесь.

Должен быть еще аппарат, и не один!..

Второй он обнаружил сразу за высокими двустворчатыми дверьми, и тот тоже был выключен из розетки.

— Если нужны удобства, вам туда. — И Аннет издалека показала, в какой именно стороне «удобства».

В другое время Алекса позабавило бы это слово, но сейчас он не обратил на него никакого внимания.

По идее, на кухне тоже должен быть аппарат.

Кухня была крошечной и не слишком светлой. Видимо, Анатоль не стал ее перестраивать. В ней оказалось слишком много мебели, которая не знала, как разместиться, чтоб было удобно, и при входе на полу почему-то лежала мокрая тряпка — видимо, домработница постелила, чтобы «не тащили с улицы песок».

Телефон здесь действительно имелся и, как и все остальные, выключенный из розетки.

Алекс взял шнур, поболтал им из стороны в сторону без всякого смысла и сделал первое, что пришло в голову, — открыл и закрыл кран.

— Мне хотелось вымыть руки, — сказал он Аннет, вернувшись в прохладный и просторный зал, и она мило ему улыбнулась.

Приготовленное ею питье было ликерно-сладким, а он терпеть не мог приторный алкоголь, но тем не менее глотнул и сделал лицо тоже по возможности сладким.

...Итак, телефоны не работают. Нигде. Почему? Чтобы никто не потревожил влюбленных в их уютном гнездышке или зачем-то еще?..

И кто их выключал? И когда? Сам Анатоль два или три дня назад? Или прекрасная Аннет сегодня лазила по всем углам, старательно выдергивая из розеток шнуры?..

— Значит, Рио! — громким голосом с ликерным послевкусием провозгласил Алекс. — А Париж вы любите?

— Честно? — Аннет засмеялась.

— Хотелось бы.

— Он мне надоел.

— Вот как.

Она пожала плечами, как будто извиняясь:

— Я знаю, вы живете в Париже, да? Вам не надоедает? Та-а-акие толпы, и та-а-ак много русских! А я от них устаю, да и проходу мне не дают.

— Поклонники? — не удержался Алекс.

— Ну да. — Она не заметила никакой иронии. — Все говорят — там магазины! А вот я не люблю парижские магазины. В Нью-Йорке гора-а-аздо, гора-аздо интереснее магазины! И вообще как-то веселее. У моей подруги пентхаус на Манхэттене, и там такие виды! Конечно, не как в Рио, но все же! Вы согласны?

— Согласен. Виды.

— Ну вот!.. Я люблю там валяться на диванах, смотреть на Гудзон и пить шампанское!

Где-то зазвонил телефон, и Аннет зачем-то сообщила:

— Это мой!

Было совершенно очевидно, что это ее телефон, во-первых, потому что все остальные выключены, а во-вторых, потому что он разразился песней «What The Fuck», которая в точности соответствовала Аннет, пентхаусам, гамакам и Рио-де-Жанейро.

...Интересно, сколько ей лет? Она ведь не так чтобы оглушительно молода! Должно быть, под сорок, никак не меньше.

А если Анатоль Кулагин — это просто «последний шанс»? Бывает «последний шанс» у подобного рода женщин или не бывает?

Алекс вдруг понял, что о жизни на обратной стороне Луны он не знает ничего. То есть вообще ничего, и даже с трудом ее себе представляет.

Как они живут? На что? И чем?

Что едят на завтрак? О чем думают в три часа ночи под аккомпанемент бессонницы, а она довольно подлый аккомпаниатор, сыграть может все, что угодно, и не денешься никуда, приходится вслушиваться в то, что играют, подтягивать, вспоминать, страдать, болеть!

И они тоже болеют и страдают? Думают о смерти? Пытаются понять смысл жизни?

Вот эта женщины тоже пытается? И олигарх... как его там... Сосницкий в Лондоне?

И Анатоль тоже пытался?.. Тоже искал и не находил ответов?

Но вот что ужасно: ему-то приходится держать ответ уже сегодня, сейчас, отвечать за то, что сделано и надумано, и он отвечает?!

Вот прямо сейчас!

Алекс вдруг так взмок, что майка моментально прилипла к груди, и пришлось оттянуть ее немного, чтобы вздохнуть.

Неужели я настоящий и действительно смерть придет?..

— Петечка, нет, — умоляюще говорила в отдалении Аннет. — Пока еще нет. Не приехал. Ну, я звонила, но у него телефон не отвечает. Нет, звонок идет, а трубку он не берет. Я не знаю!.. Петечка, ну что ты сердишься на меня?! Да все будет в порядке, говорю тебе! Ну, тогда не получилось, сегодня получится! Да он, наверное, позабыл его где-нибудь!.. Ой, ну все, все!.. Водитель здесь. Я сделаю все, как ты велел! Ну, все будет океюшки! Ну, бай, бай.

— Петечка? — шутливо спросил Алекс, когда она перешла к барной стойке и стала наливать себе еще. Он облокотился о прохладный камень стойки и поболтал в своем стакане лед. — Вы, оказывается, ветреная девушка, Аннет!

Она взглянула на него сияющими глазами. После разговора настроение у нее вдруг улучшилось, как будто она сделала трудное дело.

— Нет, нет, я совсем не ветреная! Я очень постоянная, правда. Петечка — мой старый друг. Он просто обо мне беспокоится.

Так беспокоится, подумал Алекс, что звонит и проверяет, где ты и приехал ли уже к тебе твой любовник?! И спрашивает, звонила ли ты ему?! А ты оправдываешься и как будто юлишь немного?..

Он спросил наугад:

— Это Петечка познакомил вас с Анатолем?

Она так удивилась, что пролила немного из стакана.

— Откуда вы знаете?.. Да. — Она отпила глоток и сказала, как будто удивляясь себе: — Нет, но Анатоль же очень интересный человек! Необыкновенный, правда?..

Алекс внимательно смотрел на нее.

— А что такое? Ну, на самом деле интересный! И пишет так... умно! Вот на прошлой неделе я читала его колонку, и там написано, что скоро прилетят инопланетяне и из всех нас сделают зомби. И мы будем послушными рабами без своей воли. Мне понравилось. Он сказал, что это аллегория.

— Возможно.

— Он путешествовать любит и очень много знает про Прованс или про Тоскану. И всегда рассказывает. А еще ему однажды подарили пистолет, потому что один из его однокурсников сейчас генерал ФСБ, а Анатоль сказал, что это символично, ведь у каждого писателя на стене должен висеть пистолет.

— Ружье, — поправил Алекс. — Оно должно выстрелить в третьем акте. И не у писателя... а впрочем, неважно.

— Вот-вот! — обрадовалась Аннет. — Именно так он и сказал! Ему вообще все время что-то дарят! Вадим гамак подарил, тот фээсбэшник пистолет, а еще такую красивую палку с головой мертвого бульдога! Она из какого-то необыкновенного дерева и вся серебром так красиво... покрыта.

— Инкрустирована, — подсказал Алекс.
— Ну да! И мне с ним очень, очень интересно!..
— Я верю, верю.
— И он сказал, когда мы поженимся, то будем вместе вести программу на радио! Он считает, что у меня божественный голос. Просто божественный!..
— Вы вообще божественная.
— Я, правда, на радио не хочу, там же не видно ничего, только слышно! Хотя сейчас все радиостанции в Сети размещают видео, но это все не то, не то!.. Мне хочется на телевидение, это гораздо, гораздо интереснее! И Анатоль сказал, что поговорит с генеральным продюсером Первого канала, и он мне устроит свою передачу. Когда мы поженимся, конечно.
— И когда это будет?
— Ну-у-у, — она долила себе еще и сделала большой глоток, — я точно не знаю. А что? Наверное, скоро. Нет, нет, о-о-очень скоро! Петечка говорит, что все это можно сделать моментально. Петечка мой друг, ну, я вам рассказывала.

Алекс кивнул.

— Анатолий Петрович уже сделал вам предложение?
— Боже мой, ну, конечно! — Теперь она говорила очень быстро, и глаза у нее блестели. — Он мне сделал предложение сразу же. Он сказал, что я его мечта, его муза! И цари будут кидать к моим ногам свои царства. Правда, красиво?

— Очень.

— И вообще мы с Анатолем на той неделе улетаем в Нью-Йорк. Я его уговорила! Он мне обещал. Мы возьмем открытую машину, ну, такую, как из кино... Господи, как же она... Еще лошади такие есть.

— «Мустанг», — подсказал Алекс, который не разбирался в машинах, зато разбирался в кино.

— Точно! И поедем по побережью до самого Лос-Анджелеса! И у меня будет такая красивая шляпа! А там, знаете, можно очень быстро пожениться. За пять минут.

— Где... пожениться?

— В Лос-Анджелесе, конечно!

— Это вам Петечка сказал?

— Ну да! А что тут такого? Даже романтично! А настоящая свадьба потом! И вообще Анатоль гражданин мира, — выговорила она с гордостью. — И очень интересный человек.

— Он сделал вам предложение прямо в Рио-де-Жанейро?

— Да нет, в Москве, конечно! В Рио мы только познакомились! Но я все равно не стану здесь жить, в этом свинюшнике! — Она фыркнула. — Тут одна приличная комната и есть — вот эта. — И Аннет стаканом обвела вокруг. — А все остальные вы видели? Нет, вы видели?! Он сказал, что это дедушкин дом и тра-ла-ла, а какое мне дело до дедушки? Мало ли!.. Нет, мы будем жить на Николиной Горе. Там продается пара участков, я уже посмотрела. Дороговато, конечно, но какое это имеет значение!

— Разумеется, никакого.

— Господи, ведь живем один раз, правда?..
— Правда.
— И еще мы будем часто-часто летать в Рио! На океан! Там же дворцы настоящие! И мы будем в них жить!
— Дворцы в Рио — это недешево, должно быть.
— Ах, какая разница! Там на все хватит.

Алекс поставил стакан на стойку. Лед в нем почти растаял.

— Где там? — уточнил он осторожно. — В Рио?
— Ну да! — весело согласилась Аннет. — Конечно.

И тут с улицы закричали:

— Настя! Настя, выходи!

Аннет изменилась в лице, вскрикнула и перебежала за стойку, как будто спряталась. И даже присела. И даже побледнела, наведенные брови стали еще темнее.

— Какая Настя? — пробормотали перламутровые губы. — Нет здесь никакой Насти!

— Настя!! — проорали с улицы.
— Я скажу, что Насти нет, — сказал Алекс.

Ему показалось, что Аннет его даже не услышала.

Он быстро пошел в сторону распахнутых дверей, из которых несло ровным теплом, миновал террасу и оказался на широком, как палуба теплохода, крыльце.

Он ничего не успел увидеть.

Как будто взрыв ударил перед глазами, распоротый воздух хлестнул по лицу. Он не почувствовал никакой боли, только удивление от того, что больше не может жить. Просто нечем стало дышать.

Он еще успел подумать: до третьего акта мы не дотянули.

И совсем напоследок: неужели я настоящий и действительно смерть придет?..

ЧЕТЫРЕ ГОДА НАЗАД

— Вот так-то, — сказала писательница Поливанова и подперла рукой румяную кустодиевскую щеку.

Анна Иосифовна, генеральный директор издательства «Алфавит», говаривала, что Манины щеки «как наливные яблочки», всерьез думая, что это комплимент.

Маня ненавидела и комплимент, и свои щеки.

Екатерина Митрофанова посмотрела на нее с огорчением, а потом перевела взгляд на свои манжеты. Что-то показалось ей несовершенным, и она выровняла их, вытащив равное количество белоснежной ткани из-под коричневой шерсти ефрейторского жакета. Вот так правильно и красиво, словно по линеечке отмерено.

— Кать, ты понимаешь, он со мной... дружит! Он все время говорит, что я очень хороший друг и что бы он без меня делал! Но это какая-то чепуха!

Митрофанова помолчала, вздохнула:

— Ну... почему чепуха? Может, и не чепуха. Рано или поздно, наверное, все изменится...

— Кать, ну что ты говоришь? Вот ты сама слышишь, что говоришь?! Что изменится?! Как изменится? Он неожиданно поймет, что я девушка его мечты, что ли?!

Н-да. Пожалуй, не поймет. Раз до сих пор не понял.

Впрочем, еще ни одна особь мужского пола так и не поняла, что Поливанова или Митрофанова девушки мечты, хотя обеим уже почти по тридцать.

Митрофановой нравился Вадим Веселовский, недавно пришедший на работу в издательство, но он еще пока только осматривался, приглядывался и никаких решительных шагов, по крайней мере, в этом, довольно зыбком, направлении не предпринимал. В том, что он ей нравится, Митрофанова никому не признавалась, ибо была скрытной, в отличие от Поливановой, которую в издательстве за глаза называли «душа Тряпичкин»: она то и дело с кем-нибудь «делилась переживаниями».

В последнее время переживаний прибавилось.

Митрофанова всегда подозревала, что писательница Поливанова потому и мчится к ней со своими «переживаниями», что непривычна к одиночеству. Вернее, никак не может себя приучить.

Катя не знала поливановскую семью, родителей не застала, но подозревала, что все были дружны и счастливы друг с другом, и Маня чувствовала себя защищенной и благополучной, как за крепостной стеной.

Девочка из хорошей семьи, вот как это называется.

Должно быть, были и кавалеры, и страдания, и безответная любовь, а может, и не было ничего такого, зато всегда мама и папа находились рядом, только дверь открыть в соседнюю комнату!.. Еще и бабушка была, которую Маня обожала и с которой секретничала, и поэтому всяческие мелкие катастрофы, вроде очередного кавалера, внезапно ее бросившего, проносились мимо, как буран за окном. Вроде и стены сотрясаются от непогоды, и домик содрогается под напором северного ветра, и трещат оконные рамы, и в стекла бьет метель, но мы же здесь, внутри!.. Весело трещит огонь в очаге, закипает кофе в медном кофейнике, горит свеча над толстой книгой — вон сколько интересного впереди! Ничего, переживем, держись, девочка!..

В одночасье никого не стало.

Катя никогда не разузнавала подробностей, ей становилось слишком страшно и жалко Маню, но знала, что был самолет из Тбилиси, на котором все и летели. Там, в Тбилиси, праздновали юбилей старинного друга семьи, который работал когда-то с дедом, бабушку обожал, Манину маму крошкой качал, как водится, на колене, а потом и Маню качал и привозил из Грузии какие-то невиданные гранаты, помидоры и яблоки.

Самолет упал сразу после взлета.

Никого не стало.

Мария Поливанова начала писать романы и превратилась в Марину Покровскую, но к одиночеству не привыкла. Должно быть, так и не поняла, что оно теперь будет всегда.

Крепостные стены рухнули, огонь в очаге потух, оставив только кучку остывшей серой золы. Укрыться от непогоды стало негде.

Нужно спасаться: строить на ветру шалаш, и хотя в нем будет холодно и неуютно, все же лучше, чем на улице, или копать землянку, и хотя в ней будет темно и сыро, все же есть надежда, что не замерзнешь, а Маня ничего этого делать не умела.

Ей все мерещилось: еще чуть-чуть, и появится человек, которому она станет так же важна и нужна, как была важна тем, ушедшим, и он будет слушать ее, жалеть, прощать, варить кофе в медном кофейнике в непогоду!.. Вместе они восстановят крепостные стены, укроются за ними, и он будет говорить ей: «Собака моя, собака!»

Так говорят только самым близким, самым любимым, самым... главным. Которым уж точно нельзя сказать «лапуля», или «зайка», или «олененок», от которых нельзя отделаться пошлым и привычным сюсюканьем. Самые близкие точно знают разницу между «солнышком» и... «собакой»!

Маня не догадывалась или не хотела догадываться, что человек, который станет говорить: «Собака!» — это почти несбыточно.

Так не бывает или бывает очень редко. Один шанс на миллион.

Нет, возможно, найдется некто, вполне заинтересованный в прадедушкиных просторах на Покровке, в Маниных гонорарах и положении, но ведь это все... не то. Какая там «собака» и крепостные стены!..

Артем Гудков, взятый на работу в пресс-службу, неожиданно показался ей своим.

«Наш человек», так когда-то говорил ее отец о своих аспирантах, и это была высшая похвала.

И все вроде стало получаться, и Маня сгоряча написала подряд два романа — и неплохих романа, Анна Иосифовна хвалила, и Митрофанова хвалила!

И еще Маня сделала новую стрижку, про которую Вадим Веселовский с восхищением сказал: «Голливуд!» И даже записалась в спортзал, чтоб стать наконец фотомоделью и прелестью.

Была весна, и жизнь была прекрасна, и Маня писала третий роман и даже стыдливо строила планы, как они с Артемом слетают в Париж или в Рим и как там все будет именно этой весной. Ну... когда все состоится.

Она не то чтобы искренне верила, она точно знала, что все состоится!..

В один прекрасный день они договорились встретиться, он пригласил ее в кафе. Они уже ходили в кафе и разговаривали, разговаривали, все никак не могли наговориться. Артем получил недавно какую-то серьезную журналистскую премию, и Маня им очень гордилась, а он собой не очень и все время объяснял ей, почему.

Она собиралась в кафе, вымыла голову и уложила свежепостриженные волосы, и надушилась не только там, где можно, но и там, где нельзя, — а вдруг?.. Вдруг именно сегодня?..

Собака моя, собака.

Тут он позвонил, минут двадцать ей оставалось до выхода из дому, и сказал, что «у них никогда и ничего не будет». Лучше им сегодня не встречаться.

Маня, натягивавшая джинсы, села на пол, почти упала.

И спросила: почему?

Артем сказал, что просто ничего не выйдет. Он любит другого человека. Уже давно. И Маню он вовсе не хочет. Он собирался просто и честно с ней дружить, а получается какая-то ерунда. Получается вроде любовь, а никакой любви быть не может, потому что он любит другую.

Уже давно.

И Маня не справилась. Митрофанова сразу стала подозревать, что она не справится, и не ошиблась.

Маня поняла, что полюбить ее Артем не может — да и правда, как ее любить-то? За что? — зато согласен с ней дружить, и Маня стала с ним дружить, честно!..

Она приезжала в издательство, заходила к Артему, и они вместе шли в «Чили», так называлась устроенная Анной Иосифовной зона отдыха на первом этаже «Алфавита». Никто не знал, почему громадное, но очень уютное помещение с диванами, низкими столиками, глухими коврами и настоящим турецким кофе, который варил настоящий турок, называется так странно. Маня думала, это от модного словечка «chill-out», от которого просто отвалилось окончание.

И даже поделилась своим соображением с Артемом. Он подумал и согласился. Они пили кофе и все разговаривали, разговаривали. Артем рассказывал ей о своей трудной жизни, а она его выслушивала и давала советы.

У него все время случались трудности, и Манины советы требовались то и дело.

Еще они ходили в рестораны. Маня его приглашала, и он всегда с удовольствием соглашался. И в кино, когда случались громкие и красивые премьеры, например, у знаменитого режиссера Джаника

Файзиева, с которым Маня дружила. И на выставку Караваджо. Ее привезли в Москву всего на несколько дней, и билетов было не достать, а Мане прислали.

Она подсовывала Артема в качестве «эксперта» знакомым телевизионным редакторам «по гостям». Те недоумевали немного, но все же приглашали его на съемки — ради Мани они были готовы даже на такое!..

Потом ему понадобились деньги. Маня дала и денег — взаймы, разумеется.

— Он никогда не отдаст! — негодовала приземленная Митрофанова. — Это очень сложно — отдавать долги, ты что, не понимаешь?!

— Ну, не отдаст, и бог с ним.

— Как бог с ним?! Ты что, деньги на улице находишь? Или тебе их кто-нибудь по утрам под подушку кладет?! Ты же зарабатываешь сама, одна!

— Ну, ему не обойтись, и он на меня надеется.

— Какая тебе разница, на кого он надеется?! Ведь он даже с тобой не спит! Он тебе сразу объявил, что спать с тобой не собирается! Он же любит какую-то там другую! И получается, что ты платишь вообще непонятно за что! За что, Манечка?!

Время от времени Маня «прозревала», вот как сегодня, когда печалилась перед Митрофановой, и всерьез собиралась его бросить раз и навсегда, а потом обмякала, раскисала, говорила себе, что «лучше уж так, чем никак».

Ну, хорошо. Ну, допустим, у нее «неправильная» любовь. Не такая, как у всех. Но кто сказал, что любовь должна быть правильной?! Любовь же может быть любой! Даже совсем-совсем неправильной.

И только иногда, пригорюнившись, она горестно думала, что Артем никогда не скажет ей: «Как хорошо, что ты у меня есть! Вот просто есть, и все тут!»

Так говорят только самым близким, самым любимым, самым нужным, да и то если очень повезет. Когда «дружба», так не говорят.

Все это было нехорошо, странно, глупо, но как будто мало этой странности и глупости, Артем еще очень плохо ладил с окружающим миром. Все ему нужен был разлад, и он всерьез верил, что только в состоянии неудобства и можно писать тексты. В состоянии «разлада», который случался то и дело, он переставал звонить и отвечать на Манины призывы. Маня олицетворяла мир «правильный», упорядоченный, устойчивый, а он, мятежник, был против всякой устойчивости! Во время штиля невозможно определить, насколько жизнеспособен корабль.

Штиль был ему скучен.

Найдя работу, он немедленно начинал делать все, чтобы потерять ее, да еще не просто потерять, а перессорившись со всеми, и ему это удавалось. Найдя единомышленников, он сразу отыскивал изъяны в их позиции и в них самих, виртуозно убеждал, что никакие они не единомышленники, а почти враги, и они расставались навсегда и именно врагами. Написав что-нибудь стоящее, он объявлял, что все это никуда не годится, очень плохо и нечестно, «даже не от половины души», пока не вынуждал окружающих согласиться — да, никуда не годится. После признания этого факта он оскорблялся и оскорблял тех, кто с ним соглашался.

Писал он, кстати сказать, очень хорошо. Он был блестящий журналист, один из лучших.

Он не умел и не давал себе труда уживаться с людьми, все время считал себя окруженным врагами, завистниками и недоброжелателями.

— Какие завистники?! — вопрошала приземленная Митрофанова, когда Маня ей рассказывала о трудностях жизни Артема Гудкова. — Он кто?! Михаил Прохоров? Лариса Гузеева? Кто ему завидует и почему?!

— Потому что он всегда говорит правду, — таращa глаза, сообщала Маня, лучший, самый верный и преданный друг Артема Гудкова. — Он написал о кино, что там сплошные взятки и откаты! Вот ты, например, знаешь, что ни один ведущий канал, или даже не ведущий, не возьмет актера на роль, если его нет в списках? Составляются специальные списки, и все актеры из них платят редакторам дань за то, что их берут в фильмы! То есть часть гонораров они сразу отдают за то, что их просто взяли на работу!

— Так. Это ужасно. Но ты-то тут при чем?

— Я ни при чем, но Артем про это написал, и ему больше ничего про кино не заказывают.

— Знаешь, Мань, — подумав, ответила Митрофанова, — если б он про издательское дело что-то в этом роде написал, я бы ему тоже больше никогда и ничего не заказала.

И Артем Гудков взял и написал!..

Маня приятельствовала со стареньким Гунаром Дружинским, издававшимся еще при советской власти. Детективы у него получались лихие, закрученные, и майор Бунин, главный герой, страшно нравился Мане, когда она девочкой читала Дружинского. Она была даже влюблена в этого самого майора и жутко разочаровалась, когда вышел фильм и там его играл какой-то пожилой знаменитый артист!.. Маня представляла себе майора молодым, умным, немного грустным — романтический герой всегда должен быть грустноват!

Грустноват и опечален. Опечален и раздавлен несправедливостью жизни. Раздавлен, но не сломлен.

Вот как Артем Гудков.

Гунара Дружинского после многих лет забвенья отыскала Анна Иосифовна, стала издавать, и он вдруг «пошел»! Это было почти невероятно — кто в новой стране станет читать про старую, да еще ненастоящую, идеальную, придуманную, где милиционеры храбры и честны, преступники подлы и жалки, а окружающий мир справедлив и надежно устроен: власть закона непреложна, наказание неотвратимо, добродетель вознаграждена?!

Это было почти невероятно, но... да, да, его стали читать, и хорошо читать, и вдруг вспомнили, что Гунар Оттович Дружинский был когда-то офицером МВД, и начали его приглашать на телевидение и брать интервью, и старик совершенно воспрял духом. Он написал еще несколько книг, которые были как бы продолжением старых, и в этом, по всей видимости, и крылся залог успеха — он писал о том, что хорошо знал, не врал, не придумывал идиотских придумок и не выдавал себя за знатока «новой» жизни и «нового» мира.

Маня познакомилась с ним в «Алфавите», немедленно полюбила — она вообще любила стариков и старух, — и они стали дружить. Время от времени она приезжала в гости к нему на Пироговку, где в большой неухоженной квартире он одиночествовал после смерти жена, иногда он гостил у Мани, и всегда к его приезду она добывала маковый рулет, до которого Гунар Оттович был большой охотник.

Они пили чай, обязательно пропускали по стопке коньяку, рассуждали о литературе — той, «большой советской», на которой, как на одном непотопляемом ките, покоилась и официальная идеология, и диссидентская, андеграундная, вот ведь странность! Как такое возможно? Вроде бы и Аксенов с Довлатовым — советская литература, и Федор Абрамов с Анатолием Ивановым тоже! А Эренбург, Катаев?

И те, и другие писатели, и то, и другое литература! Что вы на это скажете, а?!

Гунар рассказывал Мане о своей службе в МВД, о министре Щелокове, между прочим, с большим уважением, о «громких делах» прошлого, в которых он или принимал участие или знал их в подробностях «от своих». Маня слушала, кивала, поддакивала и во всем соглашалась, даже когда была решительно не согласна, чтобы не обидеть старика.

Она и познакомила его с Артемом.

Это было большой ошибкой, потому что Артем начал с того, что заклеймил и советскую власть, и советскую литературу, и министра Щелокова, и Аксенова с Абрамовым.

Гунар поначалу слушал с интересом, все же он был «старой закалки» и умел держать удар, а потом потерялся, скис и только время от времени растерянно поглядывал на Маню — что это, мол, такое?.. Я думал, ты порядочная, понимающая, а ты невесть с кем на короткой ноге? Скажи мне, кто твой друг, и я скажу, кто ты!

В тот раз старик уехал расстроенный, и маковый рулет не спас положения, и Маня потом еще несколько раз звонила ему, оправдывалась, убеждала, что просто у Артема «такие взгляды», ничего особенного, к ним, Мане и Гунару, его взгляды не имеют никакого отношения.

Старик простил, конечно. Больше Маня их не сводила и страшно удивилась, когда выяснилось, что Артем пишет большую литературоведческую статью о творчестве писателя Гунара Дружинского! В пресс-службе «Алфавита», где Артем работал, никто не возражал, и Анна Иосифовна была довольна — Гудков блестящий журналист, и заполучить его статью, где главным героем является автор издательства, она считала большой удачей!

Артем подолгу разговаривал с Маней о Гунаре и о литературе вообще, и Маня радостно рассказывала ему, что знала. Еще бы!.. Старик был ее другом, и ей очень хотелось, что Артем написал о нем хорошо.

Артем написал... хорошо.

Статья называлась «Медведь на воеводстве. Как полковники пишут книги» и повествовала о том, что весь нынешний псевдолитературный мусор, все помои и косноязычная гадость как раз и получились оттого, что когда-то, в семидесятых годах прошлого века, такие, как Гунар Дружинский, были допущены в литературу со своими поделками, ловко замаскированными под детективы. Точнее сказать, и не со своими даже!.. Все эти майоры Бунины и Пронины, все сыщики Гуровы просто украдены авторами у настоящих детективных писателей, разумеется, иностранных, вроде Сименона и Стаута. Если бы тогда, сорок или пятьдесят лет назад, загнивающая советская идеология не сделала роковой ошибки и не разрешила бы печатать эти так называемые книги, сегодняшняя литературная вакханалия была бы не такой разрушительной для умов и сердец читателей. Если бы Гунар Дружинский и ему подобные не кропали бы своих майоров, плоских, мятых, картонных, возможно, нынешние так называемые писатели поостереглись бы вообще браться за перо или клавиатуру компьютера.

Почему-то Артем утверждал, что именно Гунар Дружинский убедил всех полуграмотных бездарей, что они... талантливы!.. И теперь от них нет спасенья. Хорошую, стоящую, умную книгу, как жемчужину, не раскопать в той огромной куче навоза, которая навалена на полках во всех книжных магазинах! Страна оказалась не готова к валу маргинальной помойной литературы, основоположником которой и стали все эти бывшие полковники, спортсмены и сидельцы, остервенело пишущие нынче книги. Не было бы Гунара, не настал бы конец света в русской литературе, как-то так.

И еще.

Гунар Дружинский был «старой закалки» и писал всегда сам, но все же «закалка» иногда подводила, должно быть, потому что была очень старой.

Он часто болел, и тогда Анна Иосифовна отряжала ему в помощники редакторшу Надежду Кузьминичну, с которой Гунар отлично ладил. Надежда Кузьминична приезжала на Пироговку, располагалась основательно: с кофейком, захваченным из дому в стеклянной баночке из-под детского питания — Гунару кофе был категорически запрещен, и все об этом знали, — с ручками, бумагами и диктофоном. Гунар рассказывал, диктофон записывал, Надежда Кузьминична делала пометки. На следующий день она являлась с «расшифровкой», распечатанным текстом из диктофона, Гунар вооружался диковинными очками с огромными, выпуклыми линзами, в которых он был похож на старую-престарую сову, читал, и все продолжалось — кофеек из банки, диктофон, пометки на листочках и одобрительные восклицания Надежды Кузьминичны.

Впрочем, она не всегда его одобряла, бывало, они страшно ругались!.. Однажды поругались из-за ордена Святого Апостола Андрея Первозванного, которым Гунар наградил кого-то из героев, а Надежда Кузьминична уперлась — ни за что. Она все выяснила про этот орден, и оказалось, что, во-первых, им награждают только государственных чиновников, он и задумывался как награда для государственных мужей, а во-вторых, восстановлен был только в новейшей истории, в девяносто восьмом году, а у Гунара в книге действие происходит в восемьдесят втором!..

То ли старика подвела память, то ли в этот день сердце было не на месте и все болячки, словно сговорившись, отравляли ему жизнь, но он внезапно и резко раздражился, закричал фальцетом, что эдак невозможно жить и Надежда Кузьминична невыносимая женщина, и практически вытолкал ее вон.

Редакторша вернулась в «Алфавит» в слезах, долго утирала у себя в кабинете покрасневший нос и говорила «девушкам», что никогда, никогда больше не будет работать с этим ужасным человеком, и слова ему не скажет, и порога его квартиры не переступит, а диктофон выбросит в мусорную корзину!.. Она бы еще долго жалела себя и ругала Гунара, но тут дверь в отдел приоткрылась тихонько, и на пороге появился «ужасный человек», всем своим видом выражая раскаяние и сомнение в том, что его примут. Старик притащил для пострадавшей редакторши наспех купленный букетик и, поминутно называя ее «голубчик мой», стал извиняться за несдержанность, а Надежда Кузьминична замахала на него руками, закричала, зачем он вышел, ему же нельзя, постельный режим прописан строжайший, и заплакала пуще прежнего — от умиления. «Девушки» усадили Гунара в кресло, накапали валокордину, и на следующий день Надежда Кузьминична уже уютно располагалась на Пироговке с кофейком в банке, папками и уцелевшим диктофоном.

Когда старик чувствовал себя хорошо, Надежда Кузьминична не призывалась, он обходился своими силами.

Мане Поливановой и в голову не приходило, что из пустячного факта — совместной работы автора и редактора — может выйти что-то нехорошее, позорное. Наоборот, рассказывая об этом Артему, она очень гордилась Анной Иосифовной, придумавшей, как можно облегчить старику жизнь, и вообще своим издательством, где на самом деле любят книги и людей, которые их пишут.

Тем не менее позорное и нехорошее случилось. Артем поведал миру, что ни один из своих знаменитых детективов так называемый писатель Дружинский не написал самостоятельно. Все делают за него. Как там было раньше, он, Артем, не знает, а сейчас именно так. Гунар Дружинский, полковник в отставке, вовсе никакой не автор!.. Автор некая безымянная редакторша из издательства, а фамилия на обложке указана просто так, для красоты и убедительности.

Артем Гудков не был подлецом или негодяем. Он искренне верил в то, о чем пишет, может быть, поэтому текст у него получился убедительный, умный, с горчинкой — оказывается, русскую литературу сгубили не просто детективы, а конкретный писатель Дружинский, и с перчинкой — выяснилось, что и писателем-то его не назовешь, так, ловкий делец.

Прежде чем отдать статью в журнал «День сегодняшний», где у него были большие связи, Артем показал ее Мане. Именно потому, что не был подлецом или негодяем и вины за собой никакой не чувствовал.

Он пишет правду. Он так понимает положение дел.

Маня точно так же, как и в тот раз, когда он объявил ей о том, что «любит другую», стала хватать ртом воздух, выбралась из кресла, побежала, почти упала, уронила дзинькнувшие пронзительно очки. Руки у нее стали ледяные, а сердце как-то по-чужому и отдельно от нее сильно и больно колотилось. Натягивая джинсы, прыгая на одной ноге и прижимая трубку плечом к уху, она позвонила Митрофановой и Анне Иосифовне. Потом распечатала текст, не догадавшись отправить его по электронной почте, и, держа на отлете, боясь взглянуть и дочитать до конца, кинулась в машину.

Потом она никогда не могла вспомнить, как проехала такое расстояние — без очков она слепла, дальше собственного носа ничего не видела!..

Анна Иосифовна сделала все, чтобы статья не вышла. Нигде и никогда. Владимир Береговой нашел в редакции еженедельника «День сегодняшний» своего друга Дениса Столетова, и тот как-то устроил разговор главного редактора с генеральной директрисой «Алфавита».

Статья не вышла.

Артема попросили на работу больше не приходить.

Артем пожал плечами — в первый раз, что ли! — и выложил статью в Интернет, снабдив комментариями о том, что свободы слова больше нет и никогда не будет, о «литературных полковниках, генералах и вообще бонзах», и вот как трудно живется честному журналисту!

Анна Иосифовна предполагала, что такое может случиться, и Береговой потом долго и старательно «запутывал следы», отслеживая текст в Сети и удаляя отовсюду, откуда его только можно было удалить.

Но Гунар Оттович все равно узнал, конечно.

Мир не без добрых людей, и распечатку из Интернета ему подсунули то ли соседи, то ли девчонка-студентка, приходившая к нему по пятницам убирать квартиру, то ли еще кто-то.

Он прочитал и той же ночью умер от обширного инфаркта.

СЕГОДНЯ

— И, главное, понимаете, я даже у него прощения не попросила! Я бы попросила, если бы мне хоть на секундочку в голову пришло, что все может так закончиться!

Капитан Мишаков покосился на писательницу.

Из-под темных очков по пунцовой горящей щеке покатилась слеза, сверкнув в солнечном свете, как маленький бриллиант, и шлепнулась на голубую джинсовую ткань. Маня сердито потерла мокрый след, а потом щеку. И всхлипнула.

— Не плачьте, — сказал Мишаков грубо. — Что вы, ей-богу! Сколько лет прошло.

— Да сколько бы ни прошло!

— Вы ни в чем не виноваты.

— Ну, конечно. Поройтесь в «бардачке», там есть салфеточки в пакетике.

Капитан сунул ей салфетку, и она вытерла глаза под очками.

— Он ведь так ничего и не понял, Артем, — добавила она, помолчав. — Я уверена. Должно быть, очень гордился своей честностью, с-с-скотина!.. И до сих пор гордится.

— Вы с ним больше не виделись?

Она помотала головой, а Мишаков немного подумал.

— Выходит, Гудков знает, где вы живете!

— Ну, конечно, знает. Я же вам только что рассказала!.. Он бывал у меня.

— А почему он тогда удивился, когда вчера вас увидел? Ну, вы говорили! Он пришел в вашу квартиру, стал звать эту... как сс... супругу пострадавшего. — Мишакову очень хотелось достать из дерматиновой папки блокнот и посмотреть записи, но папка валялась на заднем сиденье, и лезть за ней он почему-то постеснялся.

— Таис, — подсказала Маня. — Только он звал ее так, как зовут на самом деле, Настей.

— Тогда, получается, он знал, что идет к вам, правильно?

Маня пожала плечами:

— Правильно, наверное, но мне показалось, что он... не в себе. Ему было совершенно все равно, куда он идет, понимаете? Ну, мне так показалось! Ему нужна была Таис, и он очень нервничал.

Капитан еще немного подумал.

— А вы?

— Что?

— Вы знаете, где он живет?

— Знаю. То есть где раньше жил, а сейчас, может, переехал, кто его...

— Так что ж вы мне голову морочите?! — взревел капитан неожиданно, и Манина машина вильнула. — За руль держитесь лучше! На дорогу смотрите! И не врите! Вы все время врете! Знаете, что врете, и все равно!.. Почему вы не сказали, где живет Гудков?!

— А вы не спрашивали!

— Я спрашивал!

— Вы телефон просили! — тоже заорала Маня, которая терпеть не могла криков и воплей. — Телефона я не знаю, они у него вечно менялись, номера! А где живет, вы не спрашивали!

Действительно, пронеслось в голове у капитана. Адресом я не интересовался.

— Все равно вы должны были сказать!

— Что сказать-то? Я вам еще могу сообщить, где моя тетя живет! Вам это надо?!

— А вы поаккуратней со мной, дамочка! Я вам не писатель-прозаик и не журналист зачуханный! Я из убойного отдела, между прочим! И мне больше делать нечего, только за такими, как вы, дерьмо всякое подчищать!..

— Это за какими же за такими?!

— За чистоплюями богатыми, которым наплевать, что у них за дверью происходит! Мужика у вас на пороге убили, а вы ни ухом ни рылом, а считается, что он ваш друг!.. Морочите мне голову весь день!

— Я морочу вам голову?!

— А кто еще? — гаркнул совершенно озверевший капитан. — Гудков знал, что шел к вам. Вы знали, где Гудков живет. Что еще вам известно? Кто убил, может, знаете?!

— Нет, — вдруг спокойно ответила писательница Поливанова, как будто ей в одну секунду до смерти надоел капитан. — Но если я хоть что-то понимаю, Алекс к вечеру это выяснит.

— Что-о-о?!

Она взглянула на него. Глаз из-за темных очков было совсем не видно, но ему вдруг стало стыдно за то, что он орал и возмущался на пустом месте, как склочная баба, и кровь бросилась в лицо, и залила его, и подступила к ушам, и зашумела в них. Мишков стиснул кулак.

— Что такое?

— Ничего, — хладнокровно сказала Поливанова. — Просто Алекс ни за что не оставит это дело...

незавершенным. Понимаете? Именно потому, что убили почти у нас на глазах. Он теперь будет считать, что это его вопрос. Я не могу объяснить, но мне это очень понятно.

— Это вопрос правоохранительных органов.

— Вы правы. Но и его тоже. Потому что это его территория. Он очень чувствует такие вещи. Никто не смеет безнаказанно вторгаться на его территорию, а тем более на ней убивать!

— Если этот ваш Алекс, черт его побери, полезет на мою территорию, я закатаю его в СИЗО. Без разговоров. Это ясно?

Маня кивнула.

— Начитались детективов, мать вашу!.. К вечеру он все выяснит!.. — передразнил капитан. — Вон пусть книжки свои кропает, а убийствами здесь занимаюсь я! Это вам не детектив! Если он мне кого-нибудь спугнет или что-то в этом роде, я его точно в СИЗО!..

— Слушайте, Сергей, — вдруг без всякого перехода деловито начала Поливанова, — вот объясните мне. У вас есть вопрос, на который в первую очередь нужно найти ответ? Ну, самый важный вопрос? Везде написано, что самое главное: кому выгодно?! Так на самом деле? То есть прежде всего вы спрашиваете себя — кому может быть выгодно убийство? Так? Или нет?

Мишаков перевел дух и моргнул.

Странная дамочка, ох, странная!.. Хлопот не оберешься, особенно если ее кавалер кудрявый еще и собственное расследование затеет! Тогда уж точно концов не найдешь. А капитану хотелось бы найти.

Не только потому, что «глухарь» в отделе никому не из мечты, но и потому, что его сильно задело, когда она сказала, будто к вечеру Алекс будет все знать.

Какой, к свиньям, Алекс?! Сергей Мишаков к вечеру должен все выяснить! Он профессионал, это его работа, дело его жизни, что бы там ни думала о нем эта высоченная дура!

...Ну, не любит он высоких женщин! Терпеть не может! Женщина должна быть маленькая, похожая на песочные часы, губки бантиком, глазки голубые, и еще чтоб локоны! Желательно светленькие.

Он был очень зол на себя, капитан Сергей Петрович Мишаков. Так зол, что гадость внутри начала бурно булькать и плескаться.

...Она на самом деле пытается помочь, и я это вижу и понимаю, и тем не менее веду себя с ней не как профессионал, а как истеричная баба. Злюсь чего-то. Замечания делаю. Ревную к чучмеку с его кудрями и ресницами.

Ревную?.. Ревную?!

— Сереж?

— А!

— Какой вопрос должен быть самый главный? Кому выгодно?

Он разжал кулак и вытер ладонь о штаны.

— Да по-разному! Вообще, если это не бытовуха последняя, тогда самый главный вопрос — зачем? Зачем убили? Чтоб имуществом завладеть, чтоб наследство получить, чтоб квартиру переоформить! Вот когда становится понятно — зачем, тогда более или менее ясно — кто. Дедка одного на прошлой неделе зарезали. Живет один, никого не трогает. Квартира в центре, приватизированная, завещана сыну. Сын в одночасье миллионером стал! А убивается из-за папаши, как ребенок. В больницу с опознания свезли. Выходит, сын убийца? Ему больше всех выгодно!

— И что?
— Да ничего! Ни при чем сын. И сноха ни при чем.
— А кто тогда зарезал?
— Мудаки посторонние, наркоманы. Они в первую попавшуюся квартиру с дурьей башки позвонили, дедок открыл. Они его зарезали, забрали пенсию, четыре тысячи рублей. И еще именные часы. Он на Втором часовом заводе всю жизнь работал, его, когда на пенсию провожали, наградили. С этими часами мы их взяли. И все дела.

Маня помолчала.

— Как же вы живете? Там зарезали, здесь по голове дали, тут отравили! И так каждый день?

Он пожал плечами:

— Как могу, так и живу. И не придумывайте, не каждый день, слава богу.

Маня вздохнула и уставилась в бампер стоящей впереди машины.

Да уж. Ее жизненный опыт не имеет ничего общего с его опытом!.. Какой там Гунар Оттович, умерший почти в девяносто лет от огорчения! Горе и чувство вины до сих пор не дают ей покоя, а он как же, этот капитан? У него бывает чувство вины? И горе от того, что не справился, не нашел придурков, зарезавших старика со Второго часового завода, хотя придурков он как раз и нашел! Или ему наплевать?

На все и на всех наплевать?.. И этот старик, и Толик Кулагин для него просто работа? Сборка часов на конвейере?

— Ну а у вас? — вдруг спросил Мишаков. — У вас какие вопросы главные?

— В каком смысле?

— Ну, на которые вы не знаете, как отвечать! Вы же знаменитость. Вам то и дело небось вопросы задают!

— Задают, — согласилась Маня. — Как вы начали писать и где вы берете сюжеты, вот самые дурацкие. Хуже не придумаешь.

— Я вас не об этом спрашиваю.

Маня улыбнулась.

— Я поняла, поняла!.. — Она подумала немного. — Наверное, у меня самый трудный вопрос такой же, как и у вас, — зачем? Зачем я все это делаю? Зачем пишу?

— И зачем?

— Я без этого не могу. И объяснить не могу! Но если я не пишу, то начинаю болеть, на самом деле, не смейтесь!

— Я и не смеюсь.

— У меня температура поднимается, слабость возникает и всякое такое. А если не получается писать, это еще хуже. Хоть на край света беги. У меня подруга есть, Марина, а у нее домик в деревне, и она меня туда пускает. Вот я в деревню уезжаю и сижу там. Никого не могу ни видеть, ни слышать. Всех ненавижу, особенно себя.

— Ну, это ясно.

Он сказал это так, что она сразу поверила: ему на самом деле ясно, как она ненавидит себя, когда не может писать!

— Иногда мне хочется открутить себе голову, — задумчиво продолжала Маня, — и пожить хоть какое-то время без головы. Я все время придумываю, постоянно, каждую секунду. Я или пишу, или придумываю, или сплю.

— Так с ума сойдешь.

— То-то и оно.

Мишаков вдруг спохватился:

— Слушайте, а куда мы едем?

— Как — куда? Ко мне домой, на Покровку. Вы сказали, ваша машина там осталась...

— А Гудков где живет?

Кажется, она не сразу сообразила, кто такой Гудков.

— Артем? — Она ткнула рукой куда-то в сторону солнца, которое валилось за дома. Длинные пальцы без маникюра почти задели капитана по носу. — Во-он там, на Фадеева. Здесь близко, а что?

— Езжайте на Фадеева.

Мане стало смешно. Он так распоряжается, как будто она шофер!..

— Ну, хорошо. А что мы там будем делать?

— Вы ничего не будете делать, высадите меня и поедете домой.

— А вы?

— А я поговорю с Гудковым.

— Можно мне с вами?

— Нет.

Маня пожала плечами, затормозила на светофоре, смахнула с носа темные очки и нацепила обыкновенные.

Странное дело. Она должна спорить и напрашиваться к Гудкову. Иначе и быть не может! Насколько капитан успел заметить, ее очень интересует то, что не имеет к ней никакого касательства, а то, что имеет, она тщательно скрывает от всех.

Непростая такая... писательница.

— Вы бы позвонили кавалеру, — сказал он, опять начиная раздражаться. — Передали бы от меня привет и пригласили домой к ужину. Не дай бог, он на самом деле расследование затеет!.. Я тогда...

Маня его перебила:

— Знаю, знаю! Вы закатаете его в СИЗО!

— И три шкуры спущу.

— Ну, это вряд ли. Все, мы приехали. Подъезд, по-моему, во-он тот, угловой. Этаж третий. Номера квартиры я не помню.

Мишаков смотрел на нее. Маня деловито отстегнула ремень.

— Я вас провожу, — сообщила она, повернулась и потянула с заднего сиденья свой портфель. — Ну, правда, я не помню, какая квартира, что вы на меня смотрите!.. Я поднимусь и покажу.

Ее грудь под тонкой белой маечкой, когда она наклонилась и стала доставать портфель, оказалась в сантиметре от капитанового плеча, он даже назад подался, чтобы избежать столь ужасной опасности.

Маня ничего не заметила. Она выбралась наружу, потянулась — что ты будешь делать! — и сказала мечтательно, как барышня:

— Хорошо-то как, господи!.. Лето, такая красота... Вы любите лето?

— А?! Да, люблю.

— А еще что любите?

— Соленые огурцы, — буркнул капитан, хотя терпеть их не мог, — под водку.

— Круто, — оценила писательница.

Он должен ее прогнать, сказать, чтоб отправлялась домой, он сам все найдет прекрасно! В первый раз, что ли, искать по незнакомым подъездам чужие квартиры! Но он почему-то тянул, медлил, не прогонял ее.

Ему не хотелось с ней расставаться. И это его очень злило!

Не оглядываясь, Маня Поливанова пошла к подъезду, старательно обходя нарисованные разноцветными мелками на асфальте заячьи и кошачьи морды. Сергей поймал себя на том, что изучает ее ноги — очень длинные, как у манекенщицы из телевизора. И ставила она их как-то так, что круглая попка, обтянутая голубой джинсовой тканью, соблазнительно двигалась, и хотелось то ли шлепнуть ее, то ли ущипнуть по-гусарски.

А, черт побери всех баб на свете!.. И эту тоже!

Но черт ее не побрал.

Она дошла до угла, остановилась и оглянулась. Ремень портфеля упал с плеча, и она его поправила.

— Вы идете?

— Знаете что, — громко начал Сергей, сердясь изо всех сил. Он вдохнул, выдохнул и пошел к ней широкими шагами. — Детективного сериала не будет! Садитесь в машину и уезжайте домой...

Какой-то придурок позади него так резко затормозил, что завизжали колодки. Капитан с неудовольствием оглянулся. Чего тормозить со всей дури на тихой улочке, где и машин-то почти нет, только плотная тень от лип лежит на чахлых московских газонах, а дети мелками рисуют на асфальте всякие картинки?!

Хлопнула дверь, из затормозившей машины выскочила взъерошенная чернявая дамочка в сером деловом костюмчике и истошно завопила на всю округу:

— Маня! Манечка!

Капитан даже вздрогнул.

— Катька! Ты откуда взялась?! Я тебя весь день ищу!

Тут писательница с дамочкой бросились друг другу навстречу, как будто одна три года зимовала на полярной станции, а другая вела раскопки в Сахаре, и все это время они не виделись, разделенные морями, континентами и тысячами миль пути!..

— Манечка, что ты здесь делаешь?!

— Катька, представляешь, у нас в подъезде Кулагина убили! Помнишь его? Ну, ты должна помнить, я вас на «Радио России» когда-то знакомила! Ну, такой пузатый?.. Мы тогда приехали на передачу, а он уезжал! Помнишь?

По дамочкиному лицу было видно, что ничего она не помнит, но на всякий случай она ахнула.

— Он вчера ко мне приходил, а ночью его убили. Прямо у нас в подъезде.

— Маня, это ужасно.

— Ну конечно, ужасно. Это Сергей Мишаков, он занимается расследованием. Сергей, это Катя Митрофанова из нашего издательства.

— Здрасти.

Дамочка оглянулась на него, как ему показалось, с неудовольствием, поспешно кивнула, схватила писательницу за лапку и поволокла от капитана прочь.

Теперь до него долетали только обрывки разговора.

— Маня, мне срочно нужно тебе рассказать!

— Что случилось?

— Ничего, но мне надо. Пойдем, пойдем!..

Дальше было почти совсем не слышно, только то и дело повторялась фамилия Гудков, а Маня что-то гудела про убийство: «В подъезде, представляешь, а он вот только что... нет, ты меня послушай... да послушай же ты меня!»

— Добрый вечер.

Мишаков оглянулся.

У него за плечом стоял высоченный молодой мужик, очень лохматый, и Сергей моментально решил, что он, должно быть, программист. Ну, никем другим он не мог быть, только программистом! Он улыбался капитану так, словно давно мечтал его увидеть, и засовывал в передний карман джинсов ключи от машины.

Должно быть, это он тормозил, Шумахер хренов!..

— Вы с Маней, да? Меня зовут Владимир Береговой, я тоже из издательства, как и Катя.

А у них с этой Катей, как пить дать, роман! С таким блаженством он произнес — Катя.

— Капитан Мишаков, — представился капитан и вдруг ни с того ни с сего решил себя проверить: — Вы программист?

— Откуда вы знаете? Да, я начальник IT-отдела. — Тут он вдруг сообразил, что капитан здесь неспроста. — А что случилось? Почему вы с Маней?

— Да я не с Маней! — с досадой возразил капитан и оглянулся на дамочек. Писательница говорила, размахивала руками, представляла в лицах, а вторая таращила темные глаза. — Я сам по себе.

— Что-то произошло?

— Особенного ничего не произошло, убийство.

Программист и Шумахер хренов ничего, в обморок не упал и глазами не захлопал. Он только перестал улыбаться, и вид у него стал сосредоточенный.

— А... кого убили? И при чем тут Маня?..

— Володя! — закричала чернявая, и Мишаков решил, что с него хватит этого цирка.

Большими шагами он подошел к обеим и приказал убираться отсюда, покуда он не отволок всех в СИЗО.

Поливанова пожала плечами, протопала к подъезду, потянула на себя неровно покрашенную коричневую дверь и скрылась за ней, а вторая схватила программиста за руку и стала что-то быстро говорить. Тот внимательно слушал, выставив ухо, как большая собака, и гладил ее пальцы, державшие его за запястье.

Поливанову Мишаков догнал уже на втором этаже.

Заслышав его топот, она оглянулась, но не остановилась.

— Катька сейчас сказала, что Дэн Столетов видел Артема на лавочке, — чуть задыхаясь, выговорила она, продолжая проворно подниматься. — Ну, Денис, я вам про него тоже рассказывала! Они с Ольгой вышли и увидели Артема. Уже ночь была. Он сидел на скамейке возле моего подъезда.

— Так, — сказал капитан.

— Вам, наверное, лучше самому с ними поговорить. Или с Дэном!

— Наверное, лучше, — согласился капитан.

— Они Артема не любят, — Маня с силой вздохнула. — Терпеть не могут. И Катька, и Береговой.

— И что?

— А Дэн знает, что они Артема терпеть не могут, ну... из-за меня. Из-за Гунара, конечно, тоже!.. И Дэн ночью приехал рассказать, что Артем у меня был. После стольких лет! Это ему не понравилось, понимаете?.. И он решил, что должен Володе рассказать, что Артем опять... нарисовался. Понимаете?..

— Куда ночью приехал ваш Дэн?

— К Володе. — Тут Поливанова остановилась и перевела дыхание. И вдруг захохотала, громко и радостно. — А Катька была у него! Вчера ночью! Ну... первый раз, понимаете?

— Да что вы заладили — понимаете, понимаете!..

— В первый раз! Они года два с силами собирались, елкин корень! Я уж всю надежду потеряла, думала, они никогда!.. А они вчера! — Она зачем-то схватила капитана за руку и потрясла ее, как будто поздоровалась. — Он собаку спасал, а Катька ему помогала спасать. И осталась у него ночевать, а тут Дэн приехал!

И она опять залилась счастливым смехом, идиотка!..

Мишаков посмотрел на свою ладонь, которую только что сжимали ее прохладные пальцы. Подумаешь, пальцы! Да еще прохладные! Что за чертовщина, а?.. Фанаберии какие-то!

— Дэн приехал, а Катька по Володиной квартире шастает ну не то чтобы голая, но все же некоторым образом в натуральном виде! Господи, как хорошо.

— Вы все ненормальные? — проскрипел Мишаков. — В этом вашем издательстве? Как один?

— Да не-е-ет! — И Маня весело ему улыбнулась. — Мы-то как раз нормальные, офицер! Это же нормально — любить друг друга, шастать голыми, переживать всерьез, хоть бы и по пустякам! Это и есть жизнь, вот именно она самая-самая настоящая!

Она стояла на ступеньку выше, смотрела на него сверху вниз, прижимала руки к груди и как будто умоляла его поверить, что «это и есть жизнь», словно он сомневался или не верил. Ерунда какая-то, просто чушь собачья!

— Анатоль Кулагин всех на свете презирал, себя одного любил, холил и лелеял — вот он ненормальный! Он только и делал, что все портил. Родителям жизнь испортил, женам всем портил, сколько их было, дочке!.. Ей шесть лет, а она истеричка! Дедовский дом испортил — пристроил к нему какую-то террасу невозможную, как у колумбийского наркобарона!.. Мужчина не может себе позволить так бездарно жить! А Анатоль был уверен, что как раз он талант, а не бездарность!..

— Я не понял, вы мне лекцию сейчас читаете?

— Святые угодники. Ничего я не читаю! Я вам объясняю, как понимаю жизнь. Мужчина существует, чтобы созидать, охранять, защищать, объяснять, а не портить и гадить! Он не должен оставлять за собой один навоз, он же не навозный жук! То, что Дэн за меня переживает и даже поехал из-за этого к Володе, — нормально. То, что они помчались к Артему выяснять, зачем он ко мне приходил, — тоже нормально! Они же меня любят. И я их люблю. Катька ночью хотела ехать, но Володя ее не пустил. Она теперь его будет слушаться, представляете?! Наша Катька! Она у нас такая серьезная дама, большой начальник! Она вообще никого не слушается, кроме Анны Иосифовны, и всегда лучше всех все знает! А тут вдруг он ее не пустил, и она не поехала! Это же курам на смех! Значит, она теперь и Володю станет слушать. Как вы думаете?..

— Станет, — согласился Мишаков злобно. — Вы все ангелы с крыльями, короче говоря.

— Да не ангелы мы, — вдруг погрустнев, сказала Маня. — И крылья тут ни при чем. Неужели вы на самом деле не понимаете?!

И стала подниматься на площадку.

Он все понимал, конечно, но первый раз в жизни ему вдруг пришло в голову, что существует параллельный мир и какая-то параллельная жизнь, что ли. Самая-самая настоящая.

В этой «самой настоящей» люди стараются не «гадить и портить», а радоваться тому, что живут, и — друг другу. Им важны чувства. Любовь, к примеру, или сострадание, или совесть, или умение порадоваться за другого. Не потому что они бездельники или святые, а потому что, с их точки зрения, только так и имеет смысл жить. Они пишут книжки, утешают стариков, остаются друг у друга ночевать и стесняются этого, как подростки. Должно быть, у них не всегда так получается, бывают и темные, мрачные, холодные дни, но бывает и награда, когда вдруг все удается!..

И еще Мишаков совершенно точно знал, что писательница Поливанова, до сегодняшнего утра виденная им только по телевизору, в эту минуту, когда она поднимается по лестнице старого дома на улице Фадеева, где немного тянет кошками и жареным луком, в квартиру к человеку, который когда-то скверно с ней обошелся, абсолютно счастлива.

Счастлива, несмотря на труп, расследование «по горячим следам», присутствие его, Мишакова. Она почти уверилась, что «они никогда», а у них получилось!.. А это шанс, удача, надежда на то, что «самая-самая настоящая» жизнь продолжается. Фундамент, на котором она стоит, не пошатнулся, а, наоборот, укрепился — мы есть друг у друга, значит, все хорошо, а с тем, что плохо, мы справимся, мы же вместе!..

Поливанова добралась до площадки и секунду постояла, соображая, какая именно квартира. Не врала, что не помнит, на самом деле не помнит!.. Потом решительно позвонила.

Звонок за коричневой дерматиновой дверью, похожей на капитанскую папку, залился электрическим дореволюционным звоном.

— Небось никого нету, — под нос себе пробормотала Маня. — С чего мы взяли, что он дома-то?!

— Отойдите, — велел капитан и чуть-чуть подтолкнул ее в сторону.

— Да нету никого!

В это время дверь распахнулась, задев Маню так, что она чуть не упала.

— Вам чего?! — спросили из квартиры, но Мишаков не успел ответить. Вдруг кто-то закричал так, что завибрировали стены:

— Беги! Беги!!

И человек в дверях как будто немного присел от этого крика, прыгнул вперед, теряя шлепанцы, угодил головой капитану в живот и ринулся вниз по лестнице.

Маня Поливанова, автор детективных романов, никогда не видела своими глазами, как человек пытается бежать, спасаться, поэтому так и осталась стоять с разинутым ртом.

Мишаков не стал подбирать папку, которая выпала у него из-под мышки, а помчался большими прыжками вдогонку. И догнал!..

Маня подбежала к перилам и теперь смотрела вниз.

Из квартиры кричали надрывно:

— Беги, Артем, беги!!!

А капитан держал сбежавшего за шиворот, и тот почти висел у него в руке.

Как дохлый кролик, подумала Маня, автор детективных романов.

— Арте-е-ем! Арте-ем!

— Скажите там, чтоб замолчала! — с лестницы приказал Мишаков.

Маня повернулась.

Таис Ланко стояла рядом с ней, закрыв растопыренными от ужаса пальцами щеки, и уже даже не кричала, а выла:

— Арте-е-ем!

— Замолчи, — сказала ей Маня. — Ничего не происходит, что ты орешь?!

Капитан с дохлым кроликом, которого он тащил в руке, поднимался по лестнице. Таис замолчала, как будто ей заткнули рот.

Мишаков дошел до площадки, поставил кролика и оглядел его с головы до ног, как бы проверяя, устойчиво ли тот стоит.

Снизу бежали какие-то люди, сильно топали, и капитан понял, что это программист со своей Катей мчатся на помощь.

...А, твою мать!..

— Господин Гудков? — спросил он у кролика внушительным голосом. — Вы-то мне и нужны.

ВЧЕРА

...Все это его ужасно раздражало!..

Съемка дурацкая, которую она еле выклянчила у главного редактора какого-то дурацкого глянцевого журнала. Писатель дурацкий, которого нынче читают все дураки и дуры, а теперь его еще и фотографировать надо. Жара дурацкая, духота невыносимая.

Еще его раздражало, что он все время должен считаться с тем, что Настюха — жена какого-то идиота, а идиота этого совершенно некуда девать — разве что удушить где-нибудь по-тихому или стукнуть кирпичом по голове, что ли!..

Настюха во всем от него зависела, даже вот эта разовая работенка, за которую все же что-то платили, зависела от ее мужа: захочет — будет у нее работа, а не захочет — не будет! Он мог позвонить любому редактору любого журнала, и осталась бы Настюха с носом!..

Ну, или почти любому.

И это всесилие ее мужа бесило Артема! Он сам ничего не мог, как импотент, и чувствовал себя точно так же! Если бы у него были деньги и связи, ну, хоть какие-нибудь, он бы давным-давно забрал Настюху к себе, пристроил на работу, зажил бы с ней нормальной жизнью! Но, словно в отместку за прошлое, настоящее все время его подводило. У него не было ни денег, ни работы, ни друзей — никого и ничего за плечами, как будто пустыня, выжженная до самой последней песчинки!.. Даже верблюжья колючка не растет.

Впрочем, друг у него был. Вполне подходящий и, так сказать, проверенный временем, но и его не стало.

Лучший и единственный друг Паша жил в Питере и был решительно ничем не занят. Артем до конца не знал, чем именно Паша живет. Вроде бы тот был музыкант и сочинитель и вроде бы никак не мог «пробиться»: на радиостанции его песни не брали невежественные и коррумпированные редакторы. Музыкальные группы, которые Паша создавал, разваливались, ибо невежественные и самодовольные участники начинали ссориться еще до того, как приступали к работе. Записывать диски было негде — невежественные и алчные хозяева музыкальных студий Пашу на порог не пускали. Денег, чтобы швырнуть в лицо этим самым хозяевам, у Паши, разумеется, не было.

Иногда его звали в какие-нибудь клубы «подыграть» заезжему исполнителю, у которого гитарист заболевал или уходил в запой, и платили за это так мало, что слезы наворачивались на глаза. Он мог бы пристроиться в какое-нибудь кафе в виде «живой музыки» — в Питере много кафе и много «живой музыки»! — но не желал размениваться. Поэтому все свое время Паша проводил в коммуналке на улице Садовой, где у него имелась комнатенка, — сидел в Интернете, играл на гитаре или пил, когда было на что.

С Артемом они познакомились сто лет назад, когда тот писал очерк о питерском андеграунде еще для студенческой газеты, поняли, что похожи, как братья, даже удивительно, и очень поддерживали друг друга.

Паша был старше и умудреннее, и именно он учил Артема жизни правильной, духовной, а не животной, не замутненной никакой фигней, вроде обязательств и чувства долга. Когда Артема в очередной раз увольняли с работы, Паша был тут как тут — объяснял, что все правильно, так и должно быть, талант никому и ничего не должен, и уж тем более не обязан «подстраиваться», «подлаживаться», «наступать себе на горло». Когда Артем в очередной раз расставался с любимой, Паша уверял его, что все правильно: если женщина «не понимает», ее непременно нужно бросить, что еще с ней делать!

Маня Поливанова в свое время этого Пашу ненавидела и считала — как все женщины, которым кажется, что в их несчастьях виноват кто угодно, только не сам любимый, — что у Артема все могло быть по-другому, если бы Паша не морочил ему голову.

Она была уверена, что если б кто-нибудь, друзья или родные, хоть раз удосужился надавать Артему по заднице и рассказать, что мир устроен совсем иначе, не так, как думают они с Пашей, он, скорее всего, посмотрел бы по сторонам попристальней и понял, что делает что-то не то!

Но родные были далеко, а Паше все нравилось. Покуда Артем — друг и почти младший брат — присутствовал в его жизни, слушался, просил совета, хвалил его сочинения, сочувствовал, подкидывал деньжат, когда они заводились, мировая гармония не нарушалась.

Вот они, два друга, талантливые, беспокойные, рефлексирующие. Да, неудачники, но неудачи их происходят именно от таланта — ведь это все равно что жить с ободранной кожей! Они не могут приспособиться, ну и что?.. Они и не должны приспосабливаться, мир должен сам оценить и принять их — за талант, страдания и муки. Если мир не замечает, ну что ж! Это не их вина, это беда окружающих.

Они рассказывали друг другу какие-то небылицы, не слушали и не верили ни слову, но это им решительно не мешало. Они были как будто последние из могикан, не отравленные деньгами и жаждой признания. Они постоянно боролись — с продюсерами, слушателями, женщинами, читателями, редакторами — и уверяли один другого, что у них такая судьба, быть одинокими и отвергнутыми.

Много лет Артему это нравилось. По крайней мере, Паша виртуозно объяснял ему, что он ни в чем не виноват, а бесконечные неудачи — удел любого таланта и поделать тут ничего нельзя. А раз нельзя поделать, то не стоит и пытаться.

А потом... надоело что-то.

Артем сильно устал, и выжженная пустыня за плечами перестала казаться ему романтичной и привлекательной. Взятая на себя роль одинокого всадника, который бредет по обочине, отпустив поводья, лошадь уже почти падает с голоду, а по дороге со свистом проносятся события, люди, интересная работа, со временем стала казаться ему... чужой. Не его.

Как будто он актер, вызванный «на замену»: и роль не его, и костюм маловат, и башмаки жмут, и текста он не знает!

Черт возьми, иногда думал Артем, рассматривая Пашину желтую отечную физиономию, неужели и я такой?! И у меня впереди все то же одиночество, тексты «в стол», узкая комнатушка с диваном в отвратительных пятнах, ненависть к себе, а заодно и ко всем окружающим, смертная тоска?..

Очень осторожно, очень робко он попробовал жить как-то по-другому, но ничего не выходило, ничего!.. Падающая с голоду лошадь неизменно сворачивала на обочину и плелась по ней кое-как, из последних сил.

Потом случились два события, две катастрофы.

Встреча и прощание.

Артем встретил Настюху, такую же несчастную, одинокую и пропадающую, как он сам, и понял, что должен ее спасти! Ну, хоть кого-то же он должен спасти!..

А Паша в то же самое время бросил Лену, которая родила от него мальчишку. Лена приехала в Питер из города Остров, работала музыкальным редактором на радио, снимала комнатушку на Охте, до слез обожала Пашу и тоже мечтала его спасти.

Спасала она его по-всякому: пыталась пристроить на радио, знакомила с какими-то продюсерами, силой вытаскивала из Интернета и из запоев, мчалась по первому зову на Садовую и по первому же приказанию убиралась к себе на Охту.

А потом родила, и Паша объявил ей, что им необходимо расстаться.

Он обещал помогать, если у него будет такая возможность. Он обещал навещать ребенка, если у него будет время. Он обещал принимать участие в воспитании, если у него появятся силы.

— У ребенка должен быть отец, я все понимаю, — сказал Паша Артему, когда тот примчался в Питер. — И у него есть отец! Но жить с ней я не могу. Я не могу, ты понимаешь?! Я до сих пор еще не разобрался в себе, а тут какой-то ребенок!

— Не какой-то, а твой, — поправил Артем, и у него зашумело у голове. — Это же твой ребенок!..

На это замечание Паша фыркнул и разразился речью о том, что он так не договаривался, он ничего не знал, его обманули. А когда узнал, аборт делать было поздно, да и Ленка, дуреха, ни за что не согласилась бы на аборт, вот теперь пусть и расхлебывает кашу. Она же сама заварила!..

— Это не каша, — выговорил Артем с усилием. — Это ребенок.

Паша продолжил в том смысле, что никто никому ничего не должен, уж он-то точно знает, и Артем поймал себя на том, что едва удерживается, чтобы не съездить ему по физиономии.

От ненависти у него сводило затылок, и руки стали мокрыми.

Он очень хорошо знал, что это за жизнь — одна женщина и один ребенок. Или два ребенка.

Отец погиб, когда ему был год. Пошел с мужиками на лодке и утонул в Байкале, и мать осталась одна. Не было войны, революции и голода. Просто не стало отца.

Мать работала в трех местах, чтобы как-то кормить, одевать и учить их с сестрой. По вечерам сестра напяливала на него, маленького, шубейку, туго-туго затягивала шарф, и они шли через полгорода в ПТУ, где мать мыла полы. Его сажали за стол, давали какое-нибудь учебное пособие, неважно какое, и велели не мешать и смотреть картинки. Он выучил наизусть зубчатые колеса, коленчатые валы в разрезе, шестерни и лопатки. Мать мыла крашеные коричневые полы, а сестра носила воду из туалета, далеко, со второго этажа, больше негде было налить. Она была маленькой, а ведро тяжелым, но она тащила его обеими руками впереди себя, выпятив худой детский живот. Когда вода плескала ей на ботинки, мать покрикивала, и сестра очень старалась не расплескать. Став постарше, она тоже стала мыть полы, а воду носил Артем, и самое лучшее время наступало, когда они доходили до спортзала! Там было свободно, мыть легко и хорошо пахло — кожей от спортивных снарядов и человеческим потом. Спортзал они мыли в последнюю очередь, и им весело было думать, что работа уже почти закончена, сейчас они пойдут домой через полгорода, и мать, которая старалась никогда не унывать, будет им рассказывать что-нибудь интересное. Артему особенно нравилось про Илью Муромца. Как он сидел на печи тридцать три года, а потом пошел и всех победил!.. Даже Соловья-разбойника, которого там, в этом Муроме, все боялись!..

Однажды, он уже в школе учился, чужие мальчишки отняли у него мешок со «сменкой» и закинули на гараж, и это была катастрофа, конец света!.. Как добыть башмаки, никто не знал, а других не было. Остались только боты, в которых он ходил по улице, и все!..

Мать, отпросившись с очередной работы, побежала выручать «сменку», но как?! Как ее выручить?!

Они бестолково топтались возле гаражей, Артем скулил, не переставая, как побитый щенок, а мать выговаривала ему за то, что он не «умеет за себя постоять», и еще, что «вещи нужно беречь, как зеницу ока», и тут пришел какой-то дядька.

Он пришел, должно быть, за машиной, веселый, большой, в кожаной куртке с погончиками! Он увидел Артема с матерью и спросил, что случилось, а потом мигом залез на гараж и скинул оттуда мешок.

Почему-то всю обратную дорогу мать плакала крупными, горячими слезами, которые падали на ее ворсистое пальтецо, страшное от времени и постоянной носки, и оставляли черные влажные пятна. Артем утешал ее, обещал, что будет «следить за вещами и научится стоять за себя», а она все повторяла, как устала и как у нее нет больше сил.

Став постарше, Артем Гудков поклялся себе страшной клятвой, что его дети никогда-никогда не останутся без него. Он не позволит себе ни утонуть, ни уйти, оставив их справляться, как они знают.

Все это Артем попытался объяснить лучшему другу, но тот, по своему обыкновению, не слушал. Он уже все решил, сразу и навсегда, и никакие мелодраматические истории его не интересовали.

Да и вообще, что происходит-то?! Есть ребенок, нет ребенка, какая разница?! Он, Паша, не стал от этого ни лучше, ни хуже. Ленка сама во всем виновата — это ее затея, значит, пусть и справляется как хочет. Не она первая, не она последняя, таких бестолковых, которые сначала рожают, а потом думают головой, великие тысячи.

Паша тут ни при чем.

И Артем съездил ему по физиономии.

Получилось это как-то совсем уж неожиданно и комично, словно в оперетте. Звук от пощечины вышел смачный, будто мокрую тряпку шмякнули на пол, и Паша от изумления чуть не свалился со стула.

А потом указал Артему на дверь.

Артем встал и ушел. Дружба кончилась.

Он принялся с жаром спасать Настюху, смутно понимая, что в этом его собственное единственное спасение, но у него плохо получалось. И посоветоваться не с кем! Друга и почти что брата не стало.

Забрать ее от мужа он не мог. На что бы они стали жить?.. Пристроиться на работу тоже не получалось, его никуда не брали, а там, где брали, было скверно, неинтересно и совсем уж гроши платили.

— Артемочка, — говорила Настюха каждый божий день, — ну, подожди немножко!.. Он все равно со мной разведется, он уже давно собирается! Он разведется и будет алименты платить Нийке! А если я подам на развод, он, может, и откажется платить, кто его знает. Судиться придется, а у него знаешь какие везде связи! Еще отберет дочку. Он уже грозился.

И эти связи, и то, что Артем должен ждать алиментов от бывшего мужа, больше-то все равно жить не на что, было унизительно, гадко, но ничего с этим он не мог поделать.

Спасение выходило какое-то ненастоящее, искусственное, как и вся жизнь, которой Артем жил, и он ненавидел себя с каждым днем все больше и все меньше понимал, что будет дальше.

Какие-то смутные картинки рисовались ему, как в старом кино: плюнуть на этого мужа и его связи, сгрести Настюху в охапку вместе с ребенком, улететь в Магадан и там начать по-настоящему жить. Устроиться на работу в «Магаданскую правду», получить комнату в общежитии, покупать с зарплаты шоколадки и апельсины, приносить их домой — «Почему меня никто не встречает? Это папа пришел! И угощение принес, смотрите, девчонки!», — писать хорошие, умные, серьезные слова, которые всем будут необходимы, копить денежку на отпуск у моря, чувствовать себя сильным и нужным, чтоб без него уж точно никто не мог обойтись: ни его «девчонки», ни коллеги, ни начальство.

Впрочем, Артем отлично понимал, что все это глупости и никогда он ни на что не решится.

Так продолжалось довольно долго, а потом этот самый муж Настюху избил. Вернулся откуда-то пьяный, полез выяснять отношения, а она не сдержалась, дурочка, и что-то ему ответила. Он ее ударил, сильно, она упала. Он поднял ее и опять ударил. Она перепугалась до смерти. Ругаться-то они часто ругались, но все же не дрались, и как защищаться, она не знала.

Утром приехала к Артему с синяком на скуле и кровоподтеками на ребрах. У нее были трогательные ребрышки, тоненькие, как у воробья.

Артем сказал, что этого самого мужа он убьет. Просто убьет, и все, и пусть его посадят. Настюха плакала, пила горячий чай, отдыхала от пережитого, а он ее жалел, так жалел!..

Ее жалел, а себя ненавидел пуще прежнего — за то, что ничего не может, ни на что не решается, все выжидает чего-то, и вот дождался.

А потом она поехала на эту фотосъемку.

Артем знал, что никакой она не фотограф — наснимает вечно какую-то ерунду, а потом трогательно просит, чтобы он сказал «честно», хорошо или плохо.

В прошлой своей жизни он непременно бы честно сказал, что не просто плохо, а чудовищно, никуда не годится, но в этой никак не мог. Он понимал, что эта его честность ничего не изменит, лучше снимать она все равно не станет, а страданий прибавится. Ей так хотелось его одобрения, как будто голодная хлеб у него выпрашивала! Артем понимал, что это муж внушил ей, что она ни на что не годная, ни к чему не способная, необразованная. Ему, мужу, наверное, так было легче с ней управляться.

Она поехала на съемку и пробыла весь день с чертовым знаменитым писателем и Ольгой Красильченко, журналисткой, пишущей как раз про «знаменитых». Артем Ольгу от души презирал и неистово ей завидовал — у нее была репутация незыблемая, как американская конституция, а ее слово весило, как самый тяжелый из всех известных в природе металлов! Ну, может, не конституция и не металл, но ее похвала сразу переводила «знаменитость» в разряд настоящих «звезд», а ироническая или не слишком восторженная реплика, прямо скажем, низвергала с Олимпа! Она интервьюировала только самых-самых, и эти «самые-самые» считали, что побеседовать с Красильченко — большая честь. Никто и никогда не считал честью беседу с Артемом Гудковым!

Ольга рассусоливала с писателем очень долго, а потом заявила, что ей непременно нужно поговорить с ним в «домашней обстановке», и Настюхе пришлось тащиться под вечер в «домашнюю обстановку»!

Накануне она довольно горделиво рассказывала о том, что муж ее вроде бы дружен с писателем или его женой и несколько раз она прежде бывала у них в доме.

Артем слушал вполуха.

Оттуда она позвонила и страшным шепотом сказала, что здесь, в квартире у писателя, ее муж! И она теперь не знает, что ей делать. Она его боится, а он тут гостит!.. А еще сестре Наталке, которая неделю назад приехала из Одессы, нужно передать ключи от квартиры — Настюха утром забирала аппаратуру — она так горделиво именовала фотоаппарат с треногой, — а Наталка в это время куда-то смылась, вот и осталась без ключей. А Настюха задержалась у писателя и теперь боится, что Наталка не попадет в дом, ведь няня с девочкой допоздна гуляют.

Артем полетел на Покровку, смутно припоминая, что где-то здесь жила его приятельница Маня Поливанова, которая когда-то была так трогательно в него влюблена!.. Это было одно из самых приятных его воспоминаний, хотя и не очень отчетливое. Он имел счастливую способность быстро забывать то, что не слишком его трогало.

Ему помнилось, что Маня за ним ухаживала, как не ухаживал никто и никогда в жизни, ни до, ни после нее. Поддерживала, подбадривала, выслушивала и все мечтала, чтобы он в нее влюбился, а он решил, что влюбляться ни за что не станет — он тогда работал в издательстве, где ее печатали, и получался некий мезальянс. Он просто сотрудник, а она автор, царица небесная, все двери перед ней открыты, все начальники ее уважают и стараются с ней дружить!.. Артем не желал пополнять собой ряды тех, кто искал ее дружбы и расположения, а она хотела, чтоб он ее поцеловал хоть разочек, и он это отлично понимал, и ему нравилась ее рабская зависимость, заглядывание в глаза, готовность слушать его и помогать всегда и во всем.

Он с удовольствием пользовался ею, а потом она на него рассердилась из-за какого-то дедка, которого он пропесочил в статье, и сказала, что больше не хочет его видеть.

Артем пожал плечами, перестал звонить, и с тех пор они на самом деле ни разу не виделись, хотя поначалу он думал, что это очень глупо — ссориться из-за дедка! И не понимал, почему такая удобная, приятная и простая связь должна оборваться по столь пустячному поводу.

Он приехал на Покровку, взбежал по лестнице и, не думая, позвонил в знакомую дверь.

Ему открыли, и он стал звать Настюху, готовый защитить ее от всех на свете, и от мужа, и от писателя, и тут только сообразил, почему позвонил именно в эту квартиру!.. Он бывал здесь сто лет назад, в гостях у Мани Поливановой!..

Выходит, Алекс Лорер, которого нынче читают все дураки и дуры, живет с Маней?!

Настюха быстро вытолкала Артема за дверь, за руку стащила вниз, несколько раз поцеловала дрожащими губами и сказала, что все уже хорошо: мужа выпроводили взашей, Наталка прибегала, и, она, Настюха вынесла ей ключи. Правда, неизвестно, насколько вся эта канитель со съемкой затянется. Может, до самой ночи.

Артем тоже долго целовал ее, прижимал к себе — все ребрышки наперечет, как у воробышка, — и хотел поскорее забрать отсюда к себе, где она не дрожала и не озиралась пугливо.

Вечером, уже поздно, она позвонила и нетвердо сказала, что не приедет, останется ночевать.

— Ты что?! Напилась?! — закричал совершенно несчастный Артем.

— Угум, — согласилась Настюха. — А что, нельзя?

— Конечно, нельзя, дурочка ты моя маленькая! Ты же на работе, да еще у чужих людей!.. Я сейчас приеду и заберу тебя.

— Н-н-не-е-ет! — длинно протянула Настюха. — Я с тобой не поеду. Я останусь здесь. Я вас всех, мужиков, сволочей, ненавижу! Ненавижу, ты понял?! И тебя ненавижу!..

В прошлой своей жизни он непременно обиделся бы всерьез и надолго — он не прощал никому никаких обид и обижался с удовольствием, вдохновенно, от души, — но сейчас чувствовал только жалость к несчастной дурехе, неспособной справиться с жизнью, и ответственность за нее.

Он вернулся на Покровку, но подняться в квартиру отчего-то не решился. Может, из-за Мани, а может, потому, что не знал, как поведет себя Настюха, не станет ли, чего доброго, кричать, что она его ненавидит! От нее, пьяненькой, ожидать можно чего угодно.

Он гулял возле подъезда, потом курил, провожая глазами бабку, которая вывела на прогулку собаку — или это собака вывела бабку?.. Они дошли до угла, постояли, тяжело дыша, как будто бежали на время стометровку, и вернулись.

Щелкнул замок, дверь заперлась.

Он еще посидел на лавочке, жалея себя и любя свое невесть откуда взявшееся чувство долга, а потом из подъезда вывалились Ольга Красильченко и какой-то парень, который все лез к ней с объятиями и называл «кысочка моя». Они дошли до бульвара, поймали такси и укатили, а Артем все сидел, думая о том, как по-другому могла бы сложиться его жизнь.

Он несколько раз пробовал звонить Настюхе́, но трубку она не брала, видно, и впрямь надралась, бедняжка.

Потом со стороны Садового кольца притащилась какая-то личность неопределенного пола и возраста в безразмерных штанах и капюшоне, свисающем почти до глаз, хотя на улице даже ночью было душно и пахло мокрым асфальтом. Огромные пузатые рыжие машины поливали его водой, которая белым веером летела из их пастей.

Как только личность подошла к подъезду, дверь сразу открылась, ее впустили.

Артем посидел еще немного, опустив в ладони лицо, встал и пешком пошел домой.

СЕГОДНЯ

— А кто впустил?

Артем посмотрел на капитана.

— Кого?

— Ну, личность эту? В капюшоне?

— А-а. Бабка впустила. Которая с собакой выходила.

— Вы ее видели?

Он кивнул.

— То есть вы видели, что дверь открыла именно она?

Артем, поморщился, вспоминая.

— Я халат видел. Приметный очень, в цветах каких-то! Она выходила в этом халате, и цветы я запомнил.

Мишаков немного подумал.

— То есть человек в капюшоне подошел к двери, а она была заперта, правильно я понял?

Артем кивнул.

— Дверь тут же открылась, он вошел, а в проеме вы видели халат.

Артем снова кивнул.

— Артемочка, ты не переживай, — вдруг затараторила девица Таис Ланко, которая сидела, в общем, довольно смирно, только постоянно хватала Артема за руки, пыталась притянуть к себе, обнять и прижать к груди, но все никак не получалось. — Можешь вообще ничего не говорить, ты же знаешь!..

Тут она подскочила к Мишакову и нацелила пальчик ему в грудь, прямо в середину белой майки.

— Вы же не заставите его отвечать на ваши вопросы без адвоката! Это нам известно! Мы имеем право!

— Какого еще адвоката!

— Настя, — негромко окликнула девицу Поливанова. — Не мешай.

Та повернулась и двинулась к Мане. Тоненький, как спичка, пальчик припадочно трясся.

— А ты?! Это же ты его привела! Зачем?! Как ты могла?! Ты... ты... ты дура, вот ты кто!..

— Настя.

— Ты же знаешь, что мы никого не убивали! Зна-а-аешь! Какого черта тебя принесло?! Ты чего, на моем горе хочешь детективчик накропать?! Все на продажу?! Зачем ты всем растрезвонила, что вчера Артем приходил, а?! Кто тебя просил?! Чего ты все лезешь не в свое дело?!

— Так, — Мишаков поднялся, взял девицу за плечи, довольно бесцеремонно, повернул и усадил на место. — Если будете вопить, заберу в отделение, показания снимать. С обоих. Всерьез, под протокол.

— Без адвоката?! И уберите от меня руки!

— Ну почему без?.. Валяйте, звоните адвокату, пусть приезжает.

Таис моментально сникла, и капитан отлично понимал, почему.

Какой, к лешему, адвокат? Отсюда, из крохотной однокомнатной квартирки, где скверно пахнет и полы не мыты, должно быть, с восемьдесят второго года, на колченогом круглом столе постелена изрезанная клеенка неопределенного цвета и густо наставлены разномастные чашки с присохшей заваркой, очень далеко до выдуманного киношного мира, где на трудные вопросы отвечают «только в присутствии адвоката» и «знают свои права»! Откуда он возьмется сию минуту, этот адвокат, да еще такой, который на самом деле хоть что-то смыслит в правах?! Неоткуда ему взяться, а девица верещит по привычке. У ее супруга, ныне покойного, наверняка адвокат был, вот она и нахваталась!..

— Вы мне лучше вот что скажите, уважаемая! Эта ваша сестра... как ее?

— Наталка. Ну, то есть Наташа.

— В котором часу она за ключами заезжала?

Таис пожала плечами и посмотрела на Артема, который на нее не глядел. Он сидел на стуле, как-то очень неудобно, и видно было, что ему неудобно, но он не шевелился и не пытался пристроиться получше.

Капитан не понимал, что с ним такое. В шоке, что ли? Нервный?

— Я не помню. Я время не засекала!..

— Наверное, я ее и видела, — задумчиво проговорила Поливанова. — Когда из магазина возвращалась. Мне издалека показалось, что это Таис побежала, а потом выяснилось: она дома. Ну, то есть у нас.

Сергей, которому это было совершенно ясно, на Маню не обратил никакого внимания.

— А она когда приехала в Москву, сестра ваша?

— Дней десять... а может, неделю назад. Я не помню.

— Время не засекали? — осведомился капитан.

Его раздражала эта парочка и особенно раздражало, что он почему-то ведет с ними беседы в присутствии Поливановой. Все у него духу не хватало ее выгнать!

— А где она сейчас?

— Наталка? — удивилась девица и тут же снова взъерепенилась, как по нотам пошла играть: — Она дома, с ребенком! Я сразу к Артемочке поехала, а Наталка у меня на квартире! Она со мной живет! Со мной и с Нийкой! Это что, запрещено законом?! Анатоль все равно на даче! Он в городе не ночует! Он своих потаскух на дачу возит! А зачем вам Наталка? Вы и ее хотите допросить?!

— Вас пока никто не допрашивает!

— Нет, допрашивает! Вы, вы! Вы фашист, и я обращусь в правозащитную организацию!

Мишаков отчетливо фыркнул, и Таис опять подскочила и стала наступать на него.

— Вы что?! Не верите мне?! Да лучший друг моего мужа возглавляет организацию «Белый круг», слыхали о такой?! Наверняка-а-а слыхали! Они борются с произволом в органах! И я сейчас же ему звоню! Или Анатоль позвонит!

Тут она сообразила, что Анатоль никуда позвонить не может и никакая правозащитная организация «Белый круг» не поможет, закрылась руками и зарыдала по-настоящему.

— Настюха, — выговорил Гудков, морщась. — Ты не плачь. Нехорошо. Что ты унижаешься?..

— А если вы будете его бить, — всхлипывала Таис, — я не знаю, что с вами сделаю! Я генеральному прокурору напишу!.. Я этого так не оставлю! Вы все хотите на нас свалить, да?! А мы ни в чем не виноваты, ни в чем! Я его не убивала, и Артёмочка не убивал! Он, может, сам упал и умер, а вы хотите все так представить, будто мы убили!

Тут вдруг писательница Поливанова, которая все время безучастно смотрела в пол, аккуратно пристроила свой портфель на стол между чашками с присохшей заваркой, подошла и решительно взяла Таис за подбородок.

— Приди в себя, — сказала она так, что — удивительное дело! — та моментально перестала икать и подвывать и уставилась ей в лицо. — Капитан старается выяснить, кто убил Анатоля. Ты не убивала, и Артем тоже, но кто-то ведь убил! Зачем ты завопила на лестнице, когда мы пришли? Зачем он должен был бежать?! Отвечай, ну!..

— Артемочка мне сказал, что ночью на Покровку возвращался, — тараща глаза, забормотала Таис. — И мы подумали, что, если менты узнают, его сразу же заподозрят. Мы решили сегодня же уехать в Одессу, к маме...

— Вечерней лошадью? — осведомилась Маня холодно, и Мишаков усмехнулся. — Уехать-то?

Она помолчала и обратилась к Гудкову:

— Какого лешего ты побежал, а? Ну, вот какого?

Тот пожал плечами. Он корчился на стуле, как будто ежился, и не знал, куда девать руки, они все время ему мешали.

— Настюха закричала: беги! А мы с ней весь день думали, что за мной вот-вот придут. Я и... побежал.

— Круто, — оценила Поливанова. — Ты ждал, что за тобой придут, чтоб схватить тебя и бросить в застенок, но, когда позвонили, дверь открыл вполне себе прекрасно. А вообще-то ты собирался уехать вечером к маме в Одессу! И жить там тайной жизнью! Как в американском кино?

— Мань, тебе-то чего надо?

— Мне надо понять, кто убил человека, которого я знала тысячу лет, почти на пороге моего собственного дома. И за что. Это ты его убил, Артем?

Тут перед мысленным взором капитана Мишакова моментально предстал следователь Петрушин из Школы милиции. Это он учил их, зеленых салаг, огорошивать подозреваемых внезапным вопросом!..

И еще вдруг подумалось совершенно не к месту: а почему салаги — зеленые? Они бывают зелеными или нет? Салага вроде рыба какая-то!..

Огорошивать внезапными вопросами должен был он, капитан Мишаков, а вовсе не какая-то там взбалмошная писательница с фанаберями!..

...Или она без фанаберий?.. А вот эти двое как раз с фанаберями?..

— Ты убил, Артем?

Гудков повернулся на стуле и посмотрел на Маню.

— Нет, — сказал он, как будто удивляясь тому, что отвечает ей. — Не убивал. Я только собирался. Он Настюхе всю жизнь испоганил, мерзавец! Я должен был ее спасти.

— Ну да, — неопределенно согласилась Маня, — конечно. Спасать — это так заманчиво, да? Красиво! Но ты же взрослый дяденька, Артем. Ты бы подумал головой, а не... одним местом. Спасти можно того, кто нуждается в спасении. Или хочет спастись!.. Ты уверен, что она хочет?

— Я хочу! — закричала Таис. — Я устала от всего! Я больше не могу! Я много лет хочу спать, понимаете вы, суки?! Он мне спать не давал! Он приезжал ночью, зажигал свет и начинал меня допрашивать, с кем была, где была, и так до утра. Он мне денег не давал! Совсем! Я Нийке не могла сандалики купить, Наталка от мамы привезла! Он меня мучил!

— Зачем же ты мучилась? — перебила Маня. — А?.. Ты что, так его любила?! Как в романе?

— Куда, куда мне было деваться? — Таис схватилась за голову, как будто собиралась вырвать волос побольше. — Куда?!

— В Одессу уехать. Вечерней лошадью.

— Да?! Без денег? Я ему столько лет служила, он мне должен!

— Ну да, — опять согласилась Маня. — Все дело в деньгах и в том, что он тебе задолжал. Ну, что-то вроде коммунальных платежей. Спасаться имеет смысл только с деньгами. Как я сразу не поняла?

Тут у Мишакова в папке зазвонил телефон, и все в темной затхлой комнате вдруг с изумлением посмотрели сначала друг на друга, а потом на капитана, как будто произошло какое-то невероятное и странное событие.

Капитан расстегнул папку, мельком удивившись, что в ней все еще лежат паспорта, которые он утром — или в прошлой жизни — забрал у Мани и ее чучмека, просто так, для острастки.

Он говорил недолго, короткими, будто рваными словами, Таис всхлипывала, Артем рассматривал свои ладони, а Маня рассматривала капитана.

Он договорил, сунул телефон в задний карман джинсов и сказал тускло:

— Значит, в Одессу никто не едет, все остаются здесь. Не вздумайте от большого ума в самом деле в бега податься! Себе же хуже сделаете. Если понадобится, вас вызовут.

— Вы... его не заберете? — выговорила Таис задыхающимся голосом.

Мишаков мельком глянул на нее и снял со стола Манин портфель, звякнули чашки.

— Поехали, — приказал он и подбородком указал в сторону двери. — Быстрее.

Поливанова не стала спрашивать никаких глупостей, вроде «Куда?» и «Что случилось?», и Сергея это неожиданно развеселило.

Вот умница, а?.. Ну, просто редкая! И без фанаберий.

Они вышли на площадку, и на лестнице она пропустила его вперед.

— Вижу плохо, — объяснила деловито. — Ногами заплетаюсь. Идите-идите, я за вами, мне так проще. Куда мы едем?

— К вам. На Покровку.

Вот ей-богу, если бы она пристала, ни за что бы не сказал!

Но она шла за ним, сосредоточенно сопя и глядя себе под ноги, и ему очень хотелось, чтобы она взяла его за плечо. И рассказать тоже очень хотелось!.. В конце концов, это необычное дело, и участники его тоже необычные, и капитан как-то незаметно для себя втянулся в... детектив, хотя никогда его работа не была детективом!

Он вроде бы и участвовал, и наблюдал со стороны, и удивлялся, и сердился, и разгадывал крохотные ребусы и серьезные загадки, как будто увлекательную книгу читал.

Он сто лет не читал никаких книг, ни скучных, ни увлекательных!..

— Ваша соседка позвонила в отделение и призналась в убийстве.

Маня схватила его за плечо и повернула к себе.

— Какая соседка?! Софья Захаровна?!

Он кивнул. Ему стало смешно.

— Сказала, чтоб мы приезжали ее забирать, она уже собралась. Нужно ехать.

— Софья Захаровна шарахнула Анатоля по голове?! Тяжелым тупым предметом?! Но зачем?!

— То-то и оно, — назидательно произнес Мишаков. — Это и есть главный вопрос. Ну, вроде: как вы начали писать и где берете сюжеты?

СЕГОДНЯ ВЕЧЕРОМ

Старуха сидела у стола, покрытого зеленой плюшевой скатертью с желтой бахромой. На соседнем стуле лежал узел — не сумка и не пакет, а именно туго увязанный узел! Она старательно собралась в тюрьму, и темный спортивный костюм с начесом, в который она облачилась, несмотря на то что под вечер, казалось, стало еще жарче, был тому подтверждением.

На Маню, втиснувшуюся в прихожую следом за Мишаковым, она не обратила никакого внимания, а ему строго выговорила:

— Я давно вас жду! Что это вы так долго?

— Давайте пройдем, Софья Захаровна. Мне все равно придется задать вам несколько вопросов.

Она молча прошла и села на стул как-то так, что стало понятно — она здесь уже не хозяйка и не должна сидеть на этом стуле, таком привычном, знакомом, домашнем!.. Мир вокруг больше не принадлежит ей, она отделена от него невидимым магическим кругом, и ничего нельзя изменить.

Все окна в квартире были закрыты и тщательно задернуты плотные шторы, Мишаков первым делом включил в комнате свет.

Маня прошла следом и осталась возле пузатого буфета с выпуклыми дверцами. Видно было, что ей нестерпимо жалко старуху и очень хочется отдернуть шторы, впустить воздух, солнце, запах мокрого горячего асфальта, на который льют воду веселые оранжевые машины!

Капитан ее уже не гнал и даже не собирался. Сегодняшний детектив никак не мог обойтись без Мани, и капитан тоже не мог.

Ничего не поделаешь. Так получилось.

— Где ваши подельники? — спросил он у писательницы.

— А?..

— Где эти ваши? Программист и Катя? Они же следом ехали.

Маня махнула рукой.

— Я дала Катьке ключи от своей квартиры. Велела пить чай и ждать нас.

«Ждать нас» — хорошее выражение, подумал капитан, просто отличное. Только жаль, никакого отношения к нам не имеет!

Он достал из дерматиновой папки блокнот и ручку, опять мельком глянув на паспорта, и попросил тяжело молчавшую старуху:

— Расскажите.

Она шевельнулась на уже чужом стуле возле чужого стола с плюшевой скатертью и пожевала губами.

— Нечего мне рассказывать! Я вышла ночью на улицу, увидела у нас в подъезде чужого человека. Как есть вор и бандит! Теперь кругом одни воры и бандиты. Я испугалась, подумала, он грабить нас пришел, и по голове-то и дала как следует.

Сергей Мишаков, приготовившийся писать, задумчиво пощелкал ручкой, потом аккуратно положил ее на стол, а рядом пристроил блокнот.

— Так. А зачем вы вышли ночью на улицу? Погулять?

Софья Захаровна покосилась на него. Руки, сложенные на коленях, шевельнулись. Маня, привалившаяся спиной к буфету, по-гусиному вытянула шею.

— Мне не спалось, — сказала старуха сердито. — Экие глупости вы спрашиваете! Старые люди всегда плохо спят.

— Чем вы его ударили?

Она удивилась.

— Ломом. Он у нас в простеночке стоит, мы им дверь всегда подпираем, чтоб не закрывалась, когда подъезд проветривается.

— Куда вы его потом дели?

— С собой забрала.

Капитан вытаращил глаза, а Маня шумно перевела дыхание.

— Как забрали?! Куда?

— Сюда. — Софья Захаровна поднялась и мимо капитана прошествовала в прихожую. На ногах у нее были войлочные боты с резиновой подошвой. Чтоб в тюрьме ходить удобно!

Через секунду она вернулась.

— Вот он.

Лом был старый, ржавый, кое-где покривившийся от времени и тяжелой работы. Мишаков принял лом, оглядел и прислонил к стене. Вся стена была увешана фотографиями, и он не стал возвращаться за стол, а почему-то принялся рассматривать их, как гость в ожидании, когда его позовут к обеду. На орудие убийства он не обращал никакого внимания.

Молчание затянулось. Что-то потрескивало в лампочке, как будто таракан шуршал, а с улицы не доносилось ни звука.

...Вот ведь умели строить, вдруг удивился капитан. Стоит окна закрыть, и тишина, как на кладбище!

— Ну, а потом я испугалась, — не выдержала старуха, — и вам на Машеньку наговорила. Никого я не видала, никто под липами не курил.

— Поня-а-атно, — протянул капитан.

Время текло, в лампочке потрескивало, старуха маетно вздыхала на стуле, а Маню совсем не было слышно и, кажется, даже не видно, хотя она не пряталась.

Мишаков досмотрел фотографии, повернулся и сказал громко:

— Софья Захаровна! А, Софья Захаровна!

Старуха взглянула на него.

— Чего вы мне голову морочите, а? От работы отрываете! Нехорошо, Софья Захаровна! Правоохранительные органы стоят на страже законности и порядка, а вы мешаете! Ай-ай-ай, как нехорошо, как стыдно!

— Ничего не стыдно, — пробормотала старуха, и тяжелые щеки с глубокими, длинными морщинами вдруг сделались бурыми, — и ничего я вам не морочу, а говорю как есть! Все как на духу!..

— Собаку куда дели?

— А?!

— Собака ваша где?

— Сестра взяла. А как же? Что же я его, усыпить должна, что ли?! Он ведь без меня пропадет совсем!

— Вы сестре сказали, что человека убили? И что вас в тюрьму посадят? Сказали?

— Да что вы спрашиваете не по делу! Вы по делу спрашивайте!

— Я и спрашиваю! В котором часу вы вышли на улицу?

— Не помню. Что это, я должна каждую минуту на часы глядеть, что ли? Ночь была, темно уже! А в час или в три, мне неведомо!

— Мимо вас прошел человек. Вы его прекрасно знаете! — Капитан поднял палец, как будто собирался им погрозить. — И не врать! Конечно, знаете! Вы всю жизнь в этом подъезде прожили, а он всю жизнь сюда ходит! Вы вошли в подъезд следом и ударили его по голове, да еще так, что он сразу умер. Зачем? Я вас спрашиваю! Отвечайте!

Старуха беспомощно смотрела на него:

— Так я же объясняю... Я подумала, он грабитель и пришел грабить... а я дверь в квартиру не заперла... испугалась и... И не признала его, темно было, говорю вам.

— Не было темно, — прогремел капитан. — Что вы опять врете?! В подъезде у вас везде свет, и на улице лампочка горит, я проверял, с ней все в порядке. И ключи у вас все время в кармане халата были, я еще утром видел! Они всегда при вас, а дверь вы не закрыли, несмотря на то что сейчас кругом одни воры и бандиты!

— Я убила, — твердо сказала Софья Захаровна. — Вы как хотите там, а убила его я. Забирайте меня.

— Да! — согласился Мишаков с мстительным видом. — Щас!.. Кто приходил к вам сегодня утром? Увидел меня и бросился бежать? Я побежал за ним и не догнал! Между прочим, — вдруг добавил он, — я бы догнал, если б вы на меня не бросились и за руки не хватали. Кто это был?

— Я не знаю, никого не было, — забормотала старуха, — и ничего я вас не хватала, просто дверь когда открылась, а за ней стоял кто-то, я закричала, а ночью никто ко мне не приходил, богом клянусь, что я, молодая, чтоб ко мне по ночам шастали...

Тут вдруг одновременно грянул дверной звонок и раздался жуткий грохот. Маня Поливанова моментально из невидимой стала видимой, кинулась к старухе, покачнувшейся на стуле, и поддержала ее. Мишаков оглянулся с изумлением, и в комнату головой вперед ввалился парень.

— Булка! — заорал он на Софью Захаровну. — Ты че?! Ты че надумала?!

Бабка оттолкнула Маню, метнулась к парню и стала с силой толкать его из комнаты. Он попятился.

— Пошел вон! — почти завизжала она. — Пошел вон, дурень!

— Да чего ты пихаешься-то?! Никуда я не пойду! Я здесь останусь! Ты с ума сбрендила, Булка?!

— Уходи! Уходи сейчас же!

— Явление Христа народу, — констатировал капитан и прикрыл двустворчатые двери. — Это кто же у нас будет? Внучок ваш? Или племянник дорогой?

Софья Захаровна раскинула руки, закрывая парня от Мишакова.

— Никто! Никто! Он просто так! Уходи отсюда! Беги! Беги сейчас же!..

Парень хватал ее за руки и все кричал про булку, рядом металась совершенно растерявшаяся Маня Поливанова, и только капитан Мишаков был безмятежен.

— Оч-ч-чень хорошо, — сказал он, когда Софья Захаровна выдохлась и зарыдала. — Оч-ч-чень!

— Не слушайте вы ее, — задыхаясь, выговорил парень. — Она в маразме! Не слушайте! Мне мать позвонила! И я сразу сюда! А она вон чего придумала! Сдурела совсем!

— Митюша! Мальчик! — рыдала Софья Захаровна. — Зачем ты приехал! Я все так хорошо придумала! Зачем, сыночек?.. Тебя теперь... и-и-и... они ведь тебя... а-а-а... в тюрьму сволокут, а тебе нельзя, ты слабенький! Ты там сги-и-инешь!..

— Вы что-нибудь понимаете? — мрачно спросила у капитана писательница Поливанова.

— Все! — заявил капитан. — Абсолютно все!

Она дико на него взглянула и куда-то ушла. Пока ее не было, парень отлепил от себя бабку и кое-как приткнул ее на стул. Она все рыдала и протягивала к нему руки, а он вдруг погладил Софью Захаровну по голове, как маленькую.

Поливанова вернулась и принесла какую-то белую бурду, разболтанную в стаканчике. От стаканчика несло больницей и несчастьем.

— Выпейте, Софья Захаровна, — попросила Маня и сунула старухе стаканчик.

Та приняла дрожащей рукой и опрокинула в себя, как стопку водки. Подышала открытым ртом и сказала решительно:

— Вот что, — и так же решительно поставила стаканчик на стол. — Что бы он тут сейчас ни наговорил, я от своих слов ни за что не откажусь. Вы так и знайте!

— Да я знаю, знаю, — уверил капитан.

— Булка, замолчи, — приказал парень воинственно. — Дура старая, в тюрьму собралась! Матери собаку отдала!

— Я убила, — упрямо настаивала старуха. — Ломиком как дала, так он и перекинулся.

— Ясное дело, — согласился капитан.

Маня посмотрела вопросительно, не понимая причин его веселья. В том, что он веселится, не было никаких сомнений.

Капитан походил по комнате, огибая Маню, как неодушевленный предмет. Все трое смотрели на него, не отрываясь.

— Ну, и кто ты? — внезапно прекратив хождение, спросил капитан у парня. — Внук или племянник?

— Внучатый племянник, — сказал тот быстро. — Ее, Булкин.

И он кивнул на Софью Захаровну.

— Только никого она не убивала! И я никого не убивал! — Он подскочил к бабке, присел перед ней на корточки и закричал в лицо: — Булка!!! Ты сумасшедшая?! Никого я не убивал, что ты придумала?!

— Да как же, Митюшенька, придумала, когда я выхожу утречком, а он там... лежит...

Тут она вдруг поняла, что сказала что-то не то, охнула и обеими руками зажала себе рот.

— Ночью ты приходил, Митюнюшка? — ласково спросил капитан у парня.

— Ну, приходил. Булка, не реви! И чего?..

— А что припозднился-то так?

— А че, нельзя?!

— Да все можно, — сказал капитан, — только потом всякая ерунда получается.

— Ничего не получается! Я к Булке приехал, поздно уже было. А дверь эта ихняя гребаная по ночам всегда закрыта!.. Ну, я ей по телефону позвонил, чтоб открыла! Она меня пустила.

— Молчи! — велела Софья Захаровна властно. — Кому сказано! Не слушайте вы его, товарищ милиционер! Он не в себе.

— Зато ты в себе! Булка меня накормила, а потом я уехал.

Маня Поливанова вдруг подумала, что ей даже в голову не могло прийти, что кто-то может называть величественную и холодную, как айсберг, потопивший «Титаник», Софью Захаровну Булкой. Никогда. Ни за что.

— А чего ночью-то тебя принесло?

— А у меня дела! — лихо ответил парень. — Всякие-разные.

— Ты давай говори по делу, — попросил капитан. — Если тебя русским языком спрашивают. А я еще подумаю, верить тебе или нет. И твоей Булке тоже! Будешь выпендриваться, в СИЗО сволоку обоих! Почему ночью приехал? Ты чего? В федеральном розыске?

— Да не в розыске я! Мне денег надо было срочно! А Булка мне всегда дает, никогда не отказывает!

— Митюшенька, сыночек, перестань, что ты говоришь...

— Задолжал?

Парень пожал плечами.

— На дозу не хватало? Совсем невтерпеж сделалось?..

Тут Булка и ее внучатый племянник Митюшенька закричали одновременно, очень громко и очень оскорбленными голосами:

— Да что вы говорите-то?!. На какую еще дозу?!. Я это дерьмо в гробу видал!..

— Он никогда в жизни, богом клянусь!..

— У меня лучший друг через дурь эту с крыши прыгнул!..

— Он ни за что на свете, ни за что, товарищ милиционер!..

Маня Поливанова, знаменитая писательница, опять сделавшись невидимой, наблюдала, приоткрыв рот. Ее саму капитан не видел, а этот приоткрытый рот видел отлично.

— Я одному хрену должен. За машину. Завтра платеж, а он ждать не любит. То есть сегодня. Я думал, сам буду отдавать потихоньку, я ж работаю! Только меня с работы три недели назад поперли, а новой нету! И зарплаты нету! А хрен сказал, чтоб день в день, он такой.

— Я не понял, ты ему машину разбил, что ли?..

— Разбил, — согласился парень. — Весь передок и фары! И дверь правая. Я водитель. А хрен этот — начальник мой бывший. Я машину-то на мойку погнал, ну и... приехал, елы-палы!.. Прямо в столб. Только вот не виноват я! Куда мне было отворачивать, если она несется, девчонка эта?! Ну куда?! На встречку, что ли?!

— На встречку отворачивать последнее дело, — осторожно заметил капитан.

— Во! И я про то же! Я и отвернул в столб! Только она все равно меня задела, дура! По касательной, а все-таки стукнула. Ну, гайцы приехали, туда-сюда, шуры-муры, протокол составили, что я не виноват. Только начальнику моему по фигу, кто виноват! Кто был за рулем, тот и виноват, а машина «Порш Кайен», любовницы его! Он меня вызвал и сказал, что я платить буду, пока все не выплачу!

— То есть ты водитель у большого человека?

— Да не. — Парень вытер лоб, негодуя на непонятливость капитана, да и в комнате было жарко. — Я не у него!.. У него своих двое, а я сбоку припека! Разгонный я. Там чего надо привезти, увезти, на склад сгонять, меня посылают. И на мойку послали, а тут дура эта! И, главное, я не виноват!

— Руки покажи, — ни к селу ни к городу приказал Мишаков. — И ноги тоже.

— Митюшенька, — всполохнулась бабка, — покажи ты ему, чего там он просит! Да говорю я, не наркоман он, не наркоман!..

Внучатый племянник секунду глядел Мишакову в глаза, потом усмехнулся и задрал рукава не слишком чистой толстовки.

Капитан посмотрел.

— А чего в такую жару с длинными рукавами?

— С матерью поцапался. Дома не ночую, а неделю назад, когда поцапался, холодрыга была. И дальше чего?

— Чего?

— Мне штаны при ней снимать? — И он кивнул на Маню. Странно, что он ее заметил, она же невидимая!..

— Валяй, при ней снимай.

Поливанова поспешно отвернулась. Парень запыхтел, стаскивая безразмерные штанищи. Открылись худосочные ноги, бледные до зелени и довольно волосатые.

Маня молниеносно оглянулась. Они понятия не имела, куда нужно смотреть, чтобы определить по ногам, наркоман человек или нет, да и вряд ли разглядела бы что-нибудь, но ей страстно хотелось, чтобы парень не врал! Так хотелось, что даже руки вспотели.

Да и в комнате жарко.

— Говорю вам, товарищ, никакой он не наркоман, боже избави нас от такого горя!..

— Ну, дальше чего?

— Чего?

— Надевать или так стоять?

— Валяй, надевай.

Парень натянул штаны, опустил рукава и только после этого презрительно фыркнул. Фырканье явственно означало — что, съел?!

— Почему ночью пришел? Последний раз спрашиваю!

— Да пил я вчера! Пил! А че? Нельзя?! Я теперь без руля, мне можно! Я с утра пил, потом спал. А денег-то все равно нету! Ну, я к Булке и поехал! Чтоб сегодня отдать!

— С утра пить нехорошо.

— А мне по фигу, чего там хорошо! Работы нет, денег нет, зато хрен есть, жив-здоров, не кашляет, денег требует!..

— Митюшенька, товарищ все правильно говорит, пить нельзя! Затянет тебя, и не выберешься, знаешь, как бывает, когда человек с дорожки сбивается и выправиться потом не может!

— Булка, замолчи!

— Ты приехал, позвонил по телефону, Булка, тьфу ты, Софья Захаровна тебя впустила, так? У подъезда кто-нибудь сидел? — спросил капитан.

— Не, никого не было.

— Ты поел, взял денег и почесал домой. Она тебя на улицу провожала?

— Не, не провожала.

— А дверь? Ты ее закрыл, когда выходил?

— Не, наоборот, открыл! Жарища, а они тут сидят все, как в парной, и в подъезде духота, не продохнешь! Я ее настежь открыл и палкой железной подпер, чтоб не закрылась. Палка у них всегда рядом стоит.

— И у подъезда никого не видел?

— Не, не видел. Да уж ночь была, кто там сидеть-то станет! Только молодежь, а у них никакой молодежи нету, одно старичьё живет. А утром Булка позвонила, стала у меня выспрашивать, как я выходил, кого я видел или не видел, ну, как вы сейчас! Я ей — чего случилось-то?! А она мне — убили, говорит, у нас одного перца. Ты, говорит, носа сюда не показывай! Это, говорит, опасно. Если, говорит, они узнают, что ты ночью приезжал, плохо нам будет! Кто там разбираться станет, ты или не ты убил, сунут в камеру, и все дела. Ну, а я...

— А ты?

— А я деньги отвез и сюда поехал. Интересно же!

— Оно конечно.

— Только собрался позвонить, а тут дверь открывается, и Булка ка-а-ак закричит! Ну, я... того... дал деру. А вечером мать позвонила. Я думаю, чего это звонит, мы ж с ней в контрах!.. А она мне: я у тети Сони была, она велела мне приехать. Собаку забрала, а саму тетю Соню в тюрьму забирают. Это ее мать так зовет — тетя Соня, а я Булкой зову.

— Почему? — вдруг спросила переставшая на минуту быть невидимой Маня Поливанова. — Почему Булкой?

— Да она мне в детстве все булки пекла с изюмом. А я их любил. И привык Булка — Бабулька. Мать говорит, Булка кого-то там убила, собирается признание делать. Ну, е-мое, какое еще признание-то?! Я и помчался. А тут вы! Только Булка никого не убивала! Она вчера при мне снотворное выпила! Небось спала, как из пушки, ничего не слышала! И не убивала она!

— Да я знаю, — с досадой сказал капитан. — Чего ты заладил? Вы, Софья Захаровна, утром вышли подъездную дверь отпирать, да? Вы же ее каждый божий день отпираете! И наткнулись на труп. Вы точно знали, что ночью в подъезде никого не было, кроме вот... Митюнюшки, и дверь вы закрывали. Что он ее открыл, да еще ломиком подпер, вам, конечно, в голову не пришло. Вы решили, что ваш прекрасный внук прикончил человека...

— Нет, не так я решила! — И тут Мане показалось, что старуха сейчас покажет капитану здоровенную узловатую фигу. — Никого Митюшенька убить не мог! Я только знала, что, ежели дознаются, что он у меня был, его беспременно посадят! Как пить дать посадят! А я этого допустить не могу! — И она ладонью хлопнула по скатерти. — У него и так все навыворот пошло через эту распроклятую машину! Надо кого-то сажать, берите меня и сажайте!.. Я уж как-нибудь, а от него отстаньте!

— Булка, не дури!

— А ты молчи! Молод еще, не понимаешь ничего! Не будет у тебя жизни после тюрьмы! Никакой не будет, ни плохой, ни хорошей! Мыканье да горе останется, а больше ничего! Сажайте меня, я от своих слов не отступлюсь!

— Фью-фью-фью, — просвистал капитан легкомысленно. — А мне соседи рассказывали, что вы со всеми родственниками как будто в ссоре...

— И в ссоре! — подтвердила старуха пылко. — Я со своей сестрой, бабкой его родной, десять лет не разговаривала, пока она помирать не решила! Уж перед смертью мы с ней помирились, поплакали, все друг другу простили! И с матерью, племянницей моей, тоже не разговариваем! Только сегодня я ей позвонила, прощения попросила и велела Гарольда забрать! Что ж мне его, усыпить, что ли? Он без меня пропадет! А с Митюшенькой никогда я не ссорилась, ни одного разочка! Как мне с ним ссориться, если он единственный внучок мой? И мальчик хороший, добрый! Сейчас таких и нету, не делают таких. А он у меня хороший. Я всегда ему помогала, и он мне помогал!..

— Да я вижу, вижу, — и капитан кивнул на стену. — Тут сплошняком его фотографические портреты, как будто он звезда экрана.

— Забирайте меня, — велела старуха. — Я вам все бумаги подпишу, какие ни есть! А ты, Митюшенька, уходи. И не думай обо мне, не заботься! Ты о себе заботься, живи хорошо, с умом!..

— С умом всегда лучше, чем без ума-то, — согласился капитан. — Повезло тебе, Митюнюшка. Вот как тебя бабушка любит, готова на себя чужой грех взять, только б внучка любимого не трогали. Ну, желаю, чтобы девки тебя так же любили.

И одну за другой распахнул дверные створки — окончен, мол, разговор, не о чем больше разговаривать.

— А... а забирать? — всполошилась старуха. — Как же?

— Ну вас. Хотя понять можно, конечно!.. Ради любви чего не выдумаешь! А ломик я заберу с вашего разрешения. Вы его возле тела подобрали?

— Возле... возле тела, — запнувшись, согласилась Софья Захаровна. Она следила за капитаном встревоженными глазами. — Я как увидала, что он лежит, а возле него лом этот, так и решила забрать!

— Зачем?

— А вдруг там... как их... отпечатки? Митюшенька сколько раз дверь открывал-закрывал и ломиком подпирал, я его просила. Вон весной просила, а потом еще...

— С весны там никаких отпечатков не осталось! А трогать на месте преступления ничего нельзя. Категорически запрещается. Так что, когда следующий труп найдете, орудие убийства при нем оставьте. С собой не таскайте.

— Не станете меня забирать?

— Нет. Не стану.

— А... Митю?

— И Митю не стану.

— То-очно?

— Точно. Причин убивать Кулагина ни у одного из вас нет. Вы его отлично знали, Софья Захаровна, и за грабителя принять уж никак не могли. Мите вашему тоже незачем. На трупе все осталось, и часы, и кольцо, и бумажник при нем. В бумажнике денег много. Ничего не взято. Внук ваш утром приехал сюда. Если он убил, он бы в бега подался, а он явился! Он не наркоман и не дебил, чтоб не понимать, что от места преступления нужно подальше держаться, если виноват! А он приехал у бабушки спросить, чего это она переполошилась! Да и убийство посмотреть интересно было, он сам сказал. Так что не стану я никого забирать.

Тут Маня Поливанова, о которой все забыли, как будто материализовалась, прошагала к окну и распахнула шторы, одну, а потом вторую, как давеча капитан распахивал двери. Солнце хлынуло в комнату, сразу потеснив электрический свет, и старуха зажмурилась, и капитан зажмурился тоже.

— А вот вам бы надо кое-кого забрать! — сказал он, перестав моргать. — Вали, Митюнюшка, за Гарольдом, забирай Гарольда, пока у него сердечный припадок не сделался.

— Сохрани бог, — пробормотала старуха.

— Сохрани бог, — повторил Мишаков. — Забирай его, вези к бабуле обратно! Родственникам передай, что застенки отменяются. Передачи пока готовить не нужно.

— Дорогой ты мой! — закричала старуха молодым голосом. — Пойди-ка сюда, дай я тебя поцелую!

— Не надо, — перепугался капитан.

— Ну, дай хоть обниму! И ты, Машенька, прости меня, наговорила я на тебя лишнего! Но думала, тебе все равно ничего не будет, а я от Митюшеньки подозрения отведу! Прости меня, Машенька!

Мишаков, который никак не давал к себе припасть, отшатнулся, и бабка, промахнувшись, с размаху обнялась с писательницей.

— Дорогая ты моя! Вот спасибо, что привела его!

— Да не приводила я! Он сам пришел, Софья Захаровна!

— Митюшенька, сыночек, давай скорей, скорей накрывай на стол! Нет, сначала в лавку сбегай, за вином, за печеньем, у меня еще три тыщи рублей до пенсии! И узел этот окаянный прибери, прибери, сыночек!

Она поцеловала Маню, зачем-то перекрестила и спихнула со стула узел. Комната, которая сразу стала опять принадлежать ей, расцвела и развеселилась, пыльный хрусталь в пузатом буфете заиграл и заплескал отраженным солнцем, картинка из календаря, пришпиленная к обоям и изображавшая пасторальный домик на фоне неестественно зеленой лужайки, засветилась свежими красками, старая плюшевая скатерть перестала быть старой и помолодела на глазах.

— Вот спасибо, вот спасибо, товарищ!.. Как зовут-то тебя, хоть скажи, я свечку Николе Угоднику поставлю во здравие твое! И как ты, Машенька, догадалась привести его?! И какой хороший, понимающий человек оказался! Вон Андрюша Малахов что ни день, то уродов всяких показывает в программе-то своей! И бьют они, и пытают, и убивают там, в тюрьме-то! А я думаю — ни за что не дам Митюшеньку посадить! Ни за что! Пусть меня сажают, а его не дам! Убьют ведь парня, а не убьют, так перекалечат, а ты, товарищ, такой понимающий! Машенька, вынимай из буфета чашки, вынимай! И рюмки, рюмки ставь! А ты с бабушкой выпей, а один не пей! Что это еще за манеру взял! — Это было сказано внуку. — Я тебя за это потом проберу, а сейчас праздновать станем! Беги, сынок, до магазина, вот я сейчас тебе денежку...

Поверх старухиной головы Мишаков посмотрел на Маню, а она на него.

...Это тоже твоя работа, да? Несчастная бабка, собравшаяся в тюрьму, чтобы спасти внука, который под подозреваемого подходит по всем статьям! Взял бы ты его и «за раскрываемость» благодарность получил, почет и уважение. А ты все понял, сразу понял и не стал никого хватать и бросать «в застенок», хотя, наверное, имеешь для этого и силу и власть. Ты молодец, и я горжусь тобой.

...Это тоже моя работа, да. Только редко бывает, что свидетели и фигуранты ко мне с поцелуями лезут, но, видишь, бывает. Впрочем, зря ты так расчувствовалась. Ничего не происходит сверхъестественного! Или ты тоже всяких передач насмотрелась, где показывают, что мы звери, уроды, бандиты, ублюдки, только и делаем, что бьем, пытаем и сажаем кого ни попадя?! Нет, на нашей работе, как и на любой другой, есть разные люди. Есть профессионалы, дилетанты, умники, дураки, и подонки наверняка есть тоже.

Я профессионал. И я не подонок. Ты этому сейчас радуешься вместе с бабкой?..

Между тем угроза чаепития в повеселевшей и ожившей старухиной квартире становилась все более реальной — на плюшевой скатерти и впрямь появились чашки и рюмки, и какие-то конфетки в вазочке на высокой стеклянной ножке, и внук Митюшенька переминался с ноги на ногу, ожидая, когда бабушка выдаст ему «денежку», готовый бежать до магазина.

Митюшеньке вся эта история очень нравилась. Еще бы!.. Такое приключение ему Булка организовала, а впереди еще маячит праздничное застолье «с вином»!

— Софья Захаровна, — начала Маня, понимая, что должна спасти капитана от дальнейших словоизлияний, благодарностей, припаданий к плечу и поедания конфет из вазочки. Ей казалось, что он нуждается в спасении. Уж такой сегодня день, всех приходится спасать. — Мы, наверное, чай не будем пить. Вы только не обижайтесь! Но у меня дома гости, а капитану ехать нужно, он же на работе...

— И слушать ничего не желаю, подождут твои гости! Такая радость, такая радость!.. Никуда не пущу, пока я за здоровье ваше не выпью! Митюшенька, ты мчи, мчи, сыночек, не стой, а ты, Машенька...

Телефон зазвонил, капитан молниеносно выхватил его из кармана, как будто давно ждал каких-то известий и они наконец начинают поступать. Сделал очень деловое лицо и деловым тоном сказал в трубку:

— Слушаю, капитан Мишаков.

— Говорю же, на работу надо! — шепнула Софье Захаровне Маня.

Он действительно слушал, не отвечая, и выражение лица у него менялось.

Маня вдруг так забеспокоилась, что на секунду стало трудно дышать.

— Нам в самом деле нужно ехать. — Глаза у капитана сделались оловянными. — И побыстрее.

— Да как же так-то, сынок?!

Но он не слушал, и стало понятно, что даже если Софья Захаровна сейчас запоет арию Кармен, он все равно не услышит. Большими шагами он вышел в прихожую — Митюшенька посторонился, пропуская его, Софья Захаровна ринулась следом, и Маня тоже, и в два счета они оказались на площадке.

Старуха еще что-то кричала вслед, благодарное и укоризненное одновременно, а он уже сбегал по лестнице. Маня догнала его на первом этаже.

Он мельком на нее взглянул:

— Черт вас побери совсем!

— Меня?! — поразилась Поливанова.

— И вас тоже! — рявкнул он. — Садитесь, поедем.

— Что случилось-то?!

— Стрельба. Этот ваш писатель ранен. Только без истерик, слышите!

Поливанова открыла машину, уселась за руль, завела мотор. Мишаков плюхнулся рядом. Она повернулась, чтобы бросить на заднее сиденье свой портфель, и очень близко он увидел ее лицо.

— Тяжело? — только и спросила она.

СЕГОДНЯ ВЕЧЕРОМ (ПРОДОЛЖЕНИЕ)

Почему-то Алекс чувствовал только стыд и неловкость, как будто виноват в чем-то. Ни в чем он не виноват, но ему было стыдно, что он перепугал Маню, и неловко, что утренний сыщик смотрит на него с брезгливым сочувствием в совершенно оловянных глазах.

Капитан не только смотрел, он еще выговаривал ему, как завуч школьному хулигану, разбившему мячом окно учительской:

— А все самодеятельность ваша! Сидели бы дома, писали романчик, кофеек попивали, нет, понесло вас на какую-то дачу, хрен ее знает!.. Мы без вас управимся, у нас работа такая, мы ее умеем делать и без вас разберемся!

— Мне было нужно...

— Нужно своими делами заниматься, вот что нужно! Легко отделались, между прочим! Чуть пониже да поцентрее — он так и сказал «поцентрее», — был бы еще один труп вместо знаменитого писателя! Читателей сиротами оставили бы!

Маня молчала, и ее молчание и сердило, и беспокоило Алекса.

В палате он был один. В больнице, куда его приволок насмерть перепуганный водитель Анны Иосифовны, его немедленно узнали, пулю вытащили и уложили на «почетное место». Когда выяснилось, что все обошлось: обыкновенное ранение и небольшая кровопотеря, — в палату потянулся больничный персонал — за автографами. Алекс растерянно подписывал какие-то листочки и думал только о том, что всех подвел и ему теперь должно быть стыдно.

Ему и было стыдно, а Маня молчала. Она сидела на стуле, опустив плечи, как после тяжелой работы, забравшей все силы, и молчала.

— Кто стрелял, выходит, не видели?

Алекс покачал головой. Качать было трудно, шея с левой стороны казалась наспех слепленной из цемента, двигалась плохо. И вообще собственное тело стало чужим, холодным, и странно было, что он почти не может им управлять.

— А эта куда девалась? Балерина? Тоже не знаете?

Алекс собрался было по привычке пожать плечами, понял, что никак не может этого сделать, и сказал:

— Я не видел, потому что в себя пришел... не сразу, уже в машине. Мне водитель сказал, что тут же, после... стрельбы она уехала. Выскочила из калитки, села в машину и уехала.

Мишаков хмыкнул и покрутил головой.

— Вот как хорошо люди живут, — заявил он, ни к кому не обращаясь. — Правильно живут!.. На крылечке тело валяется, то ли труп, то ли еще не труп, а она фьюить! И нету ее!

Тут он зачем-то добавил:

— На нет и суда нет! Значит, первую помощь не оказывала, в ноль два не звонила и вашему водителю, который на улице прогуливался, ни слова не сказала. Так?

Алекс кивнул и посмотрела на Маню. Она молчала.

— Замечательно люди живут!

— Там какая-то катавасия с телефонами... Сплошные телефоны, — помолчав, начал Алекс. — Простите, я забыл ваше звание.

— Капитан Мишаков мое звание!

— Все телефоны в доме были выключены, капитан. Все до одного. А утром, когда Маня уехала искать свою подругу, ко мне приходила девушка и тоже искала телефон.

Мишаков вдруг удивился:

— Какая еще девушка?!

— Она сказала, что Таис, то есть Анастасия, жена Кулагина. Но это была не она. Очень похожа, и не она.

Мишаков смотрел недоверчиво, и Алекс рассердился.

— У меня нет температуры, и я не в бреду, не надейтесь даже!.. Она застала меня у подъезда и сказала, что забыла у нас телефон. Но когда мы вошли, пошла почему-то к лестнице, а не к лифту, хотя подниматься к нам нелегко, у нас старый дом, высокие потолки и длинные пролеты. Но лифт за лестницей, и нужно знать, что он там есть, а она не знала. Анастасия бывала у нас много раз и должна знать, где именно лифт. В квартире девица пошла сразу на кухню, а Анастасия вчера на кухню не заглядывала, и ее телефон никак не мог там оказаться. — Алекс передохнул и облизал губы. Ему хотелось, чтобы Маня хоть что-нибудь сказала. — Она не знала, где гостевая комната, и вместо нее забрела в кабинет, а это тоже невозможно, потому что ночевала Анастасия именно в гостевой!.. Да, и обувь! Она была в такой странной обуви, на очень высокой подошве, я не знаю, как это называется.

— На платформе, — подсказал Мишаков. Он писал в блокнот, почти не отрываясь.

— Да. На платформе. И она на этой платформе ростом с меня. Во-первых, на Анастасии я не видел такой обуви, а во-вторых, она без всякой платформы ростом с меня. Она фотографировала и смотрела мне прямо в лицо, я это точно помню. Девушка, которая приходила, значительно ниже ростом, но очень похожа на нее. И одета точно так же — в куртку, джинсы и юбку.

— Она нашла телефон?

— Нет. — Алекс подумал немного. — У Кулагина, когда его обнаружили, был телефон?

Мишаков мельком взглянул на него и отрицательно покачал головой.

— Мне кажется, все эти телефоны очень важны, — продолжал Алекс. — Кто их выключал, зачем? Сам Кулагин не хотел, чтобы его беспокоили на даче, или его подруга? Но это глупо...

— Вот именно.
— И еще Рио.
— Что еще?!
— Рио-де-Жанейро, — Алекс улыбнулся. — Аннет все время повторяла одно и то же: Рио — прекрасный город, там дворцы и сады, и Анатолий, когда женится на ней, купит там замок, чтобы она могла смотреть на океан. И несла всякую чепуху в том же духе.

— Замок? — переспросил капитан недоверчиво.

Алекс кивнул.

— И еще один замок купит, на Николиной Горе. Там, правда, дороговато, но все равно придется купить, чтобы не жить в таком сарае, как малаховская дача. Замки по всему свету — это... другая ценовая категория, капитан. И женщины вроде Аннет — тоже. Зачем ей Кулагин? По ее меркам он совершенно нищий, почти бомж!.. И тем не менее она его ублажала и собиралась за него замуж. Он сделал ей предложение, я спросил специально.

— Лучше бы вы роман писали, а не спрашивали кого ни попадя!..

— Их познакомили в Рио, насколько я понимаю, специально и обдуманно. Познакомил человек по имени Петечка. Он звонил Аннет, и я слышал разговор. Она говорила, что Анатолия еще нет, но она его ждет и сделает все так, как Петечка ей велел.

— Петечка, значит, — пробормотал капитан. Шея у него сделалась красной.

— Ищите деньги, — сказал ему Алекс. — И не какие-нибудь, а огромные, сумасшедшие деньги. Ищите как можно ближе, они должны быть... на поверхности. Я думаю, что Аннет и этот самый Петечка знали о неких деньгах, принадлежащих Анатолю.

— Клад, что ль, в малаховском дачном кооперативе зарыт?! Прямо на участке Кулагина?

— Именно ради этих денег Аннет и собиралась за него замуж. Больше нет никаких причин. Именно на них она собиралась покупать дворцы, а не на его гонорары за статьи в журналах и передачу на радио. Петечка контролировал каждый ее шаг, потому что Аннет нужно было привести прямо к деньгам. Она... не очень умна, зато соблазнительна и знает, что надо делать для того, чтобы соблазнить. Но я уверен, что в данном случае у нее была задача сложнее. Ей необходимо было, чтобы Кулагин на ней женился. Она несколько раз повторила, что они собираются пожениться буквально на днях.

— Куда жениться, когда он уже женат!

— Мне кажется, она должна была сделать все для того, чтобы он развелся как можно быстрее. И это тоже задание, понимаете? Она выполняла задание. И она все время повторяла, что Анатолий замечательный человек, как будто оправдывалась, что связалась с таким... придурком.

— Деньги, — повторил Мишаков. — Какие деньги?! И где? В Малаховке или в Рио-де-Жанейро?!

Алекс вздохнул, чувствуя, как повязка давит на холодный бетон, из которого состояло теперь его тело.

— И еще.

— Как?! Еще?!

— Кулагин, скорее всего, об этих деньгах понятия не имел.

— Мы тоже о них понятия не имели!

— Если бы он знал, непременно хвастался бы перед Маней. Он все время хвастался перед ней. Ему было важно, чтобы она его уважала и ценила, а она не ценила и не уважала.

Мишаков посмотрел на Маню. Она молчала.

— Он бесконечно рассказывал ей о своих связях, высокопоставленных друзьях, новых машинах. Я уверен, если бы он в одночасье стал миллионером, прибежал бы в первую очередь к ней, чтобы до нее дошло, насколько он выше и лучше... нас.

«Нас» — отличное слово, просто прекрасное!.. И имеет самое непосредственное отношение к подстреленному писателю и Мане Поливановой. А вот к капитану Мишакову и Мане не имеет никакого.

— Миллионеры, дворцы, — раздражаясь, заговорил капитан, — балерину из телевизора в жены взять собирался, хотя женат был на какой-то одесской чумичке!..

— Он был женат много раз, — вдруг сказала Поливанова. — Я точно не знаю, сколько, что-то много! Мне известно про первый брак. У него, когда он учился в Сорбонне, была жена именно из Бразилии. Из Рио-де-Жанейро. Когда он на ней женился, все родственники перепугались до смерти, я это отлично помню. Еще Советский Союз был. Разваливался, правда, но существовал. И в этом браке у него родилась дочь, очень красивая. Я это тоже помню, потому что нам показывали фотографии! Такой совершенный ребенок, как из рекламы. Тогда никто из нас не видел никакой рекламы, но потом я ее вспоминала. Она сейчас должна быть уже совсем взрослой.

— Ох, е-мое, — протянул ошеломленный капитан. — Выходит, была Бразилия-то!

— Была, — согласилась Маня. — Я точно знаю. То есть у него на самом деле дочь жила в Бразилии. Может, именно в Рио.

— И чего теперь я должен делать? В Интерпол звонить? Или уж лучше сразу командировку пробивать? Надо, мол, мне в Рио-де-Жанейро первым рейсом, у меня в подъезде на Покровке труп!

Он сердился всерьез и понимал, что не по делу.

Слава богу, знаменитого писателя до смерти не убили, и он, как и Маня, старается сейчас ему помочь, но Сергей не хотел никакой помощи!..

Он разберется во всем сам, без них, и Поливанова должна знать, что он разберется!

— Алекс, — сказала Маня, и писатель уставился ей в лицо. — Человек, который в тебя стрелял, как-то попал на участок. Верно? Вряд ли он взял и прошел мимо двух водителей, которые сидели в машинах! Значит, пришел с той стороны, где дорога к станции, там тоже есть калитка! Я об этом знаю, я там все детство провела! А кому еще о ней известно?

— Дорога к станции? — переспросил насторожившийся Мишаков.

Маня кивнула.

— Таис наверняка знает, — продолжала она. — Ну, домработница, конечно. А еще кто?

Она встала и принялась ходить по палате. Мишаков отвернулся и стал рассматривать свой блокнот.

— То есть это должен быть кто-то из близкого круга, правильно? Ну, конечно, правильно, — подбодрила она себя. — Ну, родственники! Его друзья и подруги на электричке вряд ли когда-нибудь приезжали! А на машине с той стороны никак, там тропинка узкая и заборы! И с улицы закричали: «Настя!» Ты вышел и... Помнишь, ты говорил?

Алекс кивнул.

— Ее так называем только мы с тобой. Ну, Артем. А еще кто?..

— Сестра, ты хочешь сказать, — громко и почему-то на «ты» заявил Мишаков. — Ты же это хочешь сказать, да?.. Она верняк бывала на этой даче, она же не первый раз приезжает! И пистолет откуда-то нарисовался!.. Он же просто так, ниоткуда, нарисоваться не мог! А эта подруга его сказала, что был у Кулагина пистолет!.. В городской квартире. А на этой квартире никого из фигурантов со вчерашнего дня не было. Жена Анатоля от вас, с Покровки, сразу к любовнику поехала на Фадеева, и они там весь день просидели и прождали, когда их забирать придут. А сестра вполне могла и не знать, что все на Фадеева сидят и ждут ареста, и с Покровки, после того как она у вас какой-то телефон искала, двинуть в Малаховку!.. Выходит, она осведомлена о миллионах-то этих мифических? — Он подумал и вдруг спросил у Мани: — Это я правильное слово сказал?

— Ты правильно сказал, — согласилась Маня задумчиво и так же задумчиво добавила: — Я тетушка Чарли. Из Бразилии. Где в лесах много-много диких обезьян!

И все помолчали. Маня продолжала ходить.

— Хренота какая-то, — пожаловался капитан. — Первый раз у меня такое дело!

— Маня, — позвал Алекс, не выдержав. — Подойди ко мне, пожалуйста. Сядь.

Она подошла и присела на край высокой кровати.

Алекс обнял ее одной рукой, и капитан понял, что должен немедленно куда-то деться отсюда, прямо сейчас, сию минуту!..

Это его дело, его работа, и Маня Поливанова весь этот невозможный день принадлежала только ему, только на него смотрела, только его слушала.

Кажется, когда-то ему не нравились высокие женщины, вот идиотизм-то, как будто женщин можно оценивать исключительно по их размерам!..

Когда-то они ему не нравились, а теперь вот понравились, вернее, только одна понравилась, и он не станет смотреть, как ее обнимает совершенно посторонний человек!..

— Общий привет, — провозгласил капитан и вышел из палаты.

СЕГОДНЯ НОЧЬЮ

Маня долго не могла сообразить, где телефон, а он все надрывался и надрывался, и в конце концов она отыскала его на краю ванны. Проводив Катьку с Береговым, которые уехали кормить и выгуливать свою собаку — «Представляешь, не собака, а леший, ну, самый натуральный леший!», — она долго сидела в ванне и все никак не могла согреться, несмотря на то что на улице даже ночью было жарко.

Должно быть, как раз Катька и звонит с расспросами и рассказами о своей новой жизни!

— Слушай, открой мне, — попросил из трубки капитан Мишаков, и Маня от неожиданности отдернула телефон от уха и уставилась на него в изумлении.

Когда она снова стала слушать, капитан уже ничего не говорил. В трубке молчали.

— Але? — осторожно спросила Маня.

— Але, але. Я отдам и сразу уйду.

— Что... отдашь?

— Паспорта, сказал же! — рявкнул капитан. — Они до сих пор у меня болтаются, в папке! А дверь закрыта. Соседка стоит на страже законности и порядка. Кругом одни воры и бандиты, ты же знаешь.

— Да-да, сейчас, сейчас!..

Она пристроила телефон обратно на край ванны и проворно нацепила джинсы и майку. Волосы торчат в разные стороны, да и наплевать. Она кое-как пригладила их, вовсе не став от этого более причесанной, выскочила из квартиры и помчалась вниз.

— Привет, — сказал Мишаков, когда она открыла. — Прости, что так поздно.

— Нормально. — Маня посторонилась. — Проходи.

Почему-то они опять пошли по лестнице. Они много раз ходили по разным лестницам в этот невозможно длинный, немыслимый день.

— Ну, какие новости из больнички? — спросил капитан, старательно отводя глаза от ее обтянутой джинсами попы. — Как там раненый боец?

— Да ничего, — Маня на него оглянулась. — Завтра будет хуже, конечно, а пока обезболивающие действуют, не так страшно.

— Чего сказали-то, надолго он там?

— Обещали отпустить утром. Он хотел сегодня, но сегодня нельзя. Сказали, что по ночам никто никого не выписывает, а смыться тоже никакой возможности нет, у них все заперто, и кругом охрана. Чтоб мы даже не пытались. Нас поймают и сдадут куда следует. Видимо, тебе. Чтоб ты закатал нас в СИЗО.

«Нас» — хорошее слово! Отличное, замечательно слово. И оно имеет отношение только к ней и писателю. К ней и капитану Мишакову оно никакого отношения не имеет и иметь не может!..

Ни сегодня, ни завтра, никогда.

Он повез ей эти гребаные паспорта среди ночи как раз затем, чтобы оставить все в «сегодня». Чтобы завтра был обычный, скучный и жаркий день. Рутина, привычная и всегдашняя. Никаких женщин из телевизора, никаких бриллиантов, знаменитостей и дворцов в Рио-де-Жанейро. Станет он себе тихо-спокойно рапорты писать и ждать благодарности в приказе за «раскрытие по горячим следам».

А может, и премию дадут!..

Никогда раньше от слова «премия» ему не делалось так скучно. Хотя хорошее слово, веселое! И к нему, капитану Мишакову, имеет самое непосредственное отношение!..

Они вошли в квартиру, где было прохладно, тихо и хорошо пахло, и Маня спросила будничным голосом:

— Кофе сварить? Или, хочешь, коньяку налью? Чего кофе на ночь трескать!

— Нет, я кофе буду, — сказал капитан, которому наедине с ней в ее доме моментально стало неловко, жарко и не по себе. — Коньяк — это хорошо, но у меня здесь машина. Мне бы ее забрать.

— Завтра заберешь. Налить?

Завтра я сюда не поеду, подумал капитан. Ни за что.

Он отрицательно покачал головой. Маня налила себе, довольно много, понюхала и глотнула.

— Черт возьми, — вдруг сказала она с тоской. — Этот коньяк пил Анатоль! Когда это было? Вчера? Или позавчера?

— Вчера. Но скоро будет позавчера. Уже почти полночь.

Она включила электрический чайник, пристроилась напротив него и вдруг предложила:

— А хочешь, в комнату пойдем? У нас в гостиной стол на двадцать персон! А здесь, сам видишь, тесно. На кухне должна быть кухарка, а господа за обеденным столом сидеть в вальяжных позах!

— В каких? — переспросил Мишаков, но она не ответила, еще глотнула и спросила:

— Расскажешь?

— Да ты все сама знаешь. И про сестру, и про Рио-де-Жанейро, черт бы его побрал. Вот не думал я, что так бывает!..

— Так и не бывает, — задумчиво проговорила Маня Поливанова, разглядывая коньяк. — То есть у людей так не бывает!

— Подожди, а у кого тогда бывает?

Она пожала плечами:

— Я не знаю, Сереж. Но мне кажется все-таки, что они не совсем люди. Нет, ну, конечно, люди, но нельзя сказать, что люди!.. Я запуталась, в общем.

Он молчал, ожидая продолжения.

— Как бы это объяснить? Ну, вот Софья Захаровна — человек, понимаешь? Не то чтоб приятный, вовсе не прекрасный, даже противный. И этот внук ее тоже, знаешь, не Брэд Питт! Водку с утра на грудь принимает и у бабки денег просит, чтоб долги отдать. Но он человек! Володя Береговой — человек. Он вчера, или когда это было, я уже совсем не соображаю, собаку спасал, лечил, кормил, а потом Катьку любил, а потом меня поехал из беды выручать, потому что ему показалось, что я в беде. И Катька — человек! Она хотела ночью ехать, насилу он ее отговорил. А потом она полдня координаты Артема искала, просто затем, чтобы у него спросить, чего ему от меня нужно! Она боялась, что он нам с Алексом жизнь испортит, он же специалист в этом вопросе! И ты человек, и я, наверное, тоже. А те — нет, не люди.

Мишаков усмехнулся. Время было позднее, самое подходящее для откровений.

А-а-а, черт с ней, с машиной!..

Он взял Манин бокал, залпом махнул весь оставшийся коньяк и налил еще — много, даже больше, чем она наливала.

— А если не люди, то кто, выходит, они? — осведомился капитан, сильно выдохнув. — Черти, что ли? Бесы?

— Да ладно, — басом сказала Маня. — Слишком высоко берешь. Куда им до бесов!

— Тогда кто?

— А никто. Невозобновляемая протоплазма.

— Кто-о-о?

— Роман такой, фантастический, — быстро сказала Маня. — Там есть люди, а есть другой биологический вид, который от людей ничем не отличается. Это не роботы, не машины, это точно такие же существа. Им нужно есть, пить, спать, производить потомство. Но они не люди. Они — протоплазма. И очень трудно отличить людей от протоплазмы. Почти невозможно. Но она — просто материал, понимаешь? А материал не может любить, страдать, жалеть, спасать, бороться, думать, делать научные открытия, писать стихи и всякую прочую ерунду. Он может только принимать удобную форму. Так, чтоб ему, материалу, было удобно и прекрасно!.. На все остальное наплевать, хоть трава не расти!.. И вся сегодняшняя история, Сереж, не про людей, понимаешь? А как раз про протоплазму.

— Понятно.

— Это у них дворцы и миллионы, ради которых чего только не сделаешь! Замуж выйти за подонка последнего — пожалуйста! Родную сестру застрелить — ради бога! По голове шарахнуть — сколько угодно! Только чтоб оказаться в Рио-де-Жанейро, где все, как известно, в белых штанах ходят! Это тоже из книжки, — пояснила она быстро. — Ну чего? Кофе? Или лучше бутербродов с колбасой?

Не ожидая ответа, она полезла в холодильник, вдвинулась очень глубоко и заговорила светским тоном — голова внутри, задница наружу:

— Кстати, из жизни элиты. Между прочим, согласно словарю Ожегова, элитой называются лучшие растения или животные, пригодные для разведения или воспроизводства, а вовсе не богатые и знаменитые! — Маня вылезла из холодильника с кучей свертков. Верхний она придерживала подбородком. — Коньяк употребляют только под шоколад, сигару и кофе. А мы с тобой прекрасно употребим под колбасу, а?..

— Употребим, — согласился Мишаков и еще глотнул.

Напряжение невозможно длинного странного дня вдруг навалилось на него, и захотелось напиться так, чтоб назавтра уж точно ни о чем не думать, не вспоминать, не жалеть.

— Ну, расскажи.

— Да нечего рассказать, правда. Ты все правильно придумала.

— Это мы все вместе придумали.

— Ну да. Вместе. Эту Анну Чудакову Кулагину подсунули не просто так, а именно для того, чтоб он на ней женился...

— Постой, кто такая Анна Чудакова?

— Балерина, — удивился Мишаков. — Которая у него на даче отдыхала, когда твой... писатель приехал. Ее зовут Анна Чудакова, по паспорту. Балетное училище, кстати, она на самом деле окончила, то есть настоящая балерина, без дураков!.. Я когда к ней в адрес приехал, она уже никакая была, но говорить все же могла, с трудом, правда.

— Куда ты к ней приехал?

— Е-мое, домой к ней! А она уж пьяная в стельку, но слова еще складывает. Она мне рассказала про Петю. Помнишь, писатель говорил, что она при нем Петечке звонила или ей Петечка звонил? Он профессиональный сводник, всякие разные браки организовывает и за это свой процентик нехилый получает, говорят, очень дорогой сводник-то!.. Красавиц мужичкам подкладывает в нужное время в нужном месте, бывает, что и под всякие препараты, чтоб потом не отвертелись. Ну, к Петечке я не ездил, ему, по-моему, кто-то из следственного комитета звонил, чтоб посолидней. Со мной бы он и разговаривать не стал.

— И что Петечка?

Мишаков пожал плечами:

— Да ничего, ему-то что! Он ни в чем не виноват, с него взятки гладки. Он подтвердил, что да, знает о наследстве, ну и чего? И Чудакова знала. Он ее, правда, в детали не посвящал, но в общих чертах знала. Ее задача была как можно быстрее на Кулагине жениться. Тьфу ты, замуж на него выйти.

— А что за наследство?

Маня поставила перед капитаном тарелку, на которой были разложены хлеб и колбаса. Ему моментально захотелось есть, ужасно захотелось, даже в голове зашумело, и рот наполнился голодной слюной.

— Что ты смотришь? Ешь давай!

Он взял хлеба побольше, добавил колбасы, откусил и зажмурился.

— Наследство бывшей бразильской жены! Вернее, даже не жены, а дочери. Жена померла лет пятнадцать назад, осталась дочь. Ну, которая Кулагина. А больше ни детей, ни родственников нету. Эта дочь все завещала ближайшим родственникам, если таковые найдутся. Если нет, то куда-то там на благотворительность все отдать, в женские монастыри и на помощь развивающимся странам. Ну, у них так принято, наверное.

— Наверное, — согласилась Маня, вздыхая.

Она очень устала, и ей хотелось, чтобы день этот побыстрее закончился.

Трудный день. Тяжелый день.

— Конечно, она помирать не собиралась, и еще не померла бы сто лет, но куда-то там полетела на параплане или на парашюте, что ли, спускалась с горы Монблан или пика Коммунизма...

— Про Монблан и пик Коммунизма ты сам придумал?

— Только что, — гордо признался капитан, чавкая. — А что такое?

— Хорошо придумал, молодец!

— Ну, в общем, неудачно она спустилась. Завещание вступило в силу. Стали родственников искать, а чего их искать-то, когда у нее есть отец, совершенно официальный! И брак с матерью был официально оформлен. И отец этот жив-здоров. Ну, до вчерашнего дня был. Я так думаю, Петечка эту информацию как раз в Рио и узнал, пока они все на даче у какого-то крутышки отдыхали. Небось сам крутышка и сказал!.. И такие тут Петечке стали рисоваться картины маслом, что ни в сказке сказать, ни вслух произнести! А Кулагин как раз в это время на балерину запал. Ну, они и решили быстро его на балерине женить, пока он про наследство не проведал. Она должна была его на коротком поводке держать, но близко не подпускать, чтоб он жениться не передумал сгоряча. Для этого она должна была увезти его в Нью-Йорк или куда там еще? Где все женятся за пять минут! Она получала указания, как действовать, и действовала в соответствии с указаниями. Все четко, как в армии!

— А жену его куда собирались деть? Утопить?

— Да на фиг надо ее топить! Чудакова эта такую политику вела, чтоб он поскорее из Москвы отправил жену-то. Садись, милая, на поезд, дуй в Одессу-маму! А развестись можно на расстоянии и очень быстро, особенно при наличии известных связей. Сунули бы ей тысчонку-другую, она бы все бумаги подписала, как миленькая. Лишь бы только заранее не прознала про миллионы. Потому и телефоны везде выключили — на всякий случай. Это она выключила, балерина. И кулагинский телефон ей велено было утащить, тоже от греха подальше. Чтоб какой-нибудь не в меру резвый бразильский поверенный не позвонил и не сообщил ему о наследстве. Они бы таким макаром его в неведении какое-то время продержали! Только телефон она так и не утащила. Кулагин на дачу, где она его поджидала, не поехал, а весь вечер вокруг твоего дома слонялся. Планы мести строил. Поскандалить ему хотелось.

— Это он любил, точно, — согласилась Маня. — По скандалам он был большой специалист.

— Только тут некстати сестра из Одессы случилась. Она-то как раз все время на городской квартире торчала! А они, Петечка с балериной, квартиру эту из виду совсем упустили, понимаешь? Слушай, налью я себе еще, а?

— Я тебе сама налью. Говорят, себе не наливают, денег не будет.

— У меня и так не будет, — развеселился Мишаков. — Наливай, не наливай!

Маня плеснула ему коньяку. Он глотнул и зажмурился.

— Сестра торчала, а куда ей деваться!.. Настя все время у Гудкова проводит, Кулагин на даче, в Москве она не знает никого, сидит с девочкой да с нянькой. А тут как раз и позвонили! Именно в городскую квартиру и позвонили, что логично.

— Логично, — согласилась Маня.

— Она представилась как жена, никто ничего не заподозрил, Кулагин вполне официально женат. Ей и рассказали, что нужно в наследство вступать. Я думаю, без подробностей, конечно, сказали, но наследство в Рио-де-Жанейро — это ж круто!.. Она долго придумывала, как бы ей к этому наследству... ну... примкнуть, что ли!

Маня засмеялась.

— И получалось, что никак не примкнешь. Кулагин собирался разводиться, и кукиш с маслом они бы получили, а не наследство! Кроме того, он должен был развестись вот-вот, а наследство получить уже потом, а все, что не в браке нажито, не делится. Ну, никак не делится, ни по справедливости, ни по закону. Ничего бы не досталось никому, все ему и его новой супруге.

— Подожди, а девочка Нийя?

— Ай, молодец! — похвалил капитан Маню Поливанову. — Вот именно! Девочка Нийя! От сестры Наташи до бразильского наследства было рукой подать — всего только Кулагин и Настя. Если их нет, денежки получает кто? Денежки получает девочка, прямая родственница той, что с Монблана неудачно упала. Или с пика Коммунизма. Ее единственная младшая сестра. Той, что из Бразилии.

— Сереж, я поняла.

— Ну и, соответственно, тот, кто ее в данный момент опекает, девочка-то маленькая, шесть годков всего!

Дальше Мане слушать совсем не хотелось, но она поняла, что придется.

— Наташа долго думала, как бы ей от Кулагина с Настей избавиться, и вчера случай подвернулся. Ее сюда вызвали за ключами, а тут все на месте, и Кулагин пьяный, ей Настя рассказала, когда ключи выносила. Она их забрала и стала вокруг дома кругами ходить, ждать, может, случай подвернется. Кулагина в такси посадили, он вроде уехал, но Настя-то здесь осталась! А он посреди ночи вдруг вернулся, уже совсем пьяный!.. Она его на бульваре увидела, подошла, повела к вам в подъезд, он на ногах почти не стоял. В подъезде она его поставила так, чтоб удобнее было шарахнуть, и шарахнула прямо возле лестницы. Импульсивная такая девушка. Предприимчивая.

Он помолчал.

— А если бы Настя вышла, она бы и ее шарахнула, какая разница! Ей по-любому надо было от них обоих избавляться. Понимаешь? И так, чтоб про наследство никто не узнал. Мобильного телефона она у Кулагина не нашла и решила, что он его здесь забыл, и потом приходила искать. Я уверен, она видела, как ты уезжаешь, а этот писатель твой все равно дальше собственного носа ничего не видит и своих не узнает.

— Неправда.

Он посмотрел на нее и усмехнулся.

— Как раз Алекс и понял, что приходила не Таис, а ее сестра.

— Понял, понял, — согласился капитан. — Молодец. Отсюда она поехала на квартиру за пистолетом, у Кулагина был пистолет, балерина говорила, а потом на дачу. Настя утром ей сказала, что собирается на дачу, какие-то документы его, что ли, взять, а сама не поехала. Весь день провела у Гудкова. Наташа приехала как раз после... писателя твоего, зашла с другой стороны, выстрелила в того, кто на крыльцо вышел, и убежала. Говорю же, горячая импульсивная девушка южных кровей. С Одессы.

— Нужно говорить «из», — поправила Маня. — Из Одессы.

— Ну, из, — согласился капитан.

— Ты ее поймал?

— А чего ее ловить? На квартире она сидела и рыдала. Ну, забрали мы ее, да. Там на пистолете пальчики ее наверняка есть. Она ведь не так чтоб профессор или великий писатель, — зачем-то добавил он язвительно. — Ума мало, одна жадность. Она пистолет прямо там, на участке в Малаховке, и бросила, где стреляла.

— Бросила, да, — задумчиво проговорила Маня. — И Аннет, представляешь, Алекса тоже бросила. То есть уехала, и все дела. Даже не подошла посмотреть. Какая разница, что там с ним случилось! Вдруг ему срочно «Скорую» надо вызывать, в больницу везти, у нее же машина рядом стояла! А она вот просто испугалась и уехала. Подумаешь!.. Ей-то какая разница!

Из распахнутого окна тянуло мокрым асфальтом и как будто чуть-чуть липовым цветом, ночь была легкой, нестрашной, прозрачной, и чувствовалось, что она вот-вот кончится.

— А наследство?
— Чего наследство?
— Большое?

Мишаков вздохнул.

— По-моему, не просто большое. По-моему, какое-то охренительное. Бразильская жена Кулагина происходила из семьи миллиардеров, насколько я понял. Точно я не выяснял, конечно, но там бешеные деньжищи.

— Их теперь получит Настя, да?

— Маня, — сказал капитан, впервые назвав ее по имени, — какая мне, к чертовой матери, разница, кто их получит? Ну, девочка, наверное, получит, Нийя. Соответственно, ее мать.

— Все-таки он ей заплатил, — Маня встала, подошла к окну и стала смотреть в темноту. — Она все скулила, что Анатоль ей должен за все мучения! Заплатил, да еще как!.. Она небось такой платы и не ожидала вовсе.

— Да ну ее совсем, — махнул рукой капитан. — Она меня не интересует.

Маня повернулась, пристроилась на подоконник, как давеча сидел ее кудрявый великий писатель, и, прищурившись за очками, взглянула на него.

Ну да. У нее же астигматизм. Нужно в словаре посмотреть, что это такое.

— Мне жалко миллиардеров из Бразилии, — вдруг ни с того ни с сего объявила Маня. — Они же наживали, старались, усилия прикладывали, работали. Такие деньги требуют постоянной работы, насколько я понимаю. И никого не осталось! Наверное, это очень грустно, когда в конце жизни некому оставить миллиарды. Вон даже Софья Захаровна нашла, кому оставить Гарольда! Чужим людям не отдала. А тут такое состояние!

Мишаков вздохнул.

Нужно уходить, он знал, что время вышло.

Аккуратно вжикнув «молнией», он достал из дерматиновой папки два паспорта и аккуратно, один на другой пристроил на край стола рядом с пустым бокалом.

Маня с подоконника посмотрела на паспорта.

— Ну все, — сказал он, как бы проверяя на самом деле, — все или еще нет.

Маня кивнула. Получалось, что — все.

По коридору, полному книг, он, не оглядываясь, дошагал до двери, выскочил на площадку и побежал вниз по лестнице.

Он сбежал на один пролет, остановился и, задрав голову, глянул наверх.

Маня Поливанова, держась за перила обеими руками, смотрела ему вслед.

— Пока, — сказал он и улыбнулся. — Найдешь еще один труп, звони.

Она кивнула, очень серьезно.

Они помолчали, стоя далеко друг от друга, а потом она спросила так же серьезно:

— Значит, самый главный вопрос — зачем?

— Нет, Маня. Самый главный вопрос — как вы начали писать и где вы берете сюжеты?

Литературно-художественное издание

ПЕРВАЯ СРЕДИ ЛУЧШИХ

Устинова Татьяна Витальевна

ОДИН ДЕНЬ, ОДНА НОЧЬ

Ответственный редактор *О. Рубис*
Редактор *Т. Семенова*
Художественный редактор *А. Сауков*
Технический редактор *О. Лёвкин*
Компьютерная верстка *Г. Клочкова*
Корректоры *Г. Титова, З. Харитонова*

Иллюстрация на переплете *М. Селезнева*

ООО «Издательство «Эксмо»
127299, Москва, ул. Клары Цеткин, д. 18/5. Тел. 411-68-86, 956-39-21.
Home page: **www.eksmo.ru** E-mail: **info@eksmo.ru**

Подписано в печать 14.05.2012.
Формат 84х108 $^1/_{32}$. Гарнитура «Таймс».
Печать офсетная. Усл. печ. л. 18,48.
Тираж 120 000 экз. Заказ 8537.

Отпечатано в ОАО «Можайский полиграфический комбинат»
143200, г. Можайск, ул. Мира, 93
www.oaompk.ru, www.оаомпк.рф тел.: (495) 745-84-28, (49638) 20-685

ISBN 978-5-699-56870-3

Оптовая торговля книгами «Эксмо»:
ООО «ТД «Эксмо». 142700, Московская обл., Ленинский р-н, г. Видное,
Белокаменное ш., д. 1, многоканальный тел. 411-50-74.
E-mail: **reception@eksmo-sale.ru**

*По вопросам приобретения книг «Эксмо» зарубежными оптовыми
покупателями* обращаться в отдел зарубежных продаж ТД «Эксмо»
E-mail: **international@eksmo-sale.ru**

*International Sales: International wholesale customers should contact
Foreign Sales Department of Trading House «Eksmo» for their orders.*
international@eksmo-sale.ru

*По вопросам заказа книг корпоративным клиентам,
в том числе в специальном оформлении,*
обращаться по тел. 411-68-59, доб. 2299, 2205, 2239, 1251.
E-mail: **vipzakaz@eksmo.ru**

***Оптовая торговля бумажно-беловыми
и канцелярскими товарами для школы и офиса «Канц-Эксмо»:***
Компания «Канц-Эксмо»: 142702, Московская обл., Ленинский р-н, г. Видное-2,
Белокаменное ш., д. 1, а/я 5. Тел./факс +7 (495) 745-28-87 (многоканальный).
e-mail: **kanc@eksmo-sale.ru**, сайт: **www.kanc-eksmo.ru**

Полный ассортимент книг издательства «Эксмо» для оптовых покупателей:
В Санкт-Петербурге: ООО СЗКО, пр-т Обуховской Обороны, д. 84Е.
Тел. (812) 365-46-03/04.
В Нижнем Новгороде: ООО ТД «Эксмо НН», ул. Маршала Воронова, д. 3.
Тел. (8312) 72-36-70.
В Казани: Филиал ООО «РДЦ-Самара», ул. Фрезерная, д. 5.
Тел. (843) 570-40-45/46.
В Ростове-на-Дону: ООО «РДЦ-Ростов», пр. Стачки, д. 243А.
Тел. (863) 220-19-34.
В Самаре: ООО «РДЦ-Самара», пр-т Кирова, д. 75/1, литера «Е».
Тел. (846) 269-66-70.
В Екатеринбурге: ООО «РДЦ-Екатеринбург», ул. Прибалтийская, д. 24а.
Тел. +7 (343) 272-72-01/02/03/04/05/06/07/08.
В Новосибирске: ООО «РДЦ-Новосибирск», Комбинатский пер., д. 3.
Тел. +7 (383) 289-91-42. E-mail: **eksmo-nsk@yandex.ru**
В Киеве: ООО «РДЦ Эксмо-Украина», Московский пр-т, д. 6.
Тел./факс: (044) 498-15-70/71.
В Донецке: ул. Артема, д. 160. Тел. +38 (062) 381-81-05.
В Харькове: ул. Гвардейцев Железнодорожников, д. 8. Тел. +38 (057) 724-11-56.
Во Львове: ул. Бузкова, д. 2. Тел. +38 (032) 245-01-71.
Интернет-магазин: www.knigka.ua. Тел. +38 (044) 228-78-24.
В Казахстане: ТОО «РДЦ-Алматы», ул. Домбровского, д. 3а.
Тел./факс (727) 251-59-90/91. RDC-Almaty@eksmo.kz

*Полный ассортимент продукции издательства «Эксмо»
можно приобрести в магазинах «Новый книжный» и «Читай-город».*
Телефон единой справочной: 8 (800) 444-8-444.
Звонок по России бесплатный.

В Санкт-Петербурге в сети магазинов «Буквоед»:
«Парк культуры и чтения», Невский пр-т, д. 46. Тел. (812) 601-0-601
www.bookvoed.ru

*По вопросам размещения рекламы в книгах издательства «Эксмо»
обращаться в рекламный отдел. Тел. 411-68-74.*